死体で遊ぶな大人たち
倉知淳
KURACHI Jun
実業之日本社

CONTENTS

世にもあいまいなことばの秩序 ……… 5

人工知能から考える「人」と「言葉」 ……… 111

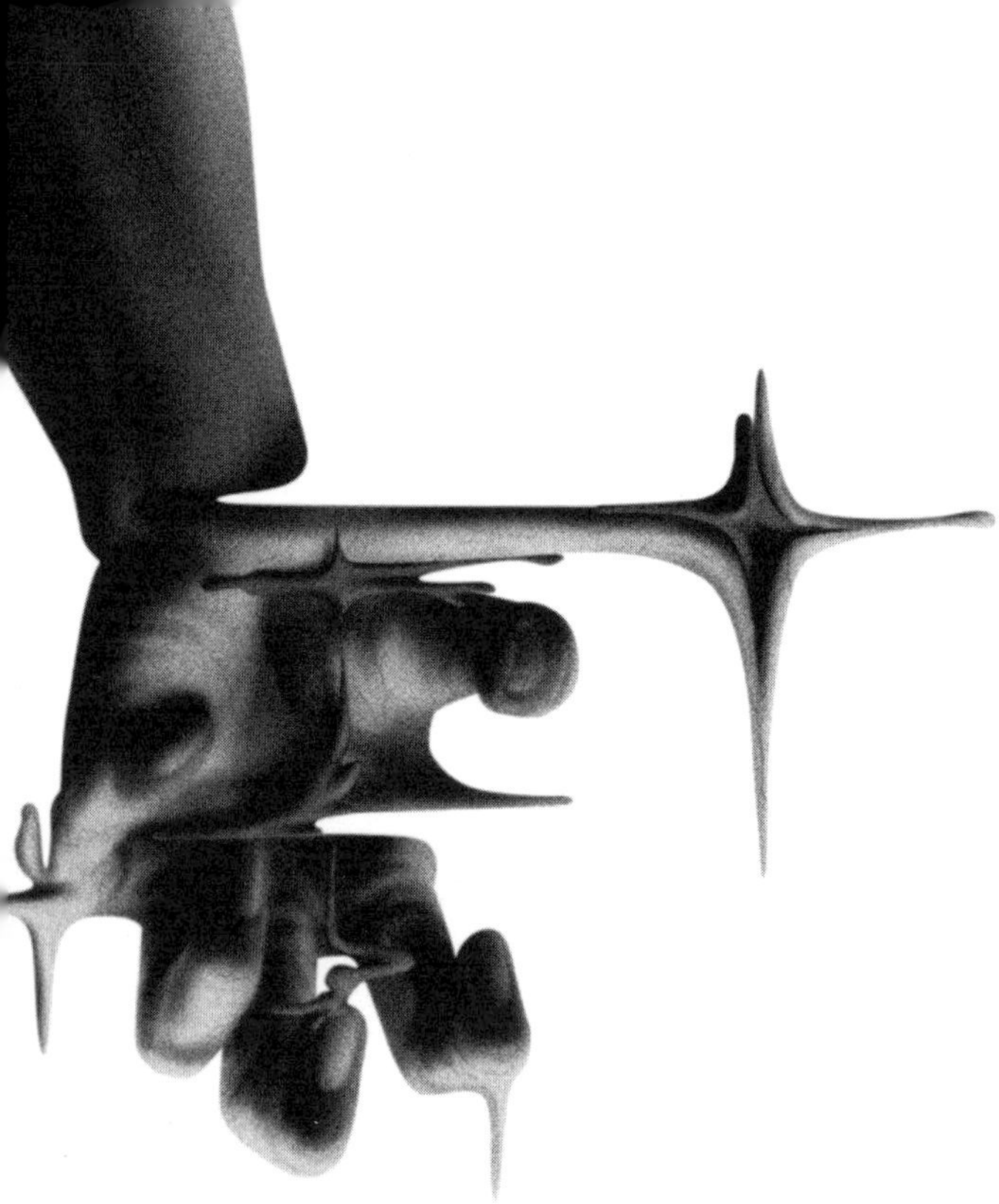

死体で遊ぶな大人たち

装画　副島智也
装幀　坂野公一（welle design）

本格・オブ・ザ・リビングデッド

本作は某《ぼう》人気作家の某ベストセラー作品と状況設定に類似したところがありますが、内容はまったくの別物です。従って某ベストセラー作品のトリック、真相、犯人等には一切言及しておりません。どなた様も安心してお読みになれます。

この設定を用いるに当たって、某人気作家の先生から許可をいただきました。某先生、ありがとうございました。（某ベストセラー作品のネタバレ防止のため作者名と作品名を挙げることができません。ご了承ください）

死体は仰向《あおむ》けに倒れていた。

部屋の右手奥、机の近くだった。

死者の姿は見るも無惨《むざん》な有り様だった。

上半身の左半分、顔、首、肩の辺りの損傷が特に激しい。首などは左側の肉がほぼ齧《かじ》り取られている。

あまりの悲惨さに、俺は思わず目を背けてしまう。

奴らの仕業に違いない。

昨夜の惨劇で既に三人が犠牲になっていた。

そして一夜明けて、こうしてまた一人、奴らにやられた。

「何てことだ」

生き残ったメンバーの一人がつぶやく。

皆、愕然《がくぜん》としていた。

驚きと恐怖で、全員顔色を失っている。

死体が検《あらた》められ、やはり奴らのやったことだとはっきりした。

死者を悼《いた》んで黙禱《もくとう》が捧《ささ》げられる。

そして生き残りの一人からこんな声が上がった。

「しかしおかしくないか。確かに外にはゾンビがうじゃうじゃいる。だが、ここは二階だ。ゾンビはどうやってここまで上がって来たんだ？　それに犯人、いや、この場合は犯ゾンビか、そいつの姿がどこにもない。ゾンビはどこに消えてしまったんだ？」

＊

惨劇の始まりは昨夜のことだった。

それが起こるまで、J大学軟式テニス同好会のメンバーは夏の夜を楽しんでいた。

N県にある小さな山の頂。そこに建つセミナーハウス。建物前の広場でバーベキュー大会が行われた。

たっぷりの肉と野菜、そして締めのヤキソバまで胃の腑《ふ》に納め、誰もが満腹だった。四年生の大河原《おおがわら》が差し入れてくれたスイカ二個のうち一個を切り、それもあらかた皮だけになった。左党は大いに呑《の》み、下戸はたらふく喰《く》らい、バーベキュー大会は盛況のうちに終わろうとしていた。そんなタイミングだった。

サークルメンバー達はバーベキュー台の周囲で、はしゃいだ声を上げている。

正式メンバーではないゲスト枠の俺は、少し離れたところで夜風に吹かれていた。顔を上げれば、都会では見られない数の星々の瞬《また》きが望める。そして空気も、街のあの熱帯夜が嘘《うそ》のような清々《すがすが》しさだ。風はさほど出ていないけれど、山頂の夜気は真夏とは思えないほどの涼しさだった。森の香りが深い。

避暑旅行もなかなか悪くないな。俺はぼんやりと、そんなふうに思っていた。

もう一人のゲストで俺の友人、種子島《たねがしま》は、何が楽しいのかひたすら焚《た》き火を焚き続けている。

飲み食いする時間も惜しんで、薪を燃やしていた。

女性陣三人組がその火でマシュマロを焼いて、歓声を上げている。

そんな平和な夜のはずだった。

それは突然、始まった。

山の上の広場は暗い。町の中と違って街灯などない。バーベキュー台の炎、その近くで種子島が焚き火で起こす火、そして地面に置かれた電池式のランタン。この三つが光源のすべてだ。周囲の森は、まっ暗な闇の中に沈んでいる。月明かりは仄《ほの》かすぎて、木々の先端をわずかに照らすだけだった。バーベキュー会場は三つの光によって、ドーム状に包まれている。そのドーム外の暗がりから、そいつはいきなり出現した。

人の形をしていて二足歩行していたから、最初は誰もが人間だと思ったはずだ。俺もそう思った。麓の町から誰か登ってきたのかと。しかしそいつは、一年生の一井《いちい》の体に背後から、唐突にしがみついてきた。一井が「えっ？」と振り返る間もなく、それは歯を剝《む》き出しにして一井の首筋に齧り付いた。

一井が悲鳴をあげる。

一同がぎょっとしてそちらを向くと、さらに後ろの暗がりからそいつらが二体、三体と姿を現すところだった。そして首から血しぶきを上げている一井に、その化け物どもは襲いかかった。

腕に、首に、顔面に、奴らは歯を立てて嚙《か》み千切る。

一井の悲鳴が止まり、力なくその場に倒れ伏した。それに構わず奴らは五体、六体とその数を増やして、一井の体に覆い被《かぶ》さる。そしてむしゃぶりつくように、一井の肉体に歯を立てた。

一井の手足が二度三度と痙攣《けいれん》し、動きが止まった。

死んだ。俺は直感的にそう思った。あれだけ派手に血しぶきを上げ、体を嚙み千切られたのだ。到底生きているとは思えない。

あまりのことに訳が判《わか》らず茫然《ぼうぜん》としていると、そいつらは次々と暗がりから出現する。

人の姿をしていても人ではないもの。

顔色は青に近い白さで、両腕をだらりと下げた棒立ちの姿勢。両膝が硬直して曲がらないのか、ぎくしゃくと一歩ずつゆっくりと歩く。虚《うつ》ろな目、表情を失った顔面、傾いた首。一歩一歩不自然な足取りで進むその不気味さ。そして体全体から発する生肉が腐ったみたいな不快な臭い。さらにどいつも共通して、首や顔に嚙み千切られて欠損している部位がある。血液が乾いた傷跡には歯形がくっきりと残っている。醜悪なその姿。どう見てもまともではない。

「ゾ、ゾンビだ」

サークルメンバーの二年生、岡田《おかだ》が愕然《がくぜん》とした口調でつぶやいた。

そう、ゾンビだ。映画やゲーム画面などに出てくるゾンビそのものである。そいつらが暗がりから大量に、わらわらと姿を現してくる。もう二十、いや三十体はいるだろうか。男女入り混じって見た目の年齢もまちまちだが、そんな区別はもはや意味を成さない。ただひたすらおぞましい、動く死人でしかない。俺は息を吞んで立ち尽くすことしかできないでいた。

「畜生っ、この化け物どもっ、よくも一井を」

怒鳴ったのは二宮《にのみや》だった。

彼は竹槍《たけやり》を構える。昼間、熊が出るかもという話を聞いて、ふざけ半分に竹の槍を何本も作ったのだ。

ゆるゆると歩を進めるゾンビの一体に、二宮は突進した。竹槍を水平にして突っ込んでいく。

斜めに鋭く切った槍の先端が、見事にゾンビの左胸に刺さった。心臓直撃である。

「ざまあ見ろ、一井の仇《かたき》だ」

二宮は得意げに叫ぶ。しかし心臓を貫かれたゾンビは止まらなかった。竹槍を自ら深く刺し貫きながら一歩一歩進んでくる。ちょうど焼き鳥の串に最初の肉片を刺す要領、とでもいおうか。

若い男の姿をしたそのゾンビは、自分の力で胸に竹槍を食い込ませつつ、槍の根元まで進んでいく。その根元を握る二宮に、ゾンビは手を伸ばす。

「うわあああああっ」

二宮が絶叫する。恐ろしさで足が竦《すく》んで動けないらしい。いかん、早く竹槍を手放せ、と俺は怒鳴ろうとしたが、すでに手遅れだった。

胸を槍で貫かれたままのゾンビは、両手で二宮の肩をがっちりと摑《つか》んだ。そして、さらに顔を近づけ、首筋に齧《かじ》り付く。

「ぎゃあああああっ」

二宮の悲鳴と共に、大量の血液が夜の空に噴き上がった。まるで血潮の噴水のようだ。

首に嚙みついたゾンビを引き離そうとする二宮の腕に、別のゾンビが取りついた。Tシャツ姿で剝き出しの腕に、躊躇《ちゅうちょ》なく嚙みつく。

「おああああああっ」

再び絶叫する二宮。そこに第三、第四のゾンビがのしかかっていく。たちまちゾンビまみれになった二宮は、その穢《けが》らわしい押しくらまんじゅうの中に姿を消した。

もう悲鳴も聞こえない。ゾンビどもが肉を食い千切る咀嚼音《そしゃくおん》だけが、夜のしじまの中で小さく聞こえる。

あまりに残虐な光景に、俺はまだ動けないでいた。

他のメンバーも俺と同じらしく、ただ茫然としている。誰も一言も発しない。

その沈黙の呪縛を破ったのは一人の女子だった。一年の三谷《みたに》さんだ。

「いやあああああっ」

金切り声をあげると三谷さんは、不意に駆けだした。セミナーハウスとは反対の、駐車スペースのある方向である。パニックを起こしたのだろうか。そっちにはゾンビがわらわらといる。無謀な疾走に、俺は焦った。

しかしゾンビの歩みはぎくしゃくとして鈍い。奴らの間を三谷さんは、果敢に擦り抜けて駆けて行く。走りながら、ハーフパンツのポケットから何かを取り出す。

三谷さんは車の一台に近づくと、手の中の物をそちらに向ける。その動作で、持っているのがキーホルダーだと判った。遠隔操作でドアロックが解除される。三谷さんは素早い身のこなしで、運転席に滑り込んだ。

近くのゾンビ達がそちらに向かおうとしているけれど、動きが遅いから車へは辿《たど》り着けない。その機を逃さずエンジン音が響いたかと思うと、車は急発進した。

「あいつ、一人で逃げるつもりなのかよ」

と、部長の我門《がもん》が呆《あき》れたように云《い》う。だが、パニックを起こして一人で逃走しようとするのは無理からぬことだろう。俺はそう思う。それに彼女が麓の町まで降りてくれれば、救助を呼んでもらえる。

頼むぞ、三谷さん。俺が胸の内でエールを送りながら見守る中、車は切り返して山道の下り口へと向かう。そこから麓までは一本道だ。

しかし、車のヘッドライトに照らされたのは世にもおぞましい光景だった。山道がびっしり、ゾンビの群れで埋まっているのだ。

「うわっ」

俺の背後で、誰かが声を上げた。

三谷さんの車はそれでも勇猛に、ゾンビの群れの中に突っ込んでいく。五体、六体と男女のゾンビを弾《はじ》き飛ばし、また轢《ひ》き潰しながら車は進む。

だが途中で力尽きた。ゾンビどもの体に阻まれ、スピードがぐんと落ちる。一体のゾンビに前輪が乗り上げてタイヤが空回りしたところで、車は完全に停止した。たちまちボンネットには何体ものゾンビが乗り上げ、車はゾンビに囲まれる。フロントガラスにまで這《は》い上がり、両手をガラスに打ちつける奴もいる。

車中の三谷さんはどれほど恐ろしいことだろうか。俺まで体中に鳥肌が立った。

青山《あおやま》が叫んだ。

「三谷さんっ、戻れっ、バックだバック」

距離があるから聞こえてはいないだろうが、タイミングよく車はバックで走り出す。縋《すが》りつくゾンビどもを振り落としながら、猛スピードで後進する。しかしフロントガラスに貼り付いた一体が剝がれない。しつこくしがみついたそいつは、運転席側の前ガラスをしきりに叩《たた》いている。それに気を取られたようで、進行方向が縒《よ》れた。一体のゾンビを巻き添えにして、車は後部を大木にぶつけて停《と》まった。

凄《すさ》まじい音がした。

勢いがあったせいで、車の後部バンパーと木の間に挟み込まれたゾンビは、腹部を圧《お》し千切られる形になった。ゾンビの下半身は車の下へ、上半身は勢いよく跳ねて車体の横に落ちる。

完全に停止した車のドアが開き、三谷さんがよろよろと出てくる。木にぶつかった衝撃でどこか痛めたらしく、顔をしかめて右足を引きずっていた。

三年の木野《きの》さんがそちらへ向かって叫ぶ。

「三谷ちゃんっ、急いでこっちへ。早く戻ってっ、やつらが来る」

その声に鼓舞されて、三谷さんはこちらへ駆けて来ようとする。

だが、信じられないことが起こった。先程木に挟まれ、千切れた上半身がすっ飛んだゾンビ。そいつが上半身だけで這い、三谷さんに迫っているのだ。匍匐《ほふく》前進のように、腕の力だけで進んでいる。さっきの勢いで車の横へと跳ね飛ばされたので、ドアまで近い。すぐに三谷さんに追いつくと、彼女の足首を摑んだ。

いきなりのことに三谷さんは悲鳴をあげる。ゾンビはそのまま片足に縋りつくと、ふくらはぎに齧り付く。三谷さんの絶叫が、夜の森に谺《こだま》する。それに呼応するみたいに、他のゾンビどももわらわらと寄り集まる。痛めた足をさらに噛まれて、三谷さんは動けない。あっという間に三谷さんの体は、ゾンビの群れに囲まれてしまった。

大量の鮮血がしぶきとなって、ゾンビどもの頭に降り注ぐ。おびただしいゾンビが折り重なり、三谷さんはその中に消えていった。

俺はただ見ていることしかできなかった。

何ということだ。ほんの数分で三人もの命が奪われてしまった。恐ろしいゾンビに噛み千切られて。

戦慄し、俺は体の震えが止まらない。

その間も、なおもゾンビはその数を増やし続けている。闇の中から、ぎくしゃくと出現する。光のドームに照らされたゾンビは、五十体をとうに超えているように見えた。服装は様々だが、しかし一様に顔色は青白く、虚ろな瞳は光を失いどこも見てはいない。中に一体、右腕がもげてなくなっている奴を見たように思うのだが、俺の気のせいだろうか。

短い悲鳴が聞こえた。

反射的に俺が振り向くと、焚き火のそばで二年の内藤《ないとう》さんが立ちすくんでいた。一体のゾンビが彼女に狙いを定めたらしく、じりじりと迫りつつある。もう手の届く距離だ。

木野さんがダッシュして、

「危ないっ」

と、内藤さんの体にタックルし、二人は縺《もつ》れ合うように地面に転がった。手を伸ばしたゾンビの爪が、さっきまで内藤さんが立っていた空間を切り裂いて空振りした。危うく引っかかれるところだった。女子二人はまだ起き上がれないでいる。そこへ別のゾンビが一体、近づく。青山が飛び出して行き、女性達を守る位置に立ち塞がる。その手には鉈《なた》が握られていた。種子島が焚き火の薪を割っていた物だ。

青山は鉈を正眼に構えてゾンビと対峙《たいじ》する。そこに岡田が叫び声をかける。

「青山先輩、頭ですっ。脳を破壊すればゾンビは死にますっ」

青山はちらりと岡田を見ると、構えを上段に変えた。そして一歩踏み出すと、近づいてくるゾンビの頭頂部めがけて、渾身《こんしん》の力で刃を振り下ろす。

鉈の刃は、ゾンビの頭に垂直に入った。頭蓋骨を割り、眉の間まで刀身が食い込む。

頭を真っ二つにされたゾンビは、無表情のまま口をぽかんと開けて、その場にくずおれた。

「よしっ、倒した」

と、岡田が歓喜の声をあげる。

しかしゾンビはまだまだ増え続けている。

今や三方を完全に塞がれている形だ。ゾンビの層は厚く、壁のようになっており、もはや間を擦り抜けることは不可能になっていた。空いているのは背後のセミナーハウスの側だけ。

「建物の中だっ、中に逃げ込め。皆、早くっ」

種子島が叱咤《しった》する。普段は飄然《ひょうぜん》としてのんびりした種子島が、これほど切迫した声を出すのを俺は初めて聞いた。

一同は種子島の言葉に従った。

というより、そちらしか逃げ場がない。

皆、大慌てでセミナーハウスに向かって走り出す。誰かが蹴って電池が外れてしまったのだろう。ランタンの灯《あか》りがいきなり消えた。

闇が濃くなる。

ゾンビどもの腐臭が近づいてくる。

俺は無我夢中で走った。

幸い、ゾンビの歩みはぎくしゃくして遅い。途中で誰も捕まることなく、皆が建物の入り口に飛び込んだ。

誰かがドアを閉じる。

静寂が訪れる。

俺は安堵《あんど》して、エントランスの広間に、ついへたり込んでしまった。他の面々も荒い息をついて、それぞれにしゃがみ込んでいる。

こんな事態になると誰が予測できたことだろうか。もちろん俺も夢想だにしていなかった。

＊

「なあ、梅本《うめもと》、避暑旅行に付き合わないか。山の上は涼しいぞ」

俺がそう誘われたのは〝近世文学史〟の講義が終わった後だった。

声をかけてきたのは我門という男で、俺と同じ三年生だ。

彼はJ大学軟式テニス同好会というサークルの部長だと聞いている。そのサークルの旅行に同行しないかというのだ。

俺は我門にこの授業のノートを貸したことがある。そのお陰で前期試験を辛くも乗り切った彼は、お礼に招待してくれるらしい。

「俺の親父《おやじ》の会社が持っているセミナーハウスがあるんだ。山頂にぽつんとそれだけが建っているから、夜中までどれだけ騒いでもどこからも苦情なんか来ない。もちろん車も出すし、会費も要らない」

我門は気前のいいことを云う。普段から、金回りがいいと評判である。

なんでもN県の小さな山の上に、そのセミナーハウスとやらはあるという。夏休みに三泊四日、そこでのんべんだらりんと過ごそうという計画らしい。費用はすべて我門持ち。豪儀な話だ。

我門が部長を務めるそのサークルは、コートで流す汗の量よりも居酒屋で摂取する黄金色に輝き泡立つ飲料のリットル数のほうが桁違いに多く、ラケットを握っているよりカラオケボックスのマイクを握っている時間のほうが遥《はる》かに長いという、実に軟派な集まりだという。

「どうだ、周りは森ばっかりで何もないんだ。のんびりできるぜ。女の子も来るし」

我門の殺し文句に乗せられたわけでもないが、俺は心を動かされていた。都内の熱帯夜から逃れられるのなら、N県までの遠征も乙なものだと思う。学生の夏休みはひたすら長い。四日くらいならば遊ぶ時間も取れる。

「梅本が一人で心細いなら、もう一人くらいゲストを追加しても構わないぞ」

我門は思わせぶりな口調だった。多分、彼女を誘ってもいいという意味なのだろう。といっても、俺にはあいにく現在そういう相手はいない。仕方がないので暇そうな友人を誘うことにした。

種子島というその男も同学年で、俺は親しくしている。というより、彼と親しいのは俺くらいのものだ。無口で何を考えているのかさっぱり判らない彼は、俗世に関心がないというか周囲の空気を読まないというか、どこか浮き世離れしている。そんな種子島をお気楽サークルの旅行に同行させたらどんな反応を示すか、興味を感じた。

「まあ、構わないが」

と、それが話を持って行った時の種子島の返事だった。

「都内の暑さから避難できるんなら、どこへなりとも連れていってくれ」

誰も考えることは似たり寄ったりだ。

こうして俺は、呑気《のんき》なサークルの避暑旅行に参加する運びとなった。他人の目など気にしない、飄然《ひょうぜん》として、いささか変わり者の友人と共に——。

そして八月になり、J大学軟式テニス同好会の面々にゲスト二名を加えた一団は、N県へと出発した。都内から車で二時間半ほど。山頂のセミナーハウスに到着した時は、皆歓声をあげた。よもやそこであんな血みどろの惨劇に巻き込まれるとは露ほども知らずに。

＊

命からがらセミナーハウスに逃げ込んだ俺達は、とりあえずセミナールームに移動した。一階の一番広い部屋だ。

力なく悄然《しょうぜん》と、メンバーはぞろぞろ集まる。女子の一人はすすり泣いている。

無理もない。目の前で仲間が三人も、続けざまに惨殺されたのだから。それもゾンビに食い殺されるという陰惨きわまりない方法で。俺だって泣きたいくらいだ。

気分は最悪。ただ、館内の電灯がすべて煌々《こうこう》と点《とも》っているのが心強い。全館エアコン完備で、建物内が涼しいのも救いといえば救いだった。

「畜生、三人もやられた。くそっ、とにかく通報だ」

苛立《いらだ》ちながらそう云って我門は、携帯電話を取り出した。しかしすぐに、

「ああ、そうだった。ああもうっ、使えねえなっ」

と、癇癪《かんしゃく》を起こして携帯を床に叩きつける。

「物に当たるのはよしなさいよ、子供じゃあるまいし」

冷たい云い方で注意したのは、三年の女子、木野さんだった。気の強そうな、人目を引く美人である。

我門は焦って一瞬忘れていたようだが、このセミナーハウス内は電波の圏外なのだ。建物を出てバーベキューをやった広場を突っ切り、駐車スペースへ出た付近になれば電波が繋《つな》がる。どういう地形の関係なのか、この山頂の屋内だけは電波が届かない。ちょっとそこまで出れば携帯が繋がるので、すっかり油断していた。今の俺達には、そのちょっとそこまでが不可能なのだ。さらにいえば、こんな山頂までは電話線は延びていないから、固定電話もない。これでは下界に連絡を取る方法がない。そう、俺達は完全に孤立してしまったわけだ。

我門はますますイライラしたらしく、

「畜生、何としても逃げるぞ。おい、みんな、森の中を通って下の町へ逃げよう」

「それはやめておいたほうが賢明じゃないの。森の中にあの化け物がいない保証がどこにあるっていうのよ」

木野さんが冷たくあしらった。きりっとした顔立ちですらりとした美人は、冷徹な態度がよく似合っている。

「だったら車だ。車で強行突破するしかない。おい、岡田、お前、車を取ってこい。ここの玄関に横付けしろ」

我門に命令された岡田は、

「無理ですよお、車に辿り着く前にゾンビに食い殺されます」

気弱そうに答える。二年生の岡田は背が低くメガネをかけて、全体的に貧弱なオタクっぽい風貌をしている。普段から我門に使いっ走りの役割を押しつけられているのかもしれない。

我門はそんな後輩の態度に苛立《いらだ》ちを募らせ、

「畜生、あの化け物は一体何なんだ。どこから湧いて出て来やがったんだ」

岡田がそれに応じて、

「どこから来たのかは判りませんけど、あれはゾンビですね」

「そんなことは判ってるんだよ。俺が聞いてるのは何なのかってことだ」

「何なのかと問われたら、モダンゾンビタイプと答えるしかないでしょう。極めてオーソドックスな、ロメロが創造した型の」

「何をごちゃごちゃ云ってるんだ、意味判んないんだよ、お前は」

と、我門は苛立ちの矛先を変えると、

「お、そうだ、内藤、お前、医学部だったよな。あれがどんな生き物か、何か判るだろう」

突然名指しされて、それまでべそをかいていた内藤さんは、びくりと身を硬くしながら、

「いえ、そんなこと、私、判りません」

と、か細い声で答える。

「医学部っていっても、私、小児科志望だし」

小柄で内気そうな内藤さんは、消え入りそうな声で云う。彼女が医学部だというのが、俺には意外に思えた。どちらかというと、図書館の隅の席で『若草物語』の原書でも読み耽《ふけ》っていそうなイメージだったからだ。

そんなおとなしそうな内藤さんを、我門は睨《にら》みつけて舌打ちし、

「ちっ、役に立たないな。何のための医学部だよ」

「す、すみません」

泣き腫らした目で顔を伏せる内藤さんは、すっかり萎縮《いしゅく》している。気の強そうな木野さんがそれを庇《かば》って、

「無理云わないでよ。どこの国の医学生がゾンビについて詳しいっていうのよ」

「うるせえ、医者の卵なら人体について知っていて当然だろうが」

「人体と化け物の構造を一緒にしないで。うるさいのはあなたのほうでしょう」

「何だと」

云い争いに発展しそうな我門と木野さんを、

「待て待て、二人ともそうカリカリするな。皆が動揺するだろう」

そう窘《たしな》めたのは青山だった。端整な顔立ちの男前だ。若武者みたいに精悍《せいかん》な佇《たたず》まいで、背が高い。俺と同じくらいだから、百八十近くはあるだろう。

「とりあえず落ち着こう。最優先事項は状況把握だ」

と、青山は冷静な口調で云った。彼のほうが我門よりずっとリーダーっぽい。実際、二人は部長の座を争ったのだという。ただ、我門が金に飽かせて後輩達に奢《おご》りまくって票を集めた、との噂《うわさ》を小耳に挟んだ覚えがある。

その、リーダーの地位を金で買ったという噂の我門は、

「状況なら判りきってるだろう。訳の判らない化け物の群れに襲われて仲間が三人も殺された。俺達もそいつらに囲まれて下の町と連絡が取れないでいる」

「化け物じゃなくてゾンビですってば」

と、岡田が訂正して、

「やかましいっ、いちいち口を挟むな、うるせえんだよ、このオタク野郎」

我門に怒鳴られている。

「だからそうカリカリするなって。仮にもきみは部長だろう」

青山が止めると、

「部長だからって何だよ、俺に責任取れとでも云うのか」

「誰もそこまで云っていないだろう」

「だったらどうしろって云うんだ」

と、我門は今度は青山に食ってかかっている。

「まあまあ、待っておくれよ、我門くん。そのくらいでやめとこうよ」

なだめたのは唯一の四年生、大河原だった。大柄で体格もいいが、鳩《はと》のように優しい声ののんびり屋である。その包容力で、何くれとなく後輩達の世話を焼く場面を、今日一日で俺も何度となく見ている。時にはお人よしすぎて貧乏くじを引いていると思えるほどの好人物だ。

大河原はおっとりとした口調で、

「青山くんの云うように現状把握が大切だね。まずは落ち着こう」

「いつ殺されるか判らないんですよ、落ち着いてなんかいられますか」

我門は先輩には一応、敬語を使っている。しかしその語気は強い。青山がそれに応えて、

「そうだな、殺される危険があったんじゃ平静じゃいられない。だからまずは安全確保のために動こう。この建物の中が大丈夫かどうか、それを確認するのが先決だ」

「おお、だったら行って来い。俺はここで待ってるぞ」

と、我門が、王様然として命令口調で云う。金持ちでこのセミナーハウスのオーナーの息子として、尊大さを隠そうともしない。

「じゃ、僕もその確認に一緒に行きます」

岡田がそう云い、木野さんも、

「そうね、私も自分の目で安全を確かめたい」

と、結局全員が行くこととなった。王様は一人、取り残されるわけだ。王座にある者は孤独である。しかし我門本人はそんなことは歯牙にもかけていない様子だった。俺は普段の姿しか見ていないので、我門がサークル内でこれほど横柄に振る舞っていることを知らなかった。いくら何

でもいささか子供っぽすぎるのではなかろうか、とその言動に、俺は呆れた。そんな我門は、

「少しの隙間も見逃すなよ。化け物がどこから入って来るか判らないんだからな」

と、偉そうに命令している。

それに言葉を返さずに、全員がぞろぞろと部屋を出た。俺と種子島もそれに加わった。

種子島はさっきから何も発言していない。彫りの深い顔立ちに、中途半端な長髪が何をどうしたらそんなになるんだというくらいぼさぼさに乱れたこの男は、別段遠慮深いわけではない。他の者の行動に興味がないだけである。常にマイペースでどこか浮き世離れした種子島は、今のこの危機的状況さえどこか他人事みたいな顔をしている。

そんな種子島を殿《しんがり》に、一同はまず道具部屋に向かった。一階の一番奥の部屋だ。ここで各自、武器になりそうな物を調達する。ゾンビにいつどこで出くわすか判らない。小型の斧《おの》、バール、大きな金槌《かなづち》、スコップなど、各々が手に取った。武器を持っても、皆の顔から不安の色は消えない。

それでも青山の指揮の下、勇気を振り絞って一階を見回る。

セミナーハウスは山の上の一軒家にしては大きい。部屋数が多く、敷地面積も広い。電灯が明るいから闇に怯《おび》えなくてもいいのは助かるが、それでも恐ろしい。おっかなびっくりの及び腰で、一同は館内を回った。

窓から外を見ると、建物の裏手にもゾンビが回っている。ぎくしゃくとした動きで、何体も歩いている。

青山が小声で指示を出す。

「奴らを刺激しないように注意しろ。窓に面した部屋の電気は消して回ろう。カーテンも閉じて、こっちの動きが見えないようにしておいたほうがいいな」

俺達は足音を殺して、その指示に従った。そうして各部屋を巡る。

一階はしっかり戸締まりしてあった。今のところ、ゾンビはどこからも入り込んではいない。全館エアコン完備で、窓を開けっ放しにしていなかったのが幸いしたのだ。その点だけは幸運だった。さすがに壁をよじ登って二階へ侵入することもないだろう。建物内は一応安全だ。俺達はとりあえずほっとした。

しかし、安心してばかりはいられない。このセミナーハウスは山頂にぽつんと建つ、謂《い》わば陸の孤島である。近隣に他の建物などない。救助を求めるべき相手が、周囲に誰もいないのだ。

ゾンビの群れに囲まれて、俺達は建物から外に出られない。携帯電話も圏外なので、どこにも連絡が取れない。ゾンビには窓ガラスを破る力も知恵もないみたいだが、俺達も外へは逃げられない。一歩でも出たら、たちまちゾンビの餌食《えじき》である。

一同は肩を落として、元のセミナールームに戻った。この部屋は中学や高校の教室二つ分ほどの広さで、長い机が整然と並んでいる。研修や会議をするためなのだろう、前方には大きなホワイトボードも置かれていた。

俺達が入って行くと、我門が、

「おう、戻ったな。どうだった？」

と、長机の一つに座り、ふんぞり返って聞いてくる。その王様ぶった態度に反発するでもなく、青山は律儀に、

「一階の戸締まりは完璧だ。建物内は一応安全だと思う。ただしゾンビに取り囲まれている。逃げる手段はなさそうだ」

その報告に、我門はまた癇癪《かんしゃく》を起こし、

「何やってるんだよ、どうにかして脱出する段取りつけろよ」

「無茶云うな、周りはゾンビだらけなんだぞ。どうやって脱出するっていうんだ」

「そこを何とかしろって云ってるんだよ」

そこに大河原が割って入って、やんわりと優しい口調で、

「まあまあ、我門くんも熱くならないで。それより情報が欲しいね。下の町はどうなっているんだろう。救助が来る態勢が整っているのがどうか知りたいな。テレビはないの？」

「ないです。電波が届かないから置いていても意味ないですから」

我門が答えるのに、大河原は重ねて質問して、

「ラジオもないの？　ネット環境は？　パソコンもないの」

「電波が届かないって云ってるじゃないですか。テレビもラジオも使いものにならないんですよ。ネットにも繋がらないし」

我門は、先輩に対しても苛立ちを隠さない。大河原はそれでもおっとりと、

「困ったなあ、それじゃ下界の情報を知りようがないね。連絡も取れないし、これは参ったな」

と、鳩みたいな優しい声で云う。それと対照的に、尖《とが》った口調の我門が、

「畜生っ、これじゃドン詰まりじゃねえかっ、誰か何とかしろよ」

と、机に行儀悪く座ったまま、隣の机を蹴る。がんっと不快な音がする。

木野さんが形のいい眉をひそめて、

「だから物に当たるのやめなさいって云ってるでしょ、みっともない」

「うるせえ、俺に説教するなよ。おい、お前もいつまでぐじぐじ泣いてるんだ、やめろよ、鬱陶《うっとう》しい」

苛立ちの矛先を内藤さんに向ける。とばっちりを投げつけられた内藤さんは、ぎくりと身を縮めて、

「ご、ごめんなさい」

「人に当たるのもよしなさいってば。少しは落ち着いてよ」

と、木野さんがまた、注意する。

「うるせえって云ってるんだよ。化け物に襲われてるってのに落ち着けるかよ」

「化け物じゃなくてゾンビですよ」

口を挟んだ岡田を、我門は怒鳴りつけて、

「やかましいんだよっ、いちいち訂正するなって云っただろ、邪魔くさいやつだ」

「まあまあ、やめようよ」

と、取り成したのはやはり大河原で、

「内輪揉《も》めしている場合じゃないよ、もっと建設的な話し合いをしよう」

おっとりとした優しい口調で云った。

四年生から一人だけ参加している大河原は、郷里の地銀に早くも内定が決まって余裕綽々《しゃくしゃく》の身分なのだ、と昼間聞いた。他の四年生部員はまだ就活まっただ中で、この時期も都内の熱波の

中を汗だくで駆けずり回っているはずだ。

午前中、そんな同級生の一人にエントリーシートの書き方について相談に乗ってあげていたそうで、大河原は今日一人だけ遅れて到着した。自分の遊びより友人の相談優先なのが、お人よしの大河原らしい。

「建物内にいればひとまずは安全だ。そこは素直に喜ぼう。不幸中の幸いだな。まずは亡くなった三人に黙禱を捧げる」

と、青山がリーダーシップを発揮して云った。

そして、一同は立ったまま黙禱した。

静かに目をつぶって頭《こうべ》を垂れる。

我門も、さすがに素直にこれには従った。

そんな中、俺は生き残ったメンバーを頭の中で数え上げていた。我門以外は今日が初対面だが、一日行動を共にして、だいたいの人となりは摑めたつもりである。

我門　部長　俺様気質でわがまま（三年生）
青山　実質的リーダー格のイケメン（三年生）
岡田　小柄でオタクっぽい（二年生）
大河原　おっとりして気の優しいなだめ役（四年生）
木野　気の強い美人（三年生）
内藤　内気な医学部女子（二年生）

この六人に亡くなった一井（一年生）二宮（二年生）三谷（一年生）計九人がサークルメンバーである。これで全体の半分ほどだという。残りの半分は、就活やバイトや帰省や運転免許取得などの都合で不参加。青山は不幸中の幸いと云っていたけれど、来られなかったメンバーのほうが結果的にラッキーだったわけである。

とにかく、サークルメンバー九人と、ゲスト格で飛び入りの俺、そして種子島を加えた計十一人が避暑旅行の参加メンバーだ。そのうち三人を早くも失ったが。

青山は黙禱を終えると、

「今後のことを話し合おう。その前にまずは座ろうか、落ち着かないから」

その提案に我門が嚙みついて、

「おい、勝手に仕切るなよ。部長は俺だぞ」

青山はさすがにむっとしたようで、

「だったら少しは部長らしくしろよ、さっきから何だ、きみの態度は」

「俺のどの態度が気に入らないって云うんだよ」

我門が気色ばんだところに、また大河原が割って入って、

「まあまあ、クールダウンしようよ。我門くん、まだ酔っているのかい」

「酒なんかとっくに醒《さ》めましたよ、あんなことがあったんだから」

と、我門は不満そうに云ったが、さすがにおとなしくなった。

そうして、皆で車座になって座った。ホワイトボードのある部屋の前のほうで長机を挟み、て

んでんばらばらに椅子に腰かける。四十人は研修を受けられそうな広さがあるので、この人数ではガランとして寒々しさを感じてしまう。俺はあくまでゲストの分をわきまえて、少し離れた位置に席を取った。さらに人の輪から距離を取り、種子島はぽつんと座る。こっちは遠慮しているというわけではなく、自由気ままなだけである。

青山が司会のように皆を見回して、

「さて、俺達はゾンビに囲まれて閉じ込められているわけだが、何か脱出方法はないものだろうか」

その問いに、小柄な岡田がメガネの位置を指で直しながら、

「脱出は難しいと思いますね。映画でもこういう場合はたいてい立て籠もるパターンになるものです。下手に脱出を強行しようとする登場人物は、まず例外なく殺されてしまうんです」

「岡田は何やら詳しいようだな、さっきも何とかタイプとか分類していたが」

「別に詳しくはないですよ。僕が知っているのは映画の知識だけで」

「この際それでも構わない、映画の話をしてくれないか。現状を打破するには、まず敵を知る必要があるかもしれない」

青山に促されて、

「では、少しお話しします」

と、岡田はメガネをもう一度、指先で押し上げて、

「ゾンビというのは皆さんもご存じの通り、元はブードゥー教の呪術で死者を使役するために死体を蘇《よみがえ》らせる秘術です。死人が動くのは純粋に恐ろしいから、古くからホラーやスプラッタ映画

の題材として取り上げられてきました。ただ、モンスターとしては吸血鬼や狼男などメジャーどころに較《くら》べると格落ち感はありましたね。それが爆発的に広まったのは一人の天才監督の功績です。ジョージ・A・ロメロ。このホラー映画の巨匠が一九六八年『ナイト・オブ・ザ・リビングデッド』を撮りました。この時ロメロが創案したゾンビ像が、後世ホラーファンに〝モダンゾンビ〟と称される概念の元となりました。僕達が現在ゾンビと聞くとイメージするモンスターとしてのゾンビは、ロメロが創り上げたイメージが元祖なのです。ロメロはさらに一九七八年『ドーン・オブ・ザ・デッド』を撮ります。これが世界的に大ヒットして、モダンゾンビ像は完全にイメージが定着したわけです」

早口かつ饒舌《じょうぜつ》に岡田は喋《しゃべ》る。得意分野を語る時にこんな具合になるのがオタクの習性である。

「ロメロの創造したモダンゾンビのスタイルは全世界で次世代のクリエーターに影響を与え、今でも様々なバリエーションが作られ続けています。ただ、モダンゾンビのフォーマットは揺るぎません。その特性をいくつか挙げましょうか」

と、岡田は立ち上がると、ホワイトボードの前まで歩いて行きマーカーを手に取った。そして、ボードに①と書く。

①ゾンビは動く死体である

一行目をそう記した岡田は、こちらに向き直って、

「これは判りますね。さっき見た通り、僕達を襲ってきたのは絶対に生きているまともな人間で

はありませんでした」

その言葉に、一同は無言でうなずいた。確かに、あの腐臭といい、死体としか思えなかった。俺も心の中でうなずく。

②知性はなく基本的にうろつき歩くだけ

と、岡田は二行目を書くと、

「これも見ましたね。人の姿をしていても、コミュニケーションは一切取れません。動く死体で、なおかつ意思の疎通は不可能という生理的なおぞましさ。ゾンビがホラー映画の主役になったのは、この生態のためなのです。出てくるだけで生理的な嫌悪感を観客に持たせることができる。これが恐怖をあおるわけです」

なるほど、うろつくだけか。と俺は納得した。確かにゾンビはあまり機敏には動かなかった。さっきセミナーハウスに俺達が逃げ込めたのも、追いかけてくる奴らがノロかったからだ。

③生きている人間を見ると襲いかかる

「ゾンビの食料は生きている人間です。だから襲いかかる。奴らにとっては生者はエサでしかないんです」

と、岡田は説明を続ける。さらに、

④攻撃方法は主に噛みつき

「奴らは喰いたいから齧り付いてくる。たまに引っかいて人間の動きを止めようとしますが、基本的には噛みついてきます。理性がなく、力をセーブできないから思いっきり噛んでくるわけです。人の筋肉など簡単に食い千切られます」

岡田の言葉に、俺は広場で三人が殺された場面を思い出してしまう。リミッターを外して噛みつくゾンビに、一井も二宮も体を食い千切られていた。あれは恐ろしかった。胸が悪くなる。

⑤ゾンビに噛まれて死んだ人間も蘇ってゾンビになる

「これが厄介な点ですね。ゾンビの怖いのは、この増えるという一面なんです。ゾンビの犠牲者はさらにゾンビになる。映画の主人公達も、これでより危機に陥るケースが多いのです。増殖して敵が増える。作劇的にもサスペンス度が高まりますし、そしておぞましい歩く死体が増えることで純粋に恐怖感が増すわけです」

⑥ゾンビは心臓を潰したくらいでは倒れない

「死者だから鈍感なんですね。多分、痛覚すらないのでしょう。簡単に殺せないのも、ゾンビの厄介な点の一つといえます」

岡田は云う。これも俺は見た。二宮が竹槍でゾンビの心臓を貫いたのだ。それでもまったくダメージを与えられずに、ゾンビは怯《ひる》むことなく襲ってきた。あれも恐ろしかった。皆、あの場面を思い出しているのだろう。一様に恐怖に怯えた顔つきになっている。

⑦肉体が多少欠落しても動きを止めない

「実際、見ましたね。三谷さんが車で潰して、ゾンビが上半身と下半身に千切れました。それでも上半身のゾンビは、這って動いていました。三谷さんを襲って噛みついていたでしょう」

俺はふと思い出して、つい口を挟んで、

「そういえば、腕が一本もげたゾンビを見た気がする。あれは見間違いじゃなかったんだな」

岡田はうなずいて、

「気のせいでも見間違いでもないでしょうね。多分、生前に噛み千切られて、そのままの形で蘇ったんだと思います。そういう個体がいてもおかしくはありません」

そうか、あれは気のせいではなかったのか。そう判っても、気味の悪いのは払拭できなかった。

⑧脳を破壊するのが唯一の活動停止方法である

「これがゾンビのただ一つの弱点ですね。脳を潰して、やっと倒すことができるんです」

岡田の解説に、木野さんが軽くうなずきながら、

「青山くんがさっきやったみたいに？」

「そうです」

さっきの広場での攻防で、青山は女性二人を庇い、ゾンビの脳天を鉈で大上段から叩き割っていた。岡田が頭を狙えとアドバイスをしたからだった。

「僕が今回出現したゾンビがモダンゾンビタイプだと看破できたのは、動きが遅いのと、心臓を貫かれても攻撃してきたのを見たのがきっかけでした。ロメロから後の時代の映画だと、全力疾走して追いかけて来たり、水中を泳いで追ってくるゾンビも考案されました。ただ、僕らが遭遇したのはそこまで器用そうではありませんでした。だからベーシックなモダンゾンビだと判ったんです。このタイプならば脳の破壊で倒せます。以上、主にこの八つがゾンビの生態です」

ご清聴ありがとうございました、というふうに、岡田はお辞儀をした。どうやらゾンビセミナーはこれにて終了らしい。

「だったら片っ端から頭を潰してやればいいんじゃないの。一体残らず全部」

と、木野さんが顔に似合わず過激なことを云う。しかし、岡田は首を横に振り、

「あの数をですか。現実的ではありませんね。一体倒している間に、他のゾンビ達に囲まれてしまいますよ」

確かに岡田の云う通りだ、と俺も思う。ここを取り囲んでいるゾンビの数を考えれば、一体ずつ悠長に倒している余裕があるとは思えない。

我門が、長机に腰かけた行儀の悪い姿勢のままで鼻を鳴らし、

「何だよ、おとなしく聞いてやってりゃそれだけか。もっと効率的なゾンビのやっつけ方はないのかよ」

「ありませんね、効率的な方法は。脳を破壊するのが唯一の手段です」

「ゾンビ全滅光線とか、映画には出て来ないのかよ」

「そんな都合のいい武器はないでしょうね」

「だったら映画はどう終わるんだ？」

「主人公達が辛くも脱出する、逃げ延びタイプのエンドが多いでしょうか。人類絶滅のバッドエンドもありますよ。手も足も出なくて、主人公が諦めて終わり、なんてのも。たまに、ワクチンが開発されて希望の光が見えて終わるのもありますけど。大概は絶望的な終わり方をします」

岡田が云うと、木野さんが肩をすくめて、

「カタルシスがないのね」

「まあ、ホラーですから。大作映画みたいにすっきりした爽快感はないですねえ」

岡田の答えに、我門は顔をしかめて、

「何だよ、ゾンビ殲滅《せんめつ》しないのか。やっつけられないんじゃつまらないだろう」

「映画だと、銃でやっつけてますよ、割と豪快に。銃なら離れていても狙えますからね。がんがんゾンビの頭を撃ち抜いています。次々に倒す気持ちよさはありますよ」

「それは海外映画だからだろう」

と、我門は不満そうに、

「ここには銃なんてないんだし、お前の話はちっとも参考にならないじゃないかよ」

「すみません、僕も映画の知識しかなくて。まさか本当に現実世界で、ゾンビに襲われるなんて考えたこともありませんでしたから」

岡田が申し訳なさそうに云うと、青山が質問して、

「原因は？　ゾンビはどうやって誕生する？　映画の中ではその辺はどう描写されているんだ」

「宇宙から謎の放射線が降り注いだり、突然そういう疫病が蔓延《まんえん》したとか、最初のほうでざっくり説明されるだけ、というケースが多いですね」

岡田の答えに、木野さんが呆れたように、

「何だかいい加減なんだね」

「B級ホラーですから、そういうところは大雑把なんです。低予算で手っ取り早く観客を怖がらせるのが目的なわけで、設定に凝る必要もないんでしょうね。国産ゲームが元で、それが当たってハリウッドでも映画化されたヒットシリーズだと一応、倫理観の欠如した巨大製薬会社が人間兵器開発のためにそういうウイルスの実験をしていた、なんて設定にしてましたけど」

「外にいるゾンビもウイルスのせいであぁなっているのか」

青山の質問に、

「いえ、判りません」

と、岡田は力なく首を振り、

「推定ならばいくらでもできますけど。バイオ兵器、病原菌の突然変異、隕石《いんせき》に付着してきた感染型の細菌、他の天体からの侵略、と何とでも考えられますね。しかし原因が判明したところで、事態の打開策に繋がるのかどうか」

「役に立たない知識ばっかりだな、お前のは」

と、我門が悪態をつき、

「すみません」

岡田はますます小さくなった。

長々と喋ってくれた割には、岡田の知識からはこの窮地を脱するヒントは摑めそうもなかった。

そこへ、

「ちょっといいかな」

と、会話の輪の外側から声がかかった。

種子島だ。少し離れた場所に座っていた種子島が、そのどうしたらそこまでぼさぼさになるんだと問い詰めたくなるほど乱れた髪を手で掻《か》き上げながら、こっちを見ていた。

今までずっと黙っていたのに急に言葉を発したので、皆が驚いてそのぼさぼさ頭に注目する。

そんな反応を気にするでもなく、種子島は、

「⑤が引っかかるんだ。ゾンビに嚙まれて死んだ人間も蘇ってゾンビになる」

と、ホワイトボードの文字を指さし、飄然とした口調で、

「さっきやられた三人。彼らは今どうなっているんだ？」

一同、はっとして息を吞んだ。そして、無言のまま互いに顔を見合わせている。そこまでは考えていなかったようだ。俺も念頭になかった。

青山が慌てた様子で立ち上がり、

「二階だ、二階からなら下が見える」

そう云って、セミナールームを飛び出して行く。全員が泡を食ってそれに倣《なら》う。王様気取りの我門も、めそめそしていた内藤さんも、この時ばかりは急《せ》き立てられるように席を立った。もちろん俺もだ。種子島だけは悠然と最後について来る。

俺達は階段を駆け上がった。

二階には宿泊用の個室がずらりと並んでいる。廊下の北側は一般社員用と思われる小さな部屋が数多く、南側には幹部社員用の広めの部屋がいくつか、という構造でドアが並ぶ。

バーベキューをした広場は建物の南側だ。幹部用個室の一つに、皆で雪崩《なだ》れ込んだ。南の窓には半円形のバルコニーが突き出している。その鉄の手摺《てす》りに、俺達は殺到した。

外は暗い。月明かりだけでは様子がよく判らない。だが、薄暗がりの中、眼下の広場では何十体というゾンビが蠢《うごめ》いているのは見えた。ぎくしゃくとした気味悪い歩き方で、あてどもなくうろついている。

バルコニーの手摺りから身を乗り出すと、下からかすかに腐臭が漂ってくる。ゾンビが発する悪臭だ。それに構わず俺達は、広場いっぱいに歩き回るゾンビの群れを見下ろした。

我門が不満ったらしく口を開き、

「暗いな、よく見えないぞ」

そこへ大河原が後ろから、

「ライト、持ってきたよ」

一本のフラッシュライトを差し出した。青山が代表してそれを受け取り、早速下を照らす。ライトの光の動きに合わせて、ゾンビの影が踊る。

ゾンビは光には一切反応せず、ゆっくりと歩き回っている。どうでもいいが、さっきより明らかに数が増えている。おぞましさに、俺は思わず鳥肌の立った腕をさすった。

バーベキュー台の炎が、まだかすかに燃え残っている。小さな火が見える。青山はその周辺を重点的に照らした。一井が襲われた場所なのだ。しかし、一井の倒れた姿は見当たらない。

「いない」

と、青山がつぶやくと、我門が横から引ったくるようにライトを奪って、

「よこせ、俺がやる」

と、一条の光を広場の地面に走らせる。

「三谷は車のそばだったな」

そう云って我門は、そちらを照らす。大木に車体後部をぶつけて停まった車。先ほど見た場所から動いてはいない。その周囲を、ライトの光が舐《な》めるように照らす。三谷さんが襲われたのは車のドアの前だった。しかしやはり、三谷さんの死体も見つからなかった。

我門は訝《いぶか》しげに、

「おかしいな、あそこのはずなんだが」

木野さんが下を指さし、

「二宮くんはあの辺りだった」

割と素直に、我門はそちらを照らした。

だが、こちらにも倒れた二宮の姿はなかった。

「ちょっと失礼」

と、種子島がさりげなく、我門の手からひょいっとライトを取り上げた。そして、広場で徘徊《はいかい》するゾンビを照らしていく。一体ずつ、丁寧に。

「おい、何をやってるんだ、お前」

我門が気色ばんでも、種子島は涼しい顔で、

「目はいいんでね」

と、とんちんかんな返事をしてライトを動かし続ける。

と、突然ライトの光が止まった。一体のゾンビを照らしている。

「ほら、あれ」

種子島が緊迫感のない口調で云った。俺達は、一斉にそちらに視線を向ける。

俺はぞっと、肌が粟立《あわだ》つのを抑えられなかった。

そこで見たのは、ゾンビになった二宮の姿だった。着ていた赤いTシャツにも見覚えがある。首や腕のあちこちに噛み千切られた跡のある、悲惨きわまりないその姿。Tシャツも噛み裂かれていてボロボロだ。おぞましいゾンビだが、しかし顔は見知った二宮のものだった。口を半開きにして目は虚ろ、首を少しだけ傾《かし》げたまま、他のゾンビどもに混じって意志もなくゆっくりと歩き回っている。顔色は蒼《あお》いのを通り越して白い。

内藤さんが小さく悲鳴をあげた。

二宮は穢らわしいゾンビに成り果てていた。

今日知り合ったばかりの俺でも大きなショックを受けた。旧知の仲のサークルメンバーの心中はいかばかりだろうか。皆、一言もない。

種子島は飄然と、

「もっと探せば一井くんや三谷さんも見つかるでしょうけど、どうします？」

それに応じた青山は、沈痛な面持ちで、

「いや、そこまでする必要はない」

と、種子島の手を抑え、光を二宮から外した。

一同は悄然と一階へ降りて、セミナールームに戻った。

黙って座り、しょげ返っていた。醜悪に変貌した仲間の姿が、心底応えたようだった。しばらくは、通夜のごとく黙りこくっていた。

立ち直りが早かったのは、実質的なリーダー格の青山だった。

決然と顔を上げた青山は、

「とにかく、これからどうするか、指針を検討しよう。みんなの意見を聞かせてくれ」

民主的なリーダーらしく一同を促す。

我門がそれに答えて、

「どうするもこうするも、強行突破しかないだろう。車で下の町まで降りるんだ」

威勢はよかったけれど、皆、返答に詰まってしまう。

ここは山の上の行き止まりに位置する。

麓から二車線の山道を車で十五分くらい登ると、そこに別荘地がある。都会の金持ちの避暑地なのだろう。十軒ほどの豪奢《ごうしゃ》な建物が、ゆったりとした敷地に並んでいる。舗装道路はそこまでだが、そこからさらに登り道がある。車が一台通るのがやっとの狭い道で、森の中を突っ切る未舗装の山道だ。でこぼこ道をさらに車で十五分ばかり登って、ようやく山頂に着く。何という名の山か、聞きそびれて俺は知らない。その山頂にこのセミナーハウスが建っているというわけだ。コンクリート造りの二階建て。特に凝った意匠ではないが、割と大きな建物だ。我門の父親が経営する会社の持ち物だという。

俺達は今、そこから脱出できなくなっている。

我門の強行突破案は皆の賛同を集められなかったようで、代表するかのように木野さんが、

「それは無理でしょ。三谷ちゃんの二の舞になるだけだよ。山道にもぎっしりゾンビがいたのを見たでしょう。行きも戻りもできなくなって、最悪の結果になるのがオチね」

我門は歯噛みして、

「畜生、ダメか。確かにごまんといたな。あのゾンビども、あれは何匹、いや、何体くらいいるんだ」

匹を体に云い替えたのは、二宮のゾンビを見たせいだろう。岡田がメガネの位置を指先で直しながら、

「とんでもない数がいましたね」

「そういえば、麓の町でイベントをやっていたんじゃなかったか」

青山が思い出したらしくそう云うと、木野さんが整った顔立ちをしかめて、

「あ、そうだった」

と、云った。俺も思い出す。昼食を摂《と》った麓の町の小さな食堂が異様に混んでいた。そこで聞いたのだ。町興しのイベントのことを。

なんでも来年の連続ドラマが地元に縁のある戦国武将の物語だそうで、ＰＲのため市を挙げての一大イベントがちょうど今日、開催されているという。主演俳優や脇を固めるベテラン俳優、旬の若手人気女優も呼ぶ、かなり力の入った行事らしい。

俳優達は鎧武者《よろいむしゃ》に扮《ふん》し、馬に乗ってパレードを行う。女優陣も絢爛《けんらん》な着物で輿《こし》に乗って行列に参加する。この猛暑の中、ご苦労なことである。その他、鉄砲保存会による火縄銃の射撃実演、騎馬武者軍団の人間将棋、ドラマのテーマソングを歌う人気歌手のミニコンサートなど、盛りだくさんの内容だという。

飲食の露店もたくさん並び、この暑さでは生ビールの屋台は大行列だったことだろう。

そのイベントに、たまたま俺達の旅行日程が重なった。三谷さんは人気俳優を見たがっていたが、他のメンバーによって却下されていた。軟派なサークルではあるけれど、ミーハー気質ではないようだ。だから関心を持つことなく、イベントは無視して俺達は山道を登った。

「そうそう、あれのせいで渋滞に巻き込まれてね。もっと早く着く予定だったんだけど」

一人だけ遅れて到着した大河原は、優しい声質でぼやくように云う。青山は首を傾げて、

「麓の町にはどのくらいの人が集まったんだろうか」

すると、内藤さんがぐしぐしと半泣きで、

「来る途中、カーラジオで聞きました、ローカルニュースで。集客は二万人を見込んでいるって」

「二万人！」

岡田が、メガネの奥の目を剝いた。青山も顔をしかめて、

「もしその人達が全員ゾンビになってたりしたら」

「とんでもない数ね」

と、木野さんが言葉を引き継ぎ、

「二万人のゾンビの大群。その十分の一でもここの山道に迷い込んで来たら、大変なことになる」

「冗談じゃない、二千体もいるってことか。銃があるわけでもないし、太刀打ちできないぞ」

我門が怒ったように云うと、対照的に青山は冷静に、

「うーん、これは長期戦も覚悟する必要があるかもな。持久戦だ」

岡田も難しい顔つきで、

「そうですね、映画でも立て籠もる展開になることが多いです。ゾンビに囲まれたら、大抵そうなるのがパターンですから」

「水は？　確保できそうか」

青山の問いかけに、我門は貧乏揺すりしながら、

「ああ、そいつは問題ない。山の湧き水を濾過《ろか》して使っている。いくらでも出る。あと電気もだ。地中ケーブルだから、ゾンビに電線を切られる恐れはないだろう。もっとも、下の町の変電所がやられたらおしまいだけどな」

その言葉に青山はうなずいて、

「水と電力、最低限のインフラは確保できそうだな。これは安心材料だ。あと、問題は食料だが」

「そっちは心許《こころもと》ないかな。元々三泊の予定だったから、その分しかないの」

と、木野さんが答える。

「そうか、しかしまあ、何とかなるだろう。水さえあれば人間は一週間は保《も》つ」

「おいおい、餓死するまで籠城する気か。そんなのはご免だぜ」

我門が不平を云うと、青山は落ち着いた様子で、

「いや、さすがに飢えるほど長期化はしないだろう。各自スケジュールは家族や友人に伝えて来ているだろう。俺達がここにいることは周りの人達みんなが知っているんだ。まさか全国的にゾンビが蔓延しているわけでもあるまいし、絶対に救助は来る。それも近いうちに。それまで持ちこたえればいい」

その言葉に少し機嫌を直したらしく、我門は、

「そうか、親父にも三泊四日のことは伝えてある。いや、その前に下の町はゾンビの大量発生で大騒動になっているはずだ。俺達が戻らなかったら、親父達が心配して救助を要請するだろう。ひょっとしたら案外早く助けが来るかもしれないな」

「そういうことだ。だからそれまで頑張ろう。大丈夫だよ、みんな、内藤さんも」

青山に声をかけられて、

「はい」

と、内藤さんはやっと涙を拭いてうなずいた。

岡田がそれとは関係なく、

「映画によってはゾンビは夜行性で、太陽の下では活動できずに暗がりに引きこもっている、って設定もあるんですけど」

「それってモダンタイプってやつ?」

木野さんに尋ねられて、岡田は首を横に振り、

「いえ、違います。もっとずっと後の作品ですね」

「期待薄って感じかな」

クールな美人は、冷たく云い放った。

青山が取りまとめて、

「では、今夜はもう休もう。体力温存も重要だ。みんなくたびれているしな。こんな状態じゃいいアイディアも浮かばないだろう。どのみち夜間の脱出は危険だ。朝になったら改めて、脱出方法も含めて色々検討してみよう。救助が来る前に自力で逃げられるのなら、それに越したことはない。場合によっては籠城作戦しかないが、その選択も明日にしよう」

リーダー役の言葉に、皆納得顔だ。そうするしかないというムードになる。

そこへ水を差すように、無遠慮な種子島が、

「俺は朝になったら狼煙《のろし》を上げたいな、屋上で。下界で誰かが発見してくれたら、ここに人がいるのを知らせることができる。山頂から煙が上がってたら目立つでしょう」

青山は考え深げに、

「うん、いいな、それを試してみよう。頼めるか、種子島くん」

「言い出しっぺだからやりますけど、燃やす物がない。薪は全部、外の広場だし。家具や建具を壊して燃やしても構わないかな」

「構わない、いくらでもやってくれ。どうせ親父の会社の持ち物だ」

と、我門が金持ちらしい太っ腹なことを云い、青山がまとめて、

「では、今夜は各自、自室で休もう。体力維持のため充分休むこと。それから異常があったら大声で知らせるように。ゾンビが入り込んできたら大変だからな」

「何でお前が仕切ってるんだよ」

我門が不平をもらしたが、食って掛かるほどの元気はもうないようだった。皆、疲れているのだ。

青山は、我門の不満を気にもせず、

「俺はもう一度見回ってくる。一階の戸締まりを。ゾンビが潜り込んでくるような隙間がないか確認したいから」

「一人じゃ危険ですよ、僕も付き合います」

と云って、岡田が立ち上がり、長机の上のバールを手に取った。小斧を持った青山は、出て行く前に俺の肩を叩き、

「梅本くんを巻き込んだ形になっちまったな、すまない」

気を遣ってくれた。やはりこのイケメンがリーダーに相応《ふさわ》しい。

青山と岡田が出て行ったので、何となく解散の流れになった。各自、それぞれの武器を手に、セミナールームを後にする。

こうしてゾンビの群れに囲まれて脱出不能となった俺達は、一夜を過ごすことになった。

二階北側には、平社員用の個室がずらりと並んでいる。

社員研修のための施設なのだが、俺は何となく、監獄というイメージを抱いた。いや、別に監獄になど入った経験はないから、本当に何となくである。

それほど部屋は狭かった。

細長くて、二段ベッドが二台入っている。本来は四人用の部屋なのだろうが、数が多いから一人ひと部屋ずつあてがわれている。四人用なのに、一人でいても狭苦しく感じる。

俺は片方のベッドの下段に横たわった。

時刻は深夜。

しかし、寝られない。

暗がりの中、輾転反側《てんてんはんそく》する。

今日一日のことを思い出す。長い一日だった。色々なことがあった。

車三台に分乗して、都内から二時間半ほどのドライブ。

この山頂へ到着してから、まずは森林浴と称して皆で森の中へ入った。我門が「この山には野生の熊が出るらしいぞ」と冗談を云い、ふざけた一井や二宮が、竹林から竹を切ってきて槍を作り始めた。そのうち悪乗りがエスカレートし、誰が一番使い勝手のよさそうな竹槍を作れるか大会に移行して、女性陣三人から「男ってホント、こういうところがガキっぽいのよねえ」と冷ややかな視線を投げつけられた。

森の中で蛇が這い出してきて、岡田が腰を抜かしかけて青山に縋《すが》りつき「僕、蛇だけは本当にダメなんです」と情けない悲鳴をあげ、三谷さんに「岡田先輩、ただでさえ頼りないのに、カッコ悪すぎです」と追い打ちをかけられていた。

遅れて到着した大河原は、バーベキューの準備を始めた俺達の前に現れた時「ほら、スイカの差し入れだよ、冷蔵庫は空いているかな」と、球形の大きな物が入った白いレジ袋を両手に一つずつぶら下げて登場し「さすが就活勝利者、気が利いてますねえ」などと皆に褒《ほ》めそやされていた。

バーベキューの締めのヤキソバを作るのに、青山が見事な包丁捌《さば》きと手際のいい調理の腕前を見せ、クールな木野さんから「うん、やっぱり男もこれからは料理くらいできないとね。青山くん、及第点」とのお言葉を賜り、さらに株を上げた。

バーベキューの最中、空気を一切読まない種子島は一人ぽつりと皆の輪の中に入らず、隅っこでずっと焚き火を燃やしていた。あまりにも一人で熱中しているから俺が思わず「楽しいのか、それ」と尋ねると、うっとりとした顔で種子島は「最高だよ。煙の香り、炎の色、木材の弾ける音、すべてが美の極致だ。街なかじゃできないからな、堪能《たんのう》しているよ」と異常性癖者丸出しで、内藤さんが横で聞いてドン引きしていた。

そしてバーベキューの後、あの惨劇が突然始まったのだった——。

思い出すと、ますます眠れない。

神経が異様に高ぶっている。

結局、窓の外が明るくなっても寝つけず、明け方に少しうとうとしただけだった。

朝七時。もう眠るのを諦めて、ベッドから起き上がり身支度を整える。

二階の窓から下を見てみた。朝日の中、ゾンビの群れがぞろぞろと歩いているのが見える。あっちこっちを向いたゾンビどもはてんでんばらばらに、ぎくしゃくとゆっくり、目的もなく歩を進めている。明るい中で見ても、やはり気味が悪い。森の中にも紛れ込んでいるようで、何ヶ所かで木の枝が不自然に揺れている。ゾンビが何も考えずに、枝を体で押しているのだ。岡田が昨夜云っていたような夜行性ではなかった。朝になればきれいさっぱり、ゾンビがいなくなっているという都合のいい展開にはならなかった。取り囲まれた状況は変わらない。昨夜同様、逃げ場はなさそうだ。

一階へ降り、洗面所で洗顔などを済ませると、俺はざっと様子を見て回った。幸いゾンビは入り込んではいない。一階各部屋と玄関の戸締まりを点検する。窓も玄関も、すべて施錠されているのが確認できた。そしてどの部屋も、昨夜カーテンを閉じた状態が保たれている。カーテンの隙間からそっと覗《のぞ》くと、窓ガラスの向こうをゾンビが通るのが見える。目と鼻の先の距離だ。膝を固定されているみたいなぎくしゃくとした動きで、窓の外を横切って行く。知性がないというのは本当らしく、俺が覗いていても気づきもしない。目は虚ろに中空をぼんやり見上げ、こっちを見ることもない。いきなり飛びかかられる心配はないが、見ているだけで不気味である。俺は早々に窓際から撤退した。

キッチンに顔を出すと、四年生の大河原と医学部女子の内藤さんが朝食の準備をしていた。

「お早うございます、寝られましたか」

俺が声をかけると、大河原は人のよさそうな顔で苦笑して、

「いやあ、あんまり。下にゾンビがうろついていると思うと、なかなか落ち着かなくって」

と、首を振って見せる。内気な内藤さんも、

「私も、同じです」

言葉少なに、俯《うつむ》きながら云った。

そうこうするうちに他のメンバーも降りて来る。

二枚目の青山、美人の木野さん、メガネの岡田。そして、一体どんな寝相で寝たらそこまでぐしゃぐしゃになるんだと胸ぐらを摑んで問いただしたくなるほどぼさぼさに乱れた髪の種子島。皆、一晩ぐっすり眠ってすっきり、という状態とは程遠い顔色をしていた。

一同は食堂に集まったが、我門だけが起きて来なかった。

「王様は気ままなんでしょ。放っておいて勝手に朝食にしましょう」

木野さんがクールに云い、その言葉に従うことになった。

パンとゆで卵、サラダだけの簡単な食事だった。

大河原が、大きな体軀《たいく》を縮こまらせるみたいにして、

「食料を節約しなくちゃいけないから。質素でごめんね」

申し訳なさそうに云う。無論、文句を云う者は一人としていなかった。この非常時に、食事に不満を云えるはずもない。

朝食が終わっても、我門は降りて来なかった。

木野さんがうんざりしたように、

「ホスト側のくせに、本当にいい加減な男。私、起こしてくる」

と、食堂を出て行く。それを見送ってから青山は、

「一階の窓ガラスを補強したほうがいいかもしれない。万一ゾンビが変な形でぶつかったりしたら、ガラスが割れる恐れがある」

「そうだね、僕も手伝うよ」

と、大河原がうなずき、岡田も、

「僕もやります」

と志願し、俺も加わって、

「やっぱり板で塞ぐのが確実かな」

などと話し合っていると、木野さんが戻って来た。しかし、様子がおかしい。まっ青な顔色で、整った顔立ちが強張《こわば》っている。呼吸も荒く、尋常ではない。

木野さんは普段に似ず慌てた態度で、

「た、大変、我門くんが――」

それ以上言葉にならないようで、唇を震わせている。

最初に反応したのは種子島だった。素早く立ち上がった種子島は、足早に木野さんに近寄ると、

「部屋は？」

短く尋ねる。

「南の、三つ目のドア」

木野さんは、やっとという感じで答える。

種子島は、やにわに駆けだした。

俺は青山と顔を見合わせてから、友人の後を追った。他のメンバーも後からついてくる。

階段を駆け上がり、問題の部屋に直行した。

南側の、幹部用個室だ。オーナー特権で、我門はこちら側の広い部屋を使っていた。

種子島が飛び込んだドアへ、俺達もどやどやと雪崩れ込んだ。その時、かすかにゾンビ特有の腐臭が漂っているのを、俺は嗅ぎ分けた。

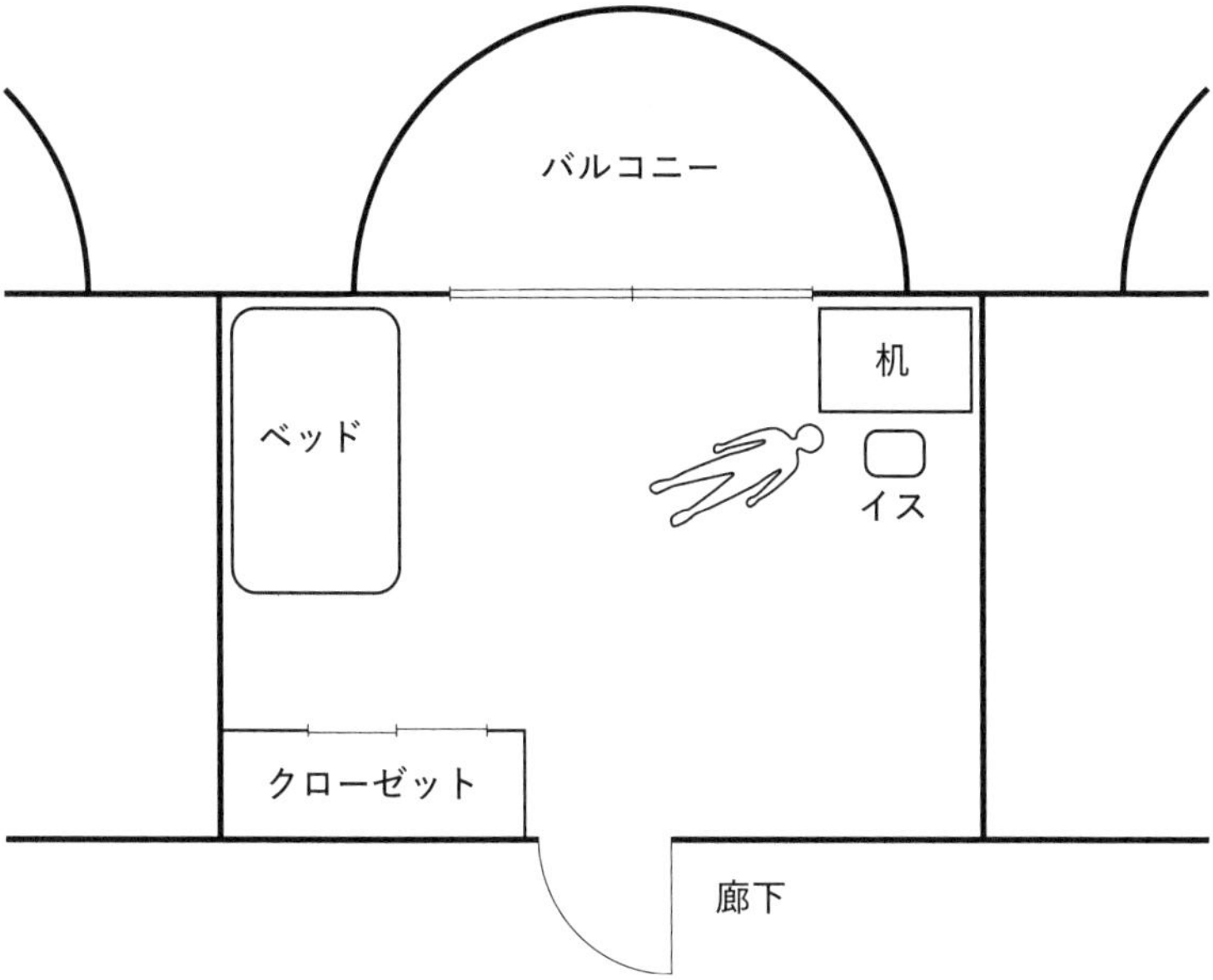

部屋の中は悲惨なことになっていた。

幹部用個室は、俺達の監獄の四倍ほどの広さである。

その右手奥、突き当たりに木製の机が置いてあった。

我門はその机の前で、仰向けに倒れていた。

身体の損傷が激しかった。主に左半身が、目も当てられないほど惨《むご》たらしい状態になっている。首が齧り取られ、左側の肉はほとんど残っていない。肩もTシャツが裂け、何ヶ所か嚙み千切られている。顔面の左半分にも歯形がいくつも刻まれ、三ヶ所ばかりごっそり肉が欠けていた。左耳はまったくなくなっており、腕や指先も一部欠損している。どれも歯の跡が残っていた。

床のカーペットには大きな血溜《ちだ》まりが広がっていた。壁にも大量の血しぶきが

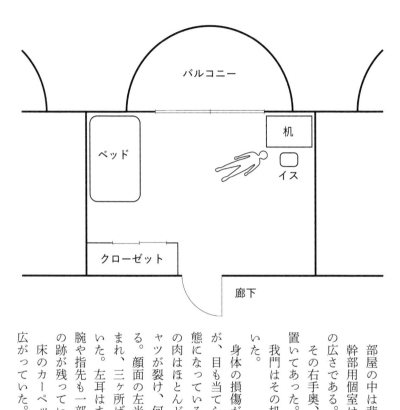

飛び散り、天井近くまで達する勢いである。

凄惨そのものの現場で唯一の救いは、我門が目を閉じていることだった。それだけで、酷《ひど》さの度合いがほんの少し下がって見える。無残なことには変わりはないけれど。

全員が部屋の入り口近くで身を硬くしていた。

皆、信じられないものを見る目をしていた。

「何てことだ」

と、岡田がぽつりとつぶやく。

俺は小さな声で、前に立つ種子島に尋ねる。

「死んでいるよな?」

「当たり前だ。首があんなになって生きている人間はいない」

気の毒そうに、種子島は答えた。

我門の死は確定的らしかった。

仰向けに転がっているのは、紛れもなく死体だ。

俺は、昨夜岡田がホワイトボードに書いた文字列を思い出していた。ゾンビの生態だ。

③生きている人間を見ると襲いかかる

④攻撃方法は主に噛みつき

我門の体にはあちこちに歯形が残り、何ヶ所も食い千切られた跡がある。

俺達はようやく最初の衝撃から抜け出し、恐る恐る我門の死体に近づいていった。皆で半円を描くように、死者を取り囲む。

しばしの沈黙の後、青山が口を開いた。

「酷いことになった。みんな動揺しているだろう、俺もそうだ。だけどここは冷静にいこう。まずは遺体の検分だ。我門の体を調べてみよう」

「でも、見たまんまでしょう、これは。ゾンビに噛み殺されたんですよ」

岡田がそう主張すると、青山はうなずいて、

「それは判っている。しかし何か別のことが見つかるかもしれない。そこで内藤さん」

呼ばれて、内気そうな内藤さんはぎくりと顔を上げる。

「え？　何でしょうか」

「検視をしてほしい。いや、無理を云っているのは承知だが、医学生はきみだけなんだ。僕も岡田も理工学部だし、木野さんは法学部だ。曲がりなりにも人体に詳しいのはきみしかいない」

大河原が申し訳なさそうに、

「ごめん、僕なんか経済学部だし、何の役にも立てないや」

巨体を縮こまらせて云う。それをいうのなら俺は国文学専攻で、種子島に至っては浮き世離れした哲学科である。

「けど、内藤ちゃんには酷じゃないの。小児科志望だし、法医学の知識なんてないでしょう」

木野さんがそう云って庇ったが、内藤さんは気丈にも、

「いえ、大丈夫です。やります」

「本当？　無理してない？」

「ありがとうございます、木野先輩。でも、私も少しは役に立ちたいんです」

と、内藤さんはおずおずとだが死体に近づく。もしかしたら、青山に頼まれたから勇気を出したのかもしれないな、などと俺はサークル内の人間関係に思いを馳《は》せていた。

するとと、何を思ったのか種子島も、

「俺も付き合うよ」

と、進み出る。大丈夫なのか、哲学科。

内藤さんと種子島は、二人で死体の脇にしゃがみ込んだ。揃《そろ》って合掌してから、死体に手を触れて、

「死因は岡田くんの云った通りだと思います。昨日の三人と同じですね。特に首から肩にかけての嚙み跡がひどいです。鎖骨にヒビが入るほど強く嚙んでいます。生きた人間が嚙んだらこうはなりません」

と、内藤さんは、たどたどしい口調で報告する。確か昨夜、岡田が云っていた。ゾンビは力をセーブすることができないから、嚙む時は力任せに嚙むのだと。鎖骨のヒビがそれを証明している。人間離れした力で嚙んだのだ。その岡田が、メガネの位置を指で直しながら、

「死亡推定時刻は？　って、ミステリー小説なら聞くところですね」

「解剖学はまったく判らないから、すみません。ただ、体温が完全に失われているから、亡くなって二、三時間以上は経《た》っていると思います」

内藤さんが律儀にも答えると、隣にしゃがんだ種子島も、

「顎が死後硬直で硬くなってるな。しかし上腕はまだ硬直が始まったばかりらしい。いや、俺も専門外だから確かなことは云えないけど、ざっと死後三時間は経過しているが六時間は経っていない、といったところじゃないかな」

こいつ、どこでそんな知識を仕入れていたんだ、と俺は呆れたが、他の面々は種子島の得体の知れなさに妙な説得力を感じたようで、

「つまり、亡くなったのは昨日の深夜、二時から五時頃ってことね」

木野さんが納得したように云うと、青山もうなずいて、

「夜中から明け方にかけて、だな。誰か、何か物音など聞いた者はいないか」

その問いかけには、全員が揃って首を横に振る。この幹部用個室は二階の南側で、対して俺達が泊まった監獄個室は廊下を挟んだ北側だ。少し距離があるから、何も聞こえないのは仕方がない。

ついでにいえば、その時間だから全員がそれぞれの個室にいたはずである。岡田のマネをしてミステリー小説的に云うと、皆にアリバイがないことになる。まあ、今回の場合、そんなことは関係ないわけだが。

内藤さんは遠慮がちに、種子島に向かって、

「あの、すみません、遺体の後ろを見てみたいんです。ひっくり返すの、手伝ってもらえますか」

その依頼に、種子島は無言でうなずく。

二人して仰向けの死体をうつ伏せにする。首の肉が半分失われているから、ヘタをしたら頭がもげるのではないかと、ひやひやしてしまった。

うつ伏せの死体を検めて、内藤さんは小声で、

「やっぱり」

と、つぶやく。種子島も、

「これか？」

「そうです」

と、二人が何やら納得し合っている。

青山が尋ねて、

「何かあるのか」

「後頭部に窪《くぼ》みがあるんです。ひどい陥没跡です。脳まで達していて、脳挫傷《のうざしょう》を起こしたみたいになっています」

と、内藤さんは、視線を上げて、

「この机の角を見てください。大量の血痕がここだけべったり付着しています。だから変に思ったんです」

「つまり、どういうこと？」

木野さんの質問に、内藤さんはおずおずと、

「推測ですけど、我門先輩はゾンビに襲われて、その勢いで後ろに倒れ込んだんだと思います。その時、後頭部を強くぶつけたんです。ちょうど机の角があったから、そこに思いっきり」

と、今度は床の死体に視線を移し、

「遺体の後頭部がひどく陥没しています。傷口は四角くて、机の角の形とぴったり当て嵌《は》まるんです。間違いなく、角にぶつけたんですね」

今度は岡田が発言して、

「それが死因ってことはないのかな。脳挫傷で死んだ、とか」

「その可能性はない」

と、種子島がきっぱりと答えて、目顔で内藤さんに先を促す。説明してやってくれ、というふうな仕草だ。内藤さんはうなずくと、

「壁を見てください」

と、大量に血しぶきが飛び散った壁に視線を向ける。前衛アートさながらに、派手にぶちまけられている。

「これは、ゾンビに首の動脈を嚙まれて、血液が勢いよく噴出した跡だと思われます。心臓は血流のポンプの役割を果たしています。ですから血液がこれほど勢いよく吹き出したのは、首を嚙まれた時にはそのポンプが動いていたことを示しています。もし頭の傷が直接の死因ならば、その時にはポンプは停止したはずなんです。だから死んだ後で首を嚙まれても、こんなに勢いよく血液は飛び散らないわけです。壁の血痕から判断して、直接の死因は首の動脈を嚙まれた失血死だというのは明らかです。頭の傷はあくまでも死後のものです」

「なるほど、判りやすい解説をありがとう」

と、青山は内藤さんを労《ねぎら》って、

「何か他に判ることは？」

「ありません」

と、内藤さんは答えた。種子島も無言で、二人は立ち上がって死体のそばから一歩離れる。

青山が取り仕切って、

「検視はここまででいいだろう。順番が逆になったが、黙禱しよう。我門の死を悼んで」

その言葉を合図にして、一同は瞑目《めいもく》して頭を垂れる。死者の魂が安らかであらんことを——。

と、唐突に岡田が、慌てた様子で大きな声をあげ、

「いや、ちょっと待ってください。黙禱している場合じゃないですって。危ないですよ。昨日、僕が説明したことを思い出してください。ゾンビの生態の、えーと、⑤だったかな、⑤ゾンビに嚙まれて死んだ人間も蘇ってゾンビになる。いいですか、我門さんはゾンビに嚙まれて死んだんですよ。いつゾンビ化するか判らないじゃないですか」

横たわった死体を怯えた目で見て、今にも逃げ出しそうに腰が引けている。

それを止めたのは、種子島だった。

「いや、その心配は必要ないと思う」

「どうしてですか、今すぐにでも蘇って起き上がるかもしれないのに」

と、不安そうな岡田に対して、種子島は飄然と、

「きみの云っていたゾンビの生態、その⑧を知っているからだ。ゾンビの生態⑧脳を破壊するのが唯一の活動停止方法である。きみはそう云っただろう。我門くんはすでに脳を破壊された状態だ、脳挫傷でね。ゾンビを倒すには脳を壊すしかない、しかし今回はもうそれが終わっている。

机の角で脳を潰された我門くんの遺体は、ゾンビ化する資格を失っているんだ」

「ああ、そう云われれば、確かに」

岡田がほっとしたように云い、その感情は一瞬で他のメンバーにも伝播《でんぱ》する。皆、少しだけ安心したような顔になった。木野さんも胸を撫《な》で下ろして、

「ゾンビになった浅ましい姿を私達に見られずに済んだのが、彼にとって唯一の救いね」

大河原は悲しげな表情で、

「最後だけは運に恵まれた、といっていいのかな」

プライドの高い我門だから、確かに救いになったかもしれない。と、俺もそう思う。あんなおぞましい化け物に成り果てるのは、俺もご免だ。

青山が岡田の肩を叩きながら、

「大丈夫だ、危険はない。我門はゾンビになったりしないんだ。俺達が襲われることもない」

「そうですね、とりあえずは安心です」

と、岡田は、ため息混じりにそう云った。

「それじゃ、みんなが安心したところで俺は行ってくる」

と、種子島が唐突に空気を読まない発言をする。

「行くって、どこへ」

思わず咎《とが》めてしまった俺に、のほほんとした顔で種子島は、

「狼煙だ。昨夜云っただろう。屋上から狼煙を上げるんだよ。救助を求める」

途方もなく乱れたぼさぼさの髪を手で掻き回しながら、種子島は飄々とした態度で部屋を出て

行ってしまう。協調性はゼロである。

青山が、変わったやつだなあ、と云いたげな目でそれを見送ってから、改めて一同を見回しながら、

「しかしおかしくないか。確かに外にはゾンビがうじゃうじゃいる。だが、ここは二階だ。ゾンビはどうやってここまで上がって来たんだ？　それに犯人、いや、この場合は犯ゾンビか、そいつの姿がどこにもない。ゾンビはどこに消えてしまったんだ？」

俺達は、はっとして顔を見合わせる。そうだ、失念していた。我門の死のインパクトが強くて、気に留めていなかった。俺も迂闊《うかつ》だ。青山の云う通り、我門を殺したゾンビの姿が見当たらない。どこに行ったというのだろうか。まだこの二階に潜んでいたりしたら危険だ。

岡田がきょろきょろしながら、

「ドアから出て行ったんでしょうか」

「それはないと思う。私が見つけた時、ドアはちゃんと閉まっていたから」

と、木野さんが否定して、

「まさか、ゾンビは出て行ってからドアを閉めるほどお行儀がいいわけじゃないでしょう」

大河原も同調して、

「ゾンビの生態②知性はなく基本的にうろつき歩くだけ、だね。知性がないんだから、ご丁寧にドアを閉めるとは思えないよね」

「それじゃ、まだこの部屋にいるのか」

と青山が云い、にわかにゾンビ探しが始まった。といっても室内に隠れる場所などほぼ皆無で

ある。幹部用の広い部屋だが、調度品がほとんどないのだ。それでも一応、皆で探した。

部屋の入り口から見て、正面突き当たりに大きな掃き出し窓がある。その右手の壁際には例の机。そしてセットの椅子がある。机は木製の簡素なものだから、隠れるところなどまったくない。

反対側の左手にはベッドが備え付けてある。岡田が這いつくばってその下を覗き込んでいるから、俺も屈《かが》んでその真似《まね》をしてみた。空っぽだ。ベッドの下には埃《ほこり》が溜まっているだけで、ゾンビの姿はおろか、糸くず一つ落ちていない。

出入り口のドアの横にはクローゼットがある。その扉はだらしなく半開きになっていて、中は丸見えだった。大型のスポーツバッグが置いてあるが、他には何も見当たらない。バッグは我門の荷物なのだろう。青山が開けて確認しているが、着替えの類《たぐ》いが詰まっているだけのようだ。

バス、トイレは室外なので、そこに姿を潜めることもできない。本当にこの部屋には隠れる場所などないのだ。

大きな掃き出し窓は、ガラス窓が今は両面大きく開いている。東からの陽光が斜めに差し込み、山の朝の空気が少し湿気を帯びて、むしっとした感じがする。

窓の外は、半円形の大きなバルコニーだ。カーテンも窓も開けっ放しなので、洒落《しゃれ》たデザインのバルコニーが、室内からもよく見通せる。もちろんそこにも何もない。鉢植え一つも置いていない。ゾンビの姿があるはずもない。

探す場所がほとんどない探索は、一分もかからずに終了した。

結局、ゾンビは見つからなかった。

皆、一様に首を傾げている。

青山が困惑顔で、

「ゾンビがどこから侵入したのか判らないのは不安だな。次のゾンビがまた館内へ入ってくるかもしれない」

大河原は、バルコニーの外を指さして、

「ジャンプして入ってきたんじゃないかな。窓は開いている。多分、我門くんが開けっ放しで寝たんだろうね、山の夜は涼しいから。その開いてる窓から部屋の中に入ってこられる」

「下の地面からここまでジャンプですか」

と、岡田が呆れたように、

「ゾンビにそんな能力があるとは思えないんですが。昨日の夜、僕らはゾンビの群れから逃げてここへ駆け込んだでしょう。あれはゾンビの動きが緩慢だったからですよ。もしゾンビに二階のバルコニーまで跳べるような跳躍力があったら、僕らは昨日の時点で追いつかれて全滅していたでしょうね、きっと」

「うーん、それもそうか。あんなにのろのろとしか歩けないんじゃ、ジャンプ力もありそうもないよね」

と、大河原が自説を引っ込めると、今度は木野さんが、

「素直に考えて、一階の玄関から入ったというのはどう？　この建物の入り口はあそこしかないんだし」

俺はそれを否定して、

「いや、朝見た時、玄関は閉まっていた。鍵もかかっていた。一体だけとはいえ、あそこから忍

び込んだとは考えられない」

「忍び込んだんじゃなくて、誰かが招き入れたとしたらどうでしょうか。ゾンビを一体だけ」

と、岡田が云うのを、大河原が聞きとがめて、

「誰がそんなことするの？　招き入れるなんて」

「それは判りません。ただ、何者かがゾンビを一体引き入れて我門先輩を襲わせたんですよ。つまりこれは殺人だったんです」

岡田の突飛な発言を、木野さんが冷たく切り捨てて、

「岡田くん、あなた自分で云ったこと、忘れたの？　ゾンビの生態②知性はなく基本的にうろつき歩くだけ。③生きている人間を見ると襲いかかる。誰かが招き入れようとしても、その人はその場で嚙みつかれるでしょ。ゾンビは犬と違って〝待て〟はしてくれないはず。ゾンビに近づけば絶対に自分が先に襲われる。そんな危険な殺人方法を選ぶ人間なんかいるはずないでしょう」

「だったら逆に、我門先輩を一階に連れて行くんです。玄関を開けて、我門先輩だけを押し出す。そうすれば自分は襲われずに、我門先輩だけを嚙ませることができるってわけです」

岡田が早口で云うのを、内藤さんがおずおずと、

「あの、それはないと思います。現場はここで間違いないですから。壁の血しぶきを忘れないでください。この部屋のあの場所で我門先輩が嚙まれたのは、あの血しぶきの跡からして揺るぎようがないです」

俺も口を挟ませてもらって、

「さっきここに入った時、臭いがした。ゾンビ特有の、生肉が腐ったみたいな嫌な臭いだ。この

部屋にゾンビがいたのは確かだと思う」

「あ、それ、私も嗅いだ」

と、木野さんが云い、青山は腕組みしながら、

「どうやら岡田の殺人説は却下だな。我門はゾンビに襲われて死んだ。これは間違いなさそうだ」

その言葉に大河原が大きくうなずいて、

「そうだね、ゾンビの対処だけでも手一杯なのに、この上殺人事件まで抱え込んだら、僕達みんなキャパオーバーだよ。岡田くんも、冗談でも殺人だなんて怖いこと云わないでよ」

鳩みたいな優しい声で諭されて、

「すみません。暴走しました」

と、岡田は頭を下げてから、

「ただ、殺人というのは云いすぎましたけど、誰かがゾンビを招き入れたって線は悪くないとは思いませんか。噛まれるのを覚悟の上で、誰かが連れ込んだんです。入り口は玄関しかないんだから、誰かがそうしてから鍵をかけ直したわけです」

「誰かって誰が？」

木野さんに問われて、岡田はメガネの位置を指で直しながら、

「もちろん、我門先輩本人ですよ。つまりこれは自殺だったんです」

「自殺？　どうして我門くんがそんなことをするのよ」

「それは、昨日三人も部員が死んで、責任を感じたんです、部長として」

「まさかそんな」

と、木野さんは鼻で笑って、

「そんな回りくどい自殺方法なんてあるはずないでしょ。ゾンビに嚙まれて死ぬって、そんな悲惨な死に方を選ぶ人がいると思う？　私だったらまっぴら」

もっともだ、と俺は思う。そんな自殺があるとは思えない。そもそも我門は、部員の死に責任を感じるような殊勝なタイプでもないはずだ。

青山も、腕組みしたまま、

「木野さんの云う通りだな。自殺ならば首でも吊《つ》ればいいだけだ。どうしてもゾンビに嚙まれて死にたいんだったら、一人で外に出ればいい。玄関から広場に出れば、あっという間にゾンビが集まってくるだろう。何もわざわざ二階のこの部屋にゾンビを連れ込む必要がない」

正当性が高いことを云われても、しかし岡田は食い下がって、

「僕らを巻き込みたかったとしたら、どうでしょう」

「ん？　どういう意味だ」

「つまり、ゾンビに嚙まれて自殺することで、今度は自らがゾンビになって他の者を襲いたかったんです。要は無理心中ですね。ゾンビの群れに囲まれてヤケを起こした我門先輩は、死なば諸《もろ》共《とも》って僕らも殺そうとした。自分がゾンビになることによって」

「いやいや、待てよ、今はそこまで絶望的な状況じゃないだろう」

と、青山は腕組みを解きながら、

「俺達はこうしてセーフティーゾーンにいるし、救助が来る望みもある。昨夜の段階では、まだ死ぬほどヤケを起こすほど追いつめられていたわけではない」

大河原も、柔らかい口調で、

「そう、お父上が心配して救助を要請するだろうって、むしろ楽観的だったよ、我門くんは」

俺もその尻馬に乗って、

「全員を巻き込んで無理心中をしたかったんなら、自分がゾンビになるなんて面倒なことはしなくてもいい。一階の窓や扉を片っ端から全開にして回るだけでいいんだ。そうすれば外のゾンビがぞろぞろ館内に入り込んでくる。俺達を皆殺しにしたければ、それで充分だろう」

木野さんも、冷めた口調で、

「我門くんなら、まっ先に死ぬなんて選択肢は採らないよ。もし全滅を目論《もくろ》むとしても、最後まで狡猾《こうかつ》に生き抜いて、みんなが死ぬのを見届けるでしょうね。何なら自分一人だけ生き残るよう立ち回るかもしれない」

木野さんの人物評はあくまでもクールだった。

内藤さんが遠慮がちに発言して、

「あの、そもそもゾンビを招き入れるというのが現実的だとは思えないんです。現場はこの部屋です。それは動かしようがありません。招き入れようとしたら、一階の玄関を入ったところでもう襲われてしまいますよ。矛盾していますよ」

青山は、俺達の意見をまとめるように、

「結論、自殺はあり得ない。我門は単純にゾンビに襲われただけだ」

一同はリーダー格の言葉に納得したようだった。岡田ももう、反論はしない。俺も同意だ。

仕切り直して、考えながら木野さんは、

「一階から入ったんじゃないとすると、そこのドアから入ってきたんでもないことになるよね。ということは――」

と、急ぎ足でバルコニーに出て行き、手摺りから身を乗り出すと、

「ほら、あった」

何か見つけたらしい。

木野さんが満足げな顔で手招きするので、俺達はぞろぞろとバルコニーに出てみる。そして各々、木野さんの真似をしてバルコニーの手摺りから外を覗き込む。

思いがけない物がそこにあった。

俺は目を見張った。

バルコニーの、窓の敷居を背にして立った場合、左斜め四十五度の角度。半円の頂点と左手の壁の、ちょうどまん中辺りの位置である。

半円形のバルコニーの手摺り、その外側にそれは立てかけられていた。

脚立だ。

銀色のスチール製の脚立だった。脚立として使えばA型になるが、今は両脚を伸ばして一本のI字型になっている。全高二メートルのものだろう。それがまっすぐになっているので、全長四メートル。この長さならば二階のバルコニーの手摺りに充分届く。脚立が下界と二階を繋ぐ梯子《はしご》になっているのだ。

外は昨夜、俺達が逃げ惑った広場である。バーベキューの跡が少し向こうに見える。広場にはゾンビの群れが大量に、わらわらと徘徊していた。ゆっくりぎくしゃくと互いに干渉することな

く、てんでんばらばらに歩き回っている。意志も知能も感じられないその動き。何度見ても気味が悪い。下から、独特の臭気が立ちのぼってくる。

岡田がその悪臭に辟易《へきえき》したのか、早々に手摺りから離れて、

「確か、これは道具部屋にあった脚立だと思います。僕、ちょっと確かめに行ってきます」

小柄で身の軽い岡田は、ドアのほうへ駆けだした。

一人では危ないかもしれない。

「ちょっと待て、岡田くん、俺も行く」

同行することにした。

二人で部屋を出て、階段を駆け下りる。エアコンが効いた無人の一階は、森閑と静まり返っている。道具部屋はその一番奥だ。昨夜も武器を調達するのに来た部屋だった。

そのドアを開けると、俺達は中へ入る。

道具部屋の床はコンクリートの打ちっ放しで、作り付けの棚に様々な道具が並んでいる。大工道具、庭仕事用具、掃除用具に工作道具。小さなホームセンターといった趣きだ。

作業用の頑丈そうな木の机があり、何に使うのか万力が据え付けられていた。作業台の下には耐熱性らしい坩堝《るつぼ》や、四角い鉄の固まりの金床《かなとこ》なども置いてある。何の用途かは不明だが。

ブルーシートや透明なビニールシートが大量に畳んで置いてあるのは、雨漏り対策だろうか。

そんな雑然とした道具だらけの壁の一角を、岡田は指さした。

「あそこにあったはずです。なくなっていますね、脚立」

「そうだな」

俺は答えた。確かに、昨夜武器になりそうなものを物色しに来た時、見た覚えがある。高枝切り鋏《ばさみ》や物干し竿《ざお》などの長尺物に混じって、スチール製の脚立が立てかけてあった。

確認を終えて、二人で二階へ上がる階段の途中で、岡田は、

「僕達を巻き込もうとしたってアイディアはいいと思ったんですけどね」

と、未練たらしくこっちを見る。俺は苦笑して、

「まだそんなことを云ってるな。さっきも云ったけど、皆殺しを企むなら一階を全開にしたほうが早いよ」

「ええ、梅本さんの云う通りです。自らゾンビ化するのは、計画としては迂遠《うえん》すぎますね。だいたい我門先輩、自殺するくらいなら他人を殺したほうがマシだってタイプの人でしたし」

我門は後輩からも人望がなかったらしい。今となっては、いささかかわいそうではある。

現場の部屋に戻ると、岡田は皆に報告して、

「やっぱりなくなっていました。あれは誰かが道具部屋から持ち出した脚立です」

バルコニーから部屋の中へ戻っている一同を代表して、青山が、

「そうか。そうなると問題は誰が持ち出したか、だな。どうだ、みんな、自分が運んだという者はいるか」

問いかけても、誰も手を挙げない。皆、心当たりはないらしく、怪訝《けげん》そうな顔つきになっている。

その必要もないのだが、この場にいない友人を一応擁護して俺は、

「種子島でもないと思う。夜中に脚立を担いで訪ねて来て、ちょっときみの部屋のバルコニーの

外にこれを立てさせてくれ、と云われて承知する者はいないだろう。種子島は自由奔放なところはあるけれど、そこまで非常識なことをするともさすがに思えない」

青山が、俺の言葉にうなずいてくれて、

「そうだね。それに今の話は俺達全員に共通して云えることだ。夜中に脚立を立てさせてくれと云われて、我門が受け入れるはずがない。どんな口実をつけたところで、そんな無理は通らないだろうな。少なくとも俺はうまい口実を思いつけない。皆はどうだ」

問われて、木野さんが首を横に振る。

「無理ね、私も思いつかない。どう言い訳をつけたところで、我門くんに叩き出されるのがオチだと思う」

「そうだろう。だから俺は、脚立を持ち込んだのは我門当人だったと考えるのが最も自然だと思うんだ」

青山が云い、皆が賛同する。他人ができないのなら、本人がやったとしか考えられない。

そんな中、大河原が首を傾げて、

「理屈は判るけどさ、何のために？　どうして我門くんはそんなことをしたんだろう」

青山は考えながら、

「脚立を梯子状に立てた、ということは、当然下と行き来するためでしょうね。それしか考えられない」

「でも、下はゾンビがうじゃうじゃいるよ」

「それでも行きたかった、ということでしょう。何か大切な用事があって。例えば、バーベキュー会場に何か置き忘れて、それを取りに行った、とか」

「危険すぎるよ、ゾンビに襲われる」

大河原が顔をしかめて云うと、木野さんも、

「リスクを賭してでも取ってきたかったって、それほど大切な物ってこと？　命をかけるほど大切な物って、具体的に何？」

「それは、うーん、判らない」

と、青山はあっさり降参した。そこへ、横から岡田が、

「だったら例えば、三谷さん関連の物とは考えられませんか。思い出の指輪、とか」

「三谷ちゃんがゾンビになってるかもしれないから探しに行った、ということ？」

木野さんの質問に、岡田は首を勢いよく振って、

「逆です、逆。三谷さんのゾンビが下にいるのを発見して、それで指輪を回収することを思いついたんです。だから脚立を取りに行ったわけですよ」

「危なすぎるよ。そんなことしたら百パーセントゾンビに襲われるじゃない。それに、指輪って何よ。ロマンティックな空想はいいけど、三谷ちゃんと我門くんってそんな関係だったっけ」

「そこまでは知りませんけど、それくらいしか思いつかなかったから」

語気が弱くなる岡田に、内藤さんが遠慮がちに、

「あの、すみません、どっちかっていうと三谷ちゃん、我門先輩のこと嫌ってました」

身も蓋もないことを云って、岡田の説を粉砕した。さすがに岡田もそれ以上強弁する気はないようで、沈黙する。

命より大切なナントカ、という言い回しがある。それほど大切な物という喩《たと》えだろうが、これはあくまで比喩的な表現である。実際に、ゾンビに食い殺される危険を冒してまで、群れの中へ飛び込むほど大切な物などないだろう。誰だって自分の命が一番大事だ。ゾンビに嚙み殺されては元も子もない。

俺がそんなことを考えていると、青山は、また腕組みしながら、

「用件に関しては考えても意味がないんじゃないかな。本人が亡くなった今となっては、俺達がどう議論してもそれはもう憶測でしかない。我門がどうして下へ降りたかったのか、その理由は永遠の謎になってしまった。ただはっきりしているのは、脚立は我門が立てたということだ。そしてゾンビもそこから上がってきた。これは確かだろう」

断定的に云うのを、木野さんが止めて、

「ちょっと待って。ゾンビの生態②知性はなく基本的にうろつき歩くだけ、なんでしょ。ゾンビに梯子を登る知恵なんてあるのかな？」

すると大河原が、鳩みたいに優しい声で、

「でも、だったら他にどう考えるの？」

「我門くんが降りて行って、そこで嚙まれたんです。そして瀕死《ひんし》の状態で上がって逃げてきて、ここで息絶えた」

木野さんの言葉を、内藤さんが気弱に否定して、

「ごめんなさい、しつこいようですけど、現場はここです。あの机の前。嚙まれたのは地上じゃありません」

「あ、そうか、壁の血しぶきがそれを証明してるんだったね。ごめん、うっかりしてた」

と、木野さんは自分の額を押さえると、

「だったら、ゾンビは上がってくる我門くんの腰にしがみついていた、というのはどうかな。我門くんはゾンビから逃げて必死で上がってきたけど、結果的に室内にゾンビを連れてきた形になってしまった」

青山が腕組みしたまま、

「うーん、それはどうかな、しがみつかれたら普通蹴り落とさないか。それにゾンビ一体は結構重いだろう。死人とはいえ、一人分の体重があるんだから。その重りを引きずって登ってこられるものだろうか」

「難しいかな」

と、困り顔の木野さんをフォローするつもりで俺は、

「我門の用事は判らない。あるいは梯子をかけたものの、下にゾンビがぞろぞろいるのに恐れを成して降りるのを諦めたのかもしれない。ゾンビは上がってこられないと高を括《くく》って、我門は梯子を放置しておいた。その油断をついてゾンビが上がってきた。と、こういう段取りならばどうだろうか」

「梯子を登る知性はなかったんじゃなかったか」

青山が云うと、岡田がはっとしたように、

「いえ、そういえば思い出しました。ロメロの『ドーン・オブ・ザ・デッド』に、ゾンビが梯子を登るシーンがありました。そのくらいの知能はあるのかもしれません」

大河原もおっとりとした口調で、

「僕も梅本くんが正解だと思う。シャーロック・ホームズだっけ、名言があったじゃないか。『あらゆる可能性を排除した後で、最後に残ったものがいかに奇妙なことであってもそれが真実である』だったかな。うろ覚えで申し訳ないけど」

それに応えて青山は、

「確かに大河原先輩の云う通りかもな。他の可能性は全部否定されている。一階のどこかから侵入してきて階段を上がり、この部屋に入ってくるルートはあり得ない。唯一残された経路は脚立の梯子しかないんだ。もちろんゾンビには登ろうという意志はなかったのかもしれない。知性がないんだからな。ただ、梯子の段に手足が引っかかって、じたばたともがくうちに徐々に体がせり上がってきた。たまたまそういう形で手足が梯子の段に連続して引っかかって、結果的に二階まで辿り着いたのかもしれない」

「それって奇跡的な偶然ね」

木野さんが云うと、青山はうなずいて、

「起きたんだろうな、きっと。そんな奇跡的な偶然が。ゾンビが単独で上がってこられる方法はそれしかないんだから」

「確かに、そう考える他はなさそうだね」

と、木野さんは云う。心から得心しているわけではない様子だったが、代案がない以上反論はできないようだった。俺も、それ以外には道はないと思う。

青山は腕組みを解きながら、

「入ってきた経路はこれで判った。ゾンビは脚立を上がってきて部屋の中にいた我門を襲った。そこまではみんなも納得したね。ただ、その後が判らない。ゾンビの姿はどこにもないんだ。どこへ消えた？」

問われて、木野さんがぶつぶつと独り言のように、

「ゾンビは知性がないからドアノブを捻《ひね》って自力で部屋を出ることはできない。ということは、こっちしかない」

と、再びバルコニーへ出て行った。俺達はその後ろ姿を視線で追う。

バルコニーに出た木野さんは、しばらく床を凝視しながら歩き回っていたが、突然立ち止まると、目を輝かせてこちらを向き、

「ほら、見つけた」

その言葉に誘われ、一同は再びぞろぞろとバルコニーに移動する。何を発見したのか、俺も気になる。

「これ、見て」

と、木野さんが床を指さす。皆、思い思いの姿勢でそれに注目した。俺はしゃがんで目を凝らした。

なるほど、これは血痕か。コンクリートの床に、点々と血の跡がついている。一滴一滴、時に大きく時に小さく、血痕は線を描くように続いていた。血の跡は開放された窓からバルコニーへ、そして手摺りのほうへ向かっている。

窓を背にして立ったと想定すると、右斜め四十五度の方角。脚立とは逆の方向である。

青山が、床をしげしげと見ながら、

「これは、我門の血か」

岡田はメガネに手を添えて、これも床を凝視して、

「そうでしょうね。ゾンビは血を流したりしませんから」

その言葉で俺は思い出した。昨夜、二宮が竹槍でゾンビの胸を貫いた時のことを。そして、青山が唐竹割りでゾンビの頭に鉈を叩き込んだ時のことも。どちらのケースでも、ゾンビの体からは出血は見られなかった。死体だから全身の血流が止まっているのだろう。だから岡田の云うように、ゾンビは血を流さない。

木野さんが解説するような口調で、

「ゾンビに噛まれる前の血とは考えられない。もし何かでケガでもしたんなら、我門くんのことだから大げさに騒ぎ立てて私達を叩き起こしたでしょうね。だからこれは我門くんが噛み殺された後の血と考えていいと思う。亡くなった後だから当然、我門くんが動いてここに血が垂れたってことはないよね。だからこれはゾンビが、我門くんを噛み殺した後で移動してついた血痕と断定していいでしょう。ゾンビの体か衣服がたっぷり血を吸って、そこから滴り落ちたわけね。ほら、そっちからこっちへ動いている」

と、窓からバルコニーを横切って、手摺りまで点々と落ちた血を指し示す。

「どう？　一目瞭然でしょう。ゾンビは部屋から出てきてバルコニーを進んだ。そして手摺りにぶつかると体のバランスを崩して下へ落ちて行った」

木野さんの推測に、おずおずとした態度で内藤さんが、

「あの、でも、ここから落ちたら骨折するかもしれません。結構高いから」

大河原がそれに答えて、

「そこは平気じゃないかな、ゾンビだもの。痛みも感じないだろうし。足の一本くらい折れたってどうってことないさ」

ゾンビの生態⑦肉体が多少欠落しても動きを止めない。

大河原の指摘は正しい。俺もそう思う。昨夜、車に胴体を両断されたゾンビも、上半身だけで活発に匍匐前進していた。

「なるほど、下に落ちて他のゾンビに紛れたというわけか」

青山がそう云って下を覗き込もうとしたので、隣に立っていた俺は押される形で手摺りに体を押しつけられる。それで気がついた。

これは高すぎないか？

半円形のバルコニーを囲う鉄製の手摺り。格子状の鉄の棒を組み合わせた造りである。そして、形ではなく高さが問題だ。手摺りの高さは俺の胸くらいまである。俺の身長が一七八センチ。青山も同じくらいだろう。小柄な岡田や内藤さんなら、首だけがひょっこりと覗くくらいの高さがある。これは、体のバランスを崩したくらいで落ちるものだろうか？　我門を襲ったゾンビの身長がどのくらいだったのかは判らない。しかし、俺や青山よりずっと背が高くないと、簡単には落ちないはずだと思う。よもや身長二五〇センチのゾンビがいたわけでもあるまい。

俺はその疑問を、率直に口に出してみる。青山は額に皺《しわ》を寄せて、考え深い顔つきで、

「確かに、梅本くんの云うことにも一理あるな。手摺りは高い。でも、血痕の通った位置からし

て、ゾンビはこの手摺りのところまで来たのは間違いない。そして戻って行く血痕はどこにもない。ということは、やっぱりここから落ちたとしか思えない」

木野さんも、手摺りに手を添えて、

「バランスを崩したっていう私の云い方がよくなかったかな。この手摺りにのしかかってばたばた暴れて、弾みで乗り越えたと云ったほうが正しいかもしれない」

「なるほど、それで落下したってことか。充分にありそうなことだね」

と、大河原がうなずき、岡田も、

「まあ、それしかないでしょうね」

内藤さんも納得顔だ。

青山が、例によって皆の意見をまとめて、

「これで大体のことは判ったな。脚立を立てて我門が何をしようとしていたのか、それだけは解明不能だけど。ゾンビがどうやって上がってきてどこから落ちていったのか、それがはっきりした。まあ、それだけでも充分な成果と云えるだろう」

大河原も、鳩のような優しい声で、

「うん、謎がなくなってすっきりしたね。我門くんには気の毒だけど」

岡田は、メガネの位置をちょっと指先で直しながら、

「そうですね、僕もすっきりしました。それに、二階にはもうゾンビがいないのなら安全です。よかったね、内藤さん、もう怖くないよ」

「うん」

「すっきりしたところで、これからどうするの？」

木野さんの問いかけに、青山は、

「まずは脚立の回収だ。ゾンビがまた上がってきたら大ごとだぞ」

そうか、その可能性をすっかり忘れていた。

大慌てで、男四人がかりで脚立を引き上げる。もう外は暑くなってきて、それだけの作業でうっすら汗をかいてしまった。

青山は、取り込んだ脚立に寄りかかるような姿勢で、

「こいつを戻したら後は一階の補強だ。窓ガラスだけのところはちょっと頼りないからな。ゾンビがぶつかってガラスが割れたら大変だ。守りを堅固にしておこう」

「判った、手伝うよ」

大河原が云い、岡田も、

「僕も」

と、名乗りを上げた。内藤さんは遠慮がちな小声で、

「じゃ、私はみんなの昼食の用意を」

「女の子だから料理っていうのもステレオタイプね」

木野さんがからっと笑うと、内藤さんはもじもじして、

「でも、何かやってたほうが気が紛れるから」

「だったらいいけど。でも、ごめん。私は手伝えないや、料理は苦手だし。それより少し休ませてもらっていいかな。全然寝られなかったから」

木野さんが云うと、青山はうなずき、

「構わないよ、こんな事態だ、体力温存も優先度が高い。作業が終わったら俺達も休もう。その前に、我門をせめてベッドに寝かせてやらないか。いつまでも床に倒れていたんじゃかわいそうだ」

＊

屋上に出ると、真夏の太陽が照りつけてきた。

ただ、都内と較《くら》べるとまだマシか。あの、体全体に纏《まと》わり付くみたいな湿気と、体温を超えるほどの熱波が、ここにはない。山頂の、森に囲まれた屋上の空気は、都会と比較すれば体に優しい。

とはいえ、剝き出しの屋上はやはり暑い。太陽が強烈なのはどこでも同じだ。容赦なく脳天を炙《あぶ》ってくる。まだ正午前なのにこの熱気である。

俺は日差しに目を細め、辺りを見渡す。山の上の屋上だけに、見晴らしがいい。周囲には森の木々。見えるのはそれだけで、高い建物などはまったくない。お陰で空が広い。この青々と晴れ渡った空の下、おぞましいゾンビの群れが徘徊しているとは、にわかに信じられない。

俺は屋上を進んだ。真っ平らに敷かれたコンクリートには何の設備も建っていない。そのいっそ清々しいほどすかっと抜けた空間の中で、種子島は焚き火をしていた。どこで調達してきたのか、カラフルなビーチパラソルを立て、その日陰の下でTシャツ短パン姿の種子島は、どこからどう見てもリゾートを満喫しているふうにしか見えない。緊迫した現状をわきまえない、種子島らしい空気を読まないスタイルだった。しかし、この炎天下では、それを責めるのは酷というものだろう。

焚き火をする種子島に、俺は近づく。いや、焚き火ではなく狼煙か。木材を組み上げ、そこに火をくべている。風がないので、煙がまっすぐに上がっている。灰色の煙が、青い空に吸い込まれて行く。俺はその行方を見上げた。山頂からの煙は目立つ。下界の人が見つけてくれるといいのだが。

狼煙を上げる炎の周囲には、木の椅子が二つばかり転がっていた。そしてノコギリが一本。それでバラされた椅子の残骸と覚《おぼ》しき木材も積み上げられている。昨夜の言葉通り、種子島は家具を壊して燃やしているのだ。

考えてみるとバーベキューからこっち、こいつはずっと火を焚き続けているな。などとどうでもいいことを考えながら俺は、種子島に向かってペットボトルを差し出した。

「ほら、暑いだろう」

よく冷えた水のボトルは、すでに表面が結露で水滴まみれになっている。

「ありがたい、いただくよ」

と、種子島は、水をひと息に半分以上飲み干した。

「大丈夫か」

俺が尋ねると、何をどうしたらそこまでぐしゃぐしゃになるのだと詰問したくなるほど乱れたぼさぼさ髪の種子島は、小首をかしげ、

「何が？」

「いや、この状況だよ。精神的に堪《こた》えていないか」

「ああ、それなら大丈夫だ」

「タフな男だな」

「騒いでもどうにかなるわけじゃないだろう。なるようになるさ。それより暑いのに閉口だ」

種子島は飄然とした口調で云う。緊張感のない、腑抜けた顔つきをしている。

「狼煙係、俺も交代しようか」

「まだいい。午後になったら少し頼むかもしれない」

「ああ、いつでも云ってくれ」

俺はそう云って、狼煙の炎の前にしゃがみ込んだ。そして、最前の話をする。ゾンビがどこから侵入してどうやって落ちていったか、皆で議論した内容を語って聞かせた。

話し終えても種子島は、

「ふうん」

と、いかにも興味がないように応えた。ぼさぼさ頭を掻き、どうでもよさそうな顔をしている。人が一人死んでいるのにこの態度だ。何を考えているのやら、さっぱり読めない男である。

狼煙は変人の友人に任せて、俺は自室に戻った。監獄のごとく狭苦しい部屋だ。それでも一晩使ったせいか、どこか愛着のような感覚を抱き始めているのが不思議である。妙に落ち着く。灼《しゃく》熱《ねつ》の屋上から戻った身としては、全館エアコンもありがたい。

二段ベッドの下段に倒れ込む。

朝から何やかやでくたびれた。

我門の死体を発見し、ひと渡り推論を重ねて話し合った。

一応の決着がついたのはいいけれど、体が疲れている。無理もない。昨夜はほとんど寝ていないのだ。

横たわって腕を枕にし、俺は思わずため息をついていた。

人が死にすぎた。

昨夜のバーベキューの後の惨劇。一井が、二宮が、三谷さんが、呆気《あっけ》なく殺された。ゾンビに食い千切られて、悲惨な最期を遂げた。そして今朝は我門だ。

いつまで続くのだろうか、これは。

この籠城に皆の精神は耐えられるのだろうか。

下界はどうなっているのか。

狼煙は役に立つのか。

そんなことをぐるぐる考えているうちに、いつの間にかうとうとしてしまったらしい。

爆音で飛び起きた。

何だこの音は。

寝ぼけ眼で俺は、ベッドの上で体を起こす。

また怪事が起きたのか。

この音の出所は？　館内か。いや、外だ。外の上方だ。この音は、そうだ、知っている。ヘリコプターのローター音だ。

俺はベッドから飛び降り、部屋を飛び出した。

その勢いのまま、廊下を駆け抜ける。

屋上へ向かう階段の下で、他の面々と出くわした。皆、真剣な顔をしている。

「ヘリコプターの音だ」

俺は判りきったことを、つい口走った。

青山が大きくうなずき、

「そう、上だ」

「早く行きましょう」

と、岡田が焦《じ》れたように急かす。

木野さんを先頭に、俺達は階段を駆け上がった。全員一団となって屋上に飛び出した。

照りつける眩《まぶ》しい太陽。

灼けるような外気。

そして、狼煙の前にぼんやりと佇む種子島の背中。何とも緊張感の抜けたぼさぼさ髪の後頭部。

いや、そんな些細《ささい》なことはどうでもいい。ヘリはどこだ？

空を見ると、ヘリコプターの小さな機影が見えた。

もう百メートル以上ここから離れ、遠ざかって行く。

救助に来たのではないのか。どうして去って行く。俺は慌てた。他のメンバーも同じらしく、

「ああ、ヘリコプターが行っちゃう」

岡田が情けない声をあげる。大河原も茫然として、

「どうして助けてくれないんだ」

と、口をあんぐり開けている。

女子二人も啞然と立ち尽くし、青山はヘリの去って行く方向を驚いたような顔で見つめ続けている。

何だ、あのヘリは。俺達を糠喜《ぬかよろこ》びさせようというのか。どうして行ってしまうんだ。俺が憤然としかけた時、横から種子島が極めて呑気な口調で、

「大丈夫だ、あれは報道ヘリだ、テレビ局の。四人乗りの小型機だからな、救助に来たわけじゃない」

何が大丈夫だ、行っちまったじゃないか、と一同は詰め寄ろうとしたが、種子島はぼさぼさ髪を掻き上げながら、しれっとした顔で、

「ほら、これ」

と、俺達のほうへスケッチブックを向ける。どこから持ってきたんだそんなものを、という俺の疑問に構わず、種子島はそれを一枚ずつめくる。ページの一枚一枚に、一文字ずつ大きな漢字が記してある。順番に読むと『救』『援』『請』『!』『要』『救』『助』『者』『七』『名』。七の文字は、八を消して修正してある。我門が殺される前に書いたのだろう。

ヘリの爆音で言葉のやり取りは不可能と考えて、あらかじめ用意していたらしい。妙なところで周到な男である。

「これを見せたんだ。向こうからも返事があった」

種子島が涼しい顔で云うのを、青山が焦り気味に、

「何て返事があった？」

「向こうもスケッチブックで、了解、自衛隊ヘリ要請、だそうだ」

皆の顔色が、歓喜に輝いた。

自衛隊のヘリが来てくれる。救助だ。助かるのだ。

わっと一斉に歓声が上がる。岡田などは飛び跳ねて喜びを表している。大河原も巨体で飛び上がる。俺は安堵のあまり、その場にへたり込みそうになった。女子二人は手を取り合っている。

そんな中、空気を読まない種子島が妙に陰鬱な面持ちで、

「助けが来るまでにまだちょっと時間がかかるだろう。その前に片付けておきたいことがある。ここは暑いから中へ入ろう。そう、現場がいいな。さっきと同じように我門くんの部屋に集まってくれないか」

そう云い置くと、さっさと一人だけ階段のほうへ向かってしまう。ぼさぼさ頭が歩くたびに揺れる。

何を云ってるんだあいつは、この期に及んで。そう思い、俺達は呆気に取られて互いに顔を見合わせた。

*

そうして俺達は我門の部屋に集まった。

先程の意見交換からまだ二時間も経っていない。

ベッドの上には白いシーツが大きく拡《ひろ》げられ、中央は人の形に盛り上がっている。青山達がせめてもの気遣いで、我門の遺体を覆ってあげたのだ。あの惨《むご》たらしい死に様を人目に晒《さら》し続けるのはあまりにも気の毒である。正しい思いやりだと思う。

例の机とセットになった椅子が一脚あるが、一つだけなので誰も遠慮して座らない。もちろんベッドに腰かけるような無神経なことなどできるはずもない。だから皆、所在なさげに立っている。全員がどこか身の置き場に困っているふうな、奇妙な空気感が漂っていた。

人の目を気にしない種子島が、たった一つの椅子に座ってしまうのではないかと俺は心配したけれど、さすがにそこまでは図々しくはないらしく、彼も立っている。

そして、一同の顔を、種子島はゆっくりと見回した。

ゾンビの襲撃から生き延びた面々だ。青山、岡田、大河原、木野さん、内藤さん、そして俺。

訝しそうな皆の顔を見渡してから、種子島はおもむろに口を開く。

「籠城が長期化することを覚悟していたからね。ヘタに刺激しないように黙っていたんだ。しかしもうその心配はない。救助が来るまで二、三十分といったところかな。その前に決着をつけようと思う」

皆が首を傾げる。俺が代表する形で、

「決着って、何の?」

その質問に、種子島はぼさぼさ頭を手で梳《す》いて、

「もちろん事件の、だよ」

さも当然のような口振りで答える。そしてもう一度、一同を見回して、

「みんなの議論の話は梅本から聞いた。我門くんを襲ったゾンビがどこから登ってきてどう消えていったのか。なるほど、一見筋が通っているように思える。だが納得できない点がある」

「どこがだ？　筋が通っているんならそれでいいじゃないか」

青山が当然のことを訴えると、種子島は、

「いや、どうしても看過できないことがあるんだ」

木野さんが尋ねる。

「どこが？」

「それは、偶然が多すぎることだ」

と、種子島は答え、

「奇跡的偶然という云い回しをしていたらしいが、そういうことが起こり得ることは、まあ俺も認める。脚立の梯子をゾンビが登ってきた。本来ならばそんな知性はないはずなのに、偶然手足が引っかかって体を引き上げる形になった。たまたまそうなって上がってきたというのが、みんなの結論だったね。次に、我門くんがゾンビに襲われて倒れた時、後頭部をぶつけたことだ。後ろに倒れた時に、ちょうど頭の位置に机の角があった。たまたまそういう位置関係で、そうした偶然が起きた。さらに、ゾンビがバルコニーの手摺りから落ちたという説だ。手摺りはあの通り、割と高さがある。梅本が指摘したように、普通ならば簡単に乗り越えられるものではないだろう。しかし、みんなの議論だと、これもたまたまゾンビがじたばた暴れて偶然落ちたと結論付けられている。ここにもたまたまがある。いや、いくら何でも、たまたまが多すぎやしないか」

そう問いかけながら種子島は、皆を見回す。

「そして、今のこの状況を考えてみてほしい。ゾンビの群れに包囲されて籠城を余儀なくされている。こんなホラー映画じみたシチュエーションに俺達は陥っているんだ。普通なら、こんなことはめったにあることじゃない。偶然にも、たまたまこんなことになっているんだ。ほら、ここにもたまたまが出てくる。偶然が四つも重なっているぞ。いくら何でも、これはご都合主義すぎるとは思わないか。偶然なんて一つで充分だと俺は思う。ゾンビに囲まれて映画みたいな状況に追い込まれているこの偶然、それ一つでもうお腹《なか》いっぱいだよ。他にも偶然が重なったら、それは不自然と考えたほうがいい」

と、種子島はぼさぼさ頭を手で搔き上げると、

「不自然ということは、それはもうたまたまでも偶然でもない。偶然の対義語は何だ。そう、必然だ。つまり人為的なものだ。人の意志が介在してその出来事が起こること。それが必然というものだろう。そう、だから他の三つは偶然やアクシデントではなく、人為的なものだったんだ。そう考えるのが自然だ。人為的な行為の結果、人が死んだ。何者かの意志が介在した上で人死にが出た。これを何と呼ぶか。一つしかないね。それは殺人と呼ばれる」

種子島の言葉に、皆がざわめく。

「いや、ちょっと待ってくれ」

「そんなバカなこと」

「殺人なんて」

と、口々に不安を表明する。

それらの声をきっぱりと無視して種子島は、

「俺は最初から疑っていたんだ。我門くんの死は殺人ではないかと。そして、殺人なのだから当然、犯人がいる」

またしても一同がざわつく。

「犯人？」

「我門を殺した人が」

「まさかそんな」

と、てんでに声をあげる。

それも無視した種子島は、ぼさぼさ頭を手で掻き回して、

「犯人はどこにいるのか。外から入ってきて外へ逃げたのか。いや、それはないだろう。ここはゾンビに包囲されて閉ざされた空間だ。誰も出入りなどできない。そして青山くんの先導で建物の中は探索されていて、潜んでいる者などいないことは証明されている。それが判れば結論は一つしかない。この中に犯人がいることになる」

ざわめきが一瞬で止まった。今度の言葉はインパクトがありすぎたようだった。皆、息を呑んで言葉を失っている。

その中で、不審そうな顔つきで青山が、

「それは俺達の中に犯人がいるという話なのか」

「もちろん」

と、種子島はさも当然というふうにうなずき、

「ではこれから、その犯人を炙り出そうと思う」

その言葉で、青山はもう何も云わなくなった。

「まず被害者は、ああ、当然我門くんのことだな、殺人の結果命を奪われたのだから被害者と呼ぶしかないだろう。被害者は倒れた時に後頭部を机の角にぶつけたことになっている。しかしこれが、たまたま起きた偶然にしては出来すぎだと、さっき俺は云った。これは偶然などではない。だったら何だ。当然、人の手が加わって起きたことと考えるしかない。つまり、犯人が故意に力一杯ぶつけた。机の角に被害者の後頭部を、脳挫傷が起こるほど思いっきりだ。どうしてそんなことをしたのかは考えるまでもない。岡田くんの提唱していたゾンビの生態⑤ゾンビに噛まれて死んだ人間も蘇ってゾンビになる。犯人がこれを阻止しようとしたのは明白だ。他にわざわざ死人に脳挫傷を起こさせる理由など見つからない。うまく我門くんを殺害しても、彼が蘇って反撃されたら目も当てられない。犯人は被害者からゾンビになる資格をあらかじめ奪っておいたんだ。そのために脳を破壊するほど深く傷つけたわけだな。ゾンビの生態⑧脳を破壊するのが唯一の活動停止方法である。これを実行したんだよ。たまたま倒れた位置に机の角があったという偶然より、こっちのほうが合理的だろう。たまたまなどではなく、犯人の手によって脳に損傷を与えられたわけだ」

そこで木野さんが整った顔を上げて、

「手で叩きつけたってことね。だったら女性には無理でしょう。そんな腕力なんてないから。私と内藤ちゃんは犯人候補から外れるよね」

しかし種子島は、彫りの深い顔で飄々と、

「そうとも限らない。直接力任せにぶつけたと考えてもいいが、他の方法もある。道具を使うんだよ。例えば、金床だ」

そう云われて俺は思い出していた。道具部屋の作業机の下。鉄の固まりの四角い金床を、確かに見た覚えがある。

「あれを持ってきて、うつ伏せにした被害者の後頭部めがけて勢いよく落とす。いや、叩きつける。金床は一方が四角くて角がある。あの重い鉄塊の角の部分をぶつければ、一撃で頭を潰すとくらいできるだろう。事後工作として、この机の角に血液を塗りたくってから、死体の位置を調節して仰向けにしておく。こうすれば倒れた時にたまたま机の角にぶつけたように見えるな。もちろん金床はきれいに拭って道具部屋に戻しておくのも忘れない。この方法ならば非力な者でも犯行は可能だ」

木野さんは皮肉っぽい口調で、

「簡単には疑いは晴れないってわけね」

と、肩をすくめる。そこへ岡田が口を挟んで、

「あの、ちょっと待ってください。殺人だの犯人だのって種子島さんは云ってますけど、死因を判って云ってるんですか。我門先輩は間違いなくゾンビに嚙み殺されていましたよ。傷口や血しぶきの痕からそれははっきりしています。種子島さんも自分で確認したじゃないですか」

「ああ、したね」

種子島は飄々とした態度でうなずく。岡田はなおも、

「思い出してください。ゾンビの生態②知性はなく基本的にうろつき歩くだけ、ですよ。ゾンビには知能がありません。ゾンビに、我門先輩だけを狙って嚙ませるよう、けしかけるのは無理で

しょう」

「いや、一つだけ方法があるぞ。ゾンビを利用したんだ」

涼しい顔の種子島に、青山が眉をしかめて、

「利用？　どうやって？　インドの蛇使いでもあるまいし、まさか笛を吹いてゾンビを操ったとでも云い出さないだろうね。そんな技があったら、俺だったら周囲のゾンビを全部追い払っているがな」

岡田も、メガネの位置を指先で直しながら、

「あるはずありませんよね、そんな技。ゾンビ相手に殺人依頼をするなんてのも無茶ですよ。もちろん交渉も、説得も、買収も。なにせ意思の疎通ができないんですから」

「ああ、もちろんそんな方法だとは云わない。ゾンビに交渉ごとを持ちかけるのが不可能なことは、俺だって判ってるさ。しかし犯人はゾンビを利用したんだ。俺の云うことは一見矛盾しているように感じるだろう。だがその矛盾を解消する手立てがたった一つだけあるんだ」

飄然と云う種子島に、岡田は不思議そうな顔で、

「何か命令を聞かせる特別な手段でもあるんですか」

「別に命令を聞かせる必要はない。ゾンビの生態③生きている人間を見ると襲いかかる。この本能のまま、目の前の人間を噛み殺させればいいんだ。犯人はそのために、悪魔的な手法を使ったのではないか。俺はそう考えている」

と、種子島は珍しく少し顔をしかめて、

「ゾンビの生態⑦肉体が多少欠落しても動きを止めない。実際にみんなも見ただろう。三谷さん

が車でゾンビを潰した時、奴は上半身だけになっても三谷さんに齧り付きに行った。覚えているね」

もちろん忘れるわけがない。あの悪夢のような光景は頭にこびりついている。

「ゾンビは半身が千切れても動き回ることができるんだ。無論、腕や足の一本くらい欠けても平気で動くはずだ」

種子島の言葉に、俺は無言でうなずく。確かに昨夜、ゾンビの群れの中に片腕がもげた個体を俺は見ている。

「そしてゾンビの生態⑥ゾンビは心臓を潰したくらいでは倒れない。これも覚えているだろう。二宮くんが襲われた時だ。竹槍で心臓を貫かれても、まったくダメージを負わずにゾンビは活動を続けていた。だったら心臓も必要ない。貫かれても大丈夫なんだから、ゾンビの活動に心臓は要らない道理だ。ゾンビは半身がなくなっても動く。だったら心臓を失っても動くはずだ。ならば上半身も要らない」

種子島の言葉に、俺は引っかかって、

「ん？　上半身が要らないって、それだと全部なくなってしまうぞ」

「そうは云っていない。考えてもみろ、梅本、ゾンビはどうやって人を襲う？　ゾンビの生態④攻撃方法は主に噛みつき。歯さえあればゾンビは人を噛む。つまり体を失って首だけになっても活動を続けるとは考えられないか。ゾンビを利用する手段はそれしかないと俺は思うんだ」

首だけ！

首だけでもゾンビは噛みついてくるのか。

俺は戦慄して言葉を失った。

想像するだに気色悪い光景である。

他のメンバーも愕然としたらしく、目を見張っている。

しかし種子島の理屈が正しければ、確かに首だけでも動きそうだ。体も要らない、心臓も必要ないのなら、当然首だけになってもゾンビは死なない理屈になる。

皆に与えた驚きを気にするふうでもなく、種子島は飄然と話を続ける。

「犯人はゾンビの首を使って我門くんを襲った。そう考えてみよう。どんな格好になるか、頭の中で思い描いてみてくれ。犯人は自分の手を噛まれないよう、ゾンビの首を後ろから持つしかない。片手で後頭部を鷲摑《わしづか》みにするか、あるいは両手で両耳の辺りを持って支えるか、どちらにせよ後ろに回ってゾンビの顔面を正面に突き出す形になるだろう。そして返り血を浴びない工夫も必要だ。昨夜、一井くん達三人が殺されるのを見て、血しぶきが派手に飛び散るのは皆も知っているだろう。できればあれを浴びるのは避けたいと思うのが普通の心理だ。後始末も大変だからな。だから何かを被って身を守ることにしよう。道具部屋にあったブルーシートなんかいいかもしれない。後で浴室などで洗うのも楽そうだし」

と、種子島は云う。そして俺達を見回して、

「どんな格好になるか、もう思い描けたかな。ゾンビの生首を突き出して、自分の体や腕にはシートを被る。どこかで見たようなスタイルだとは思わないか。そう、獅子舞《ししまい》だ。祭などで見かける獅子舞は、獅子頭を前に突き出して演じ手は体に唐草模様の布を被る。布が獅子の体に見えるように見立てるんだな。そして今回の犯人が使ったのもこの手なのではないだろうか。獅子頭な

らぬゾンビ頭を両手に持ち、体にはシートを被って自分の体を隠す。このスタイルが最も効率がいい」

何とまあ、獅子舞とは。そんな突拍子もない手段があるなんて思いも寄らなかった。俺は呆れ返って声も出ない。

「犯人の動きを具体的にトレースしてみようか。犯人は深夜、自室にでも隠しておいたゾンビの生首を持ち出して、この部屋を訪れた。ゾンビ獅子舞の格好になると、部屋に突入する。ドアに鍵がかかっていなかったらそうしていただろう。もしドアがロックされていたなら、我門くんを呼び出す。口実は何でもいい。誰かが急病だ、でも、一階にゾンビが入り込んだからすぐに屋上に待避しよう、でも、ロックを開けさせる理由はどうとでもなる。とにかく我門くんに中から扉を開けさせる。そうやって我門くんがドアを開くと、目の前にゾンビ獅子舞が待ち構えている、という塩梅《あんばい》だ。我門くんはどれほど度肝を抜かれたことだろうね。もちろんそんなものに立ち向かって行けるはずがない。パニックを起こしてこっちへ逃げるのは当然だろう」

と、種子島は部屋の奥のほうを指で示す。

「犯人は獅子舞スタイルで追い込む。ゾンビの生首を前に突き出して、逃げ惑う被害者を追いつめる」

机のある、我門が倒れていた辺りを指さした。

俺はその場面を想像する。

地獄の獅子舞だ。

通常の獅子舞はお囃子《はやし》の賑々《にぎにぎ》しい音楽に合わせてコミカルに踊る。だがこの地獄の獅子舞は深夜に無音で、ひたすら陰気にゾンビの生首が迫ってくるのだ。どこか滑稽ともいえるがこの上なく不気味で、身の毛もよだつ恐ろしさがある。

確かに悪魔的だ。

常人では考えつかない悪魔の発想だ。

そんなことを思いながら俺は、最初にこの現場に足を踏み入れた時に感じた、ゾンビ特有の腐臭を思い出していた。あれは獅子舞ゾンビの残り香だったわけだ。

「犯人はそうやってゾンビの生首に我門くんを嚙ませる。血しぶきが壁に飛び散る。絶命してもさらに何度も嚙ませる。ゾンビがこの部屋に侵入して我門くんを襲ったと強調するためだ。そうすれば誰も殺人だなどと思わないからな。そして首だけのゾンビには食道も胃袋もない。嚙み千切った肉片は首のまん中の穴からぼたぼたと落ちることだろう。犯人はそれを始末しなくてはならない。残して置いては、ゾンビが首だけだったとバレる恐れがある。道具部屋には掃除用具も一式揃っていた。ちり取りで肉片を集め、窓を開けてバルコニーに出ると、そこから外へ投げ捨てる。その時、バルコニーの床に血液を点々と滴らせるのを忘れてはいけない。血痕をゾンビの退場経路と見せかけるためにだ。外の地面に撒《ま》いた肉片はこの暑さですぐに腐るだろうけど、ゾンビの群れが発する悪臭に紛れて誰も気にしたりしないだろう」

種子島は胸が悪くなるようなことを淡々と云うと、

「もちろんそれと同時に、凶器に使って用済みとなったゾンビの生首も、バルコニーから放り投げて処分する。なるたけ遠くへ投げて、森の中へでも転がってくれれば上出来だ。誰にも発見されない。もっとも、ゾンビの群れの中に首の一個くらい落ちていても、この異常事態のまっただ中だ、俺達は気にも留めないだろうけどね」

と、種子島は軽く肩をすくめてから、

「さらに事後処理として、被害者の頭を机の角にぶつける偽装をする。これで被害者の脳を破壊したわけだ。さっきも云ったように、被害者がゾンビになって蘇って、このフロアをうろつきだしたら堪《たま》ったものじゃないからな。さらに、犯人にはもう一つやらなくてはならない仕事がある。脚立を道具部屋から運んできて、外に梯子のようにかけておくことだ。そうやって道を一つでも作っておかないと、ゾンビがどこからこの部屋に侵入してきたか不明になってしまう。多少不自然な経路でも、何もなかったらゾンビがどこから湧いて出てきたのか不明になって、殺人を疑う者が出てくるかもしれないから。一応のエクスキューズとして、ゾンビが登ってきた道に説明がつくようにしたわけだ。それが脚立を置いた意味だな。みんなはまんまと犯人の思惑にハマって、誤った解釈に誘導されたみたいだけど」

何ということだ。俺達は何のために、我門が梯子をかけた理由をあれほど一所懸命議論したというのか。あれはまったくの無駄骨だったのだ。思わず脱力してしまう。

「これが犯行の全貌だ。疑問点はあるかな？」

種子島はそう尋ねながら、ぼさぼさの髪を掻き上げて皆を見回した。

青山が苦々しそうに顔をしかめて、

「俺達が犯人に踊らされていたのは判った。それで、その犯人っていうのは誰なんだ。本当に俺達の中にいるのか」

「当然いるよ。さっきも云ったが、ここは出入りが不可能なんだ。侵入者がいないんだから、ここにいると考える他はないだろう」

　種子島の言葉に、一同は顔を見合わせる。青山、岡田、大河原、木野さん、内藤さん、そして俺。犯人候補達は少し疑心暗鬼になっているようだった。種子島を除外したのは、もし彼が犯人ならば、わざわざこうして手の内を晒して犯行方法をバラすような真似はしないだろう、という極めてシンプルな推論からである。

　木野さんが冷徹な口調で、

「で、誰なの、犯人」

　ストレートに尋ねた。種子島も飄然とした態度で、

「もったいぶるつもりはないよ、すぐに指摘できる。犯人はゾンビの頭部だけを手に入れることができる人物だ。そう推定できるね。生首ゾンビの獅子舞を演じるには、頭部だけのゾンビを入手するのが不可欠だ。さあ、どうやって調達する？」

　質問口調で種子島は、ぼさぼさ頭を傾げて見せる。

「ゾンビならば外にいくらでもいる。文字通り腐るほどうようよとね。首はいつでも入手できそうに見える。だけどそこには壁が立ち塞がっている。ゾンビの生態③という壁が。③生きている人間を見ると襲いかかる。犯人はこれを避けて生首を入手しなくてはならない。どうやって、という問題に突き当たってしまうんだ。どうする？　外に出て一体狩るか。いや、首を一撃で打ち落とすのは難しい。剣の達人で日本刀でも携えていれば別だろうけど、俺達一般人にそれができるだろうか。ほぼ不可能だと思うけどどうだろう。外に出て、もたもたしていたら、あっという間に自分がゾンビの餌食だ。殺人の下準備の最中に犯人自身が嚙み殺されたら喜劇にもならない。

では、一体だけ建物内に誘い込んで首を切るか。いや、それも困難だろう。一井くんや二宮くんの最期はみんな鮮明に覚えているだろう。ゾンビは一体でも力が強い。一対一で戦うのもリスクが大きすぎる。ちょっとの油断で自分が嚙み殺されるのだから」

と、種子島はそこで一呼吸おいてから、

「そう考えると、現地調達は無理そうだということが判る。ゾンビは外にうようよいるけれど、その中の首を一つだけ手に入れようとしても、相当難しいことは誰でも判るだろう。どうやってもゾンビの首だけを持ってくることはできそうにないんだ」

そう種子島は断言して、

「俺達は昨夜いきなりゾンビ軍団の襲撃を受けた。予測していた者などいなかったはずだ。そして慌ててこのセミナーハウスに逃げ込んだ。そんな俺達にはどうしたってゾンビの生首は入手できない。ただ、ここに一人だけゾンビの首を持ち込めた人物がいる。みんな覚えているだろう。ここに遅れて到着した人がいたことを。球の形をした物をぶら下げて」

あっと、俺は息を吞んだ。

昨日の一場面を思い出す。その時のその人の声も――。

「ほら、スイカの差し入れだよ、冷蔵庫は空いているかな」

その鳩のような優しげな口調。両手に一つずつぶら下げたビニール袋。球状に大きく膨れた白いレジ袋の丸さ。

全員が思い至ったようで、弾かれたみたいに一人の人物に視線を走らせる。大柄で悠然と立っている大河原を。

種子島も彼を見つめて、

「大河原先輩、あなたはスイカを二個ぶら下げてやって来ましたね。そのうち一個は昨夜、バーベキューの終わりに皆で食べました。さて、残りの一つが今どこにあるか、答えられますか」

問い詰めるでもなく淡々とした口調だった。

大河原はさっきからずっと無言だ。種子島の問いかけに、さらに押し黙ってしまう。額にびっしりと汗をかいて、その表情は強張っていた。

種子島は、いつにも増して飄然と、

「大河原先輩、これは俺の空想なのですけど、ひょっとしたらあなた、下の別荘地で既にゾンビどもと一戦交えてきたんじゃないですか。ここに着く途中で別荘地でのゾンビの襲撃に巻き込まれて、別荘の人達と一緒に戦ったんじゃないでしょうか。そして一人だけ生き残って逃げ延びて来たのではないですか。その時にゾンビを何体か倒して、首を一つ手に入れた。そしてその首が暴れないように包帯のような布か何かでぐるぐる巻きにしてビニール袋に入れ、ここまでやって来た。カムフラージュ用の本物のスイカまで別荘で何とか手に入れて。どうです、俺の空想は間違っていますか」

と、どこか他人事みたいな調子で云って、

「俺の空想はさらに続きます。山の中腹にある別荘地がゾンビに襲われて、麓へ下りる道もゾンビの群れに占拠され、あなたはここへ上がって来るしかなかったんでしょう。山の一本道の下半分が既にゾンビに埋めつくされて、逃げ場を失って。さらに、山頂のこのセミナーハウスも早晩ゾンビに包囲されるだろう。そう予測できたあなたは、この特殊な状況を利用しようと目論んだ。

ある計画のために、別荘地での闘いで手に入れたゾンビの生首を持ってきたわけです。計画というのは無論、我門くん殺害の計画ですね。ゾンビに包囲されて脱出不能となったこの最悪な状況を、あなたは徹底的に有利に利用しようとしたんです。ゾンビに襲われて籠城中の建物の中でゾンビに噛み殺された死体が発見されたら、誰もがゾンビにやられたと考えるはずです。これは不幸なアクシデントだと。殺人などと疑う者などいるわけがない。何しろこんな特殊な環境なんだから。実際、この一件が殺人などと疑われることはほとんどなかった」

種子島の云う通りだった。誰も疑わなかった。一度だけ岡田がその可能性に言及したものの、一顧だにされずに却下されていた。

「大河原先輩、ゾンビに包囲されたこの状況はあなたにとってこの上なく好都合でしたね。殺人と認識されずに人を殺す、千載一遇の好機です。殺人と思われなければ犯人探しも始まらない。疑われることもなく、逮捕されるリスクもゼロ。絶好の機会です。そのチャンスを逃す手はないと、あなたは実行したんですね。そして、その計画はあと一歩のところで成就するまでいった。俺という邪魔者が現れさえしなければ。すみません、罪を暴くなんて余計なことをして。でも犯罪を見逃すのも倫理的にいかがなものかと思ってしまいまして、ついガラにもなく出しゃばりました。で、動機は何です？」

種子島はついでのように質問を付け加えた。

その一言に、大河原は崩れ落ちるように膝をついた。どうやら観念したらしい。大きな背中を丸めて、絞り出すような声で云う。

「あいつが、我門が脅してきたんだ。地下カジノに無理やり連れていったのはあいつなのに、そのせいで我門に多額の借金をするようになったのは、最初からあいつの計算のうちだったんだ。それで脅迫してきて、就職先の地銀にバラすとか、大学にも違法カジノに出入りしていたことを報告するとか、面白半分に僕の将来を滅茶苦茶にしようと脅してきて。それですっかり追いつめられた気持ちになったんだ」

その述懐を聞いて青山が、呆れたように、

「そんなことくらいで殺したんですか」

「それだけじゃない、香苗《かなえ》のことだって――」

大河原の言葉は後半、涙に紛れて聞こえなかった。

木野さんが、表情を曇らせ、

「香苗先輩の」

と、青山と顔を見合わせる。三年生のこの二人には何か思い当たる節があるらしい。サークル内で過去に、男女関係の揉めごとがあったようだ。

大河原はうずくまって肩を震わせている。がっしりとした背中が小さく見えた。

サークルメンバーは立ち尽くしたまま無言で、哀れむみたいな視線をその背中に向けている。

俺も思わずため息をついていた。どんな事情があったにしろ、殺人者はもう日常には戻れない。

種子島は興味を失ったかのように、窓の外をぼんやりと見ている。森の緑と青空だけが広がる外の景色を。

と、音が聞こえた気がした。

何かが近づいて来る。

聞き覚えのある音。

小さく、連続する回転音。

これはヘリコプターの音だ。

サークルメンバーが、はっとして顔を上げ、次の瞬間にはバルコニーへ飛び出していた。

俺も種子島を促し、その後に続く。

うずくまったままの大河原を除いて、皆で鉄の手摺りに摑まって目を凝らす。

「あっちだ」

岡田が叫び、水平方向を指さした。

「本当、見える」

と、内藤さんが珍しく明るい調子で云う。青山はほっとしたように、

「救助が来たんだな。多分、自衛隊機だ」

木野さんは安堵の息をつき、

「やれやれ、これでどうにか帰れそう。こんな波乱に満ちた夏休みは、もう一生体験できないでしょうね」

「いや、ホント、一生勘弁ですよ」

と、岡田が応じる。そのおどけた口振りがおかしかったのか、青山と内藤さんが笑った。

俺は種子島の肩を、ぽんと叩いた。お疲れさん、と労いの意味を込めて。

種子島は、まあこんなもんだろう、というふうに片方の眉を上げて見せた。いつもの飄々とした態度で。

俺はうなずき返してから、岡田の指さす方向を見る。

ヘリコプターが三機、飛んでいる。編隊を組んでぐいぐい近づいて来る。大型機のものらしいローター音は轟音《ごうおん》で、それが力強くこちらへ一直線に向かっている。

この騒動もやっと終わりか。

そう思い、俺は肩の力を抜く。

ふと下を見ると、広場にはゾンビどもが蝟集《いしゅう》している。相も変わらずぎくしゃくとした不気味な歩き方で、ゆっくりとてんでんばらばらに歩き回っている。

群れの中の一体が、首を捻ってヘリコプターのほうを見上げると、威嚇するように歯を剝き出した。

三人の戸惑う犯人候補者たち

死体は仰向《あおむ》けに倒れていた。

男の死体だ。

額から大量の血液が流れている。その中央にぽつんと、射創らしき黒い穴が開いているのが見えた。

そして、俺の手には拳銃が握られている。

冷たく黒い、無骨な武器だ。

俺がこの男を撃ち殺した？

茫然《ぼうぜん》とするしかなかった。

＊

死体は横向きに倒れていた。

女の死体だ。

腹部から大量の血液が流れている。ピンクのブラウスの腹の部分が、刺し傷で引き裂かれているのが見えた。

そして、俺の手にはジャックナイフが握られている。

冷え冷えと研ぎ澄まされた、鋭利な武器だ。

俺がこの女を刺し殺した？

啞然《あぜん》とするしかなかった。

＊

死体はうつ伏せに倒れていた。

男の死体だ。

後頭部から大量の血液が流れている。その部分はぐしゃぐしゃに潰れていて、見るも無惨な有り様だった。

そして、俺の手にはハンマーが握られている。

大振りで重量がある、武器としても使えそうな道具だ。

俺がこの男を殴り殺した？

愕然《がくぜん》とするしかなかった。

＊

ノックの音がした。

最初、宮田《みやた》は錯覚かと思った。

ここのスチールドアが叩《たた》かれたことなど、この一週間で一度しかなかった。それで思い違いかと感じたのだ。

もう一度ノックの音がした。

今度は本物だと判《わか》った。しかし宮田は、あと一時間で昼休みだな今日は日曜で食堂が営業していないからどうしようどこで何を食べようかな、などと半分居眠りをしながらぼうっと考えていたので、反応が少し遅れた。

誰かがこのプレハブを訪ねて来たのだ。まさか〝相談者〟なのか、と半ば懐疑的な気分で、

「どうぞ。開いていますよ、お入りください」

と、宮田は答えた。午前中、ずっと黙ったままだったから喉が熟《こな》れていない。声がちょっとひっくり返った。

それでもドアの外の人物には伝わったようで、おずおずといった感じでドアが開く。

銀色のスチールドアから顔を覗《のぞ》かせたのは若い男だった。おっかなびっくりという態度で、こちらの様子を窺《うかが》っている。

見るべきものなど大してないはずだ。

小さなプレハブ小屋である。木の床、金属板の壁、トタンの天井。素っ気ない室内だ。調度品も至って少ない。長机が一つ、まん中に置かれているだけ。

机の奥側には、宮田とその〝相棒〟が座るパイプ椅子が二脚。机を挟んだ入り口側に、来訪者用の一人掛けのソファ。あるのはそれだけだ。質実剛健というか実用本位というか予算削減というか、とにかくシンプルな構造である。貧乏くさいとも云《い》う。ただし、エアコンは最大出力で稼

働させているから暖かい。ただでさえ退屈極まりないのに寒いのはご免なので、宮田がリモコン権を〝相棒〟には渡さず高温設定にしているのだ。

ドアを半開きにしてこちらを窺っている青年に、宮田はにこやかに声をかける。

「さあ、どうぞお入りください、ご覧の通りむさ苦しいところですが、暖かいのだけは保証します。外は寒いでしょう。さあ、どうぞどうぞ」

できる限り愛想のいい態度で接する。本音としては「寒くなるから早く入ってさっさとドアを閉めてくれ」だ。

訪問者の青年はこちらの思いを察したようで、言葉に従ってくれた。スチールのドアを閉じ、その前に所在なさそうに立つ。その彼を、宮田はざっと観察する。

スーツにネクタイ、すらっとして背も高い。就職して三、四年ほどで、そろそろ仕事も率先して進められるようになった頃合い、といった年齢か。スーツ姿も板についている。

それにしても、近頃の若い男は皆スマートだ。宮田は自虐混じりにそう思う。彼より二十以上も年を喰《く》っていて、腹周りの脂肪がだぶつき始めている宮田としては、少し眩《まぶ》しく感じられる。自分が若い頃はもっともっさりしていた、という自覚がある。最近の若者は誰も彼も顔が小さく背も高く、手足が長い。

宮田が、さりげなくそう観察していると、来訪者はためらいがちに、

「あの、ここは色々と相談に乗ってくれるところだと伺いましたが――」

語尾が恐れるように消えていったので、宮田は努めて明るい調子で、

「はい、その通りです。どんなお話にでも真摯に耳を傾ける相談所です」

来訪者も、スチールドアの外側に貼りだしてあるプラスチックのパネルを見たはずだ。〈違法行為等諸問題に関する相談所〉と。

左隣のパイプ椅子にどっかり座った相棒が何もするつもりがないのを見て取った宮田は、客をリードして、

「さあ、立ち話もなんですからお座りください。コートはそちらの壁にハンガーがありますんで、そうそう、そこに掛けていただいて、はい、ではおかけください。申し訳ありませんが、都の規定でお茶などはお出しできませんのでご容赦ください」

愛想よく云って青年をソファに座らせた。

こうして長机を挟んで相談者の青年と〝相談員〟の宮田達二人が向かい合わせに座ることになった。この相談所のあるべき姿である。何かの面接のようでもあるが、あくまでも相談だ。

その移動のうちにも宮田は、相談者の若者をもう一度つぶさに観察する。

非常に真面目そうだ。スーツの着こなしなどにも、崩れたところは微塵《みじん》も感じられない。苦労を知らなそうな穏やかな顔つきと物腰。恐らく、ある程度裕福な家庭で育ち、学歴も高い。エリート青年といった趣きである。日曜日にもかかわらずスーツ姿なのは、多分ここを訪ねるからわざわざ着てきたのだろう。どこかを訪問するのにネクタイを欠かさない、そういうふうに教育されている。官公庁勤めか、あるいは銀行、または総合商社か大手証券会社。そういったお堅い仕事だと推定できる。いずれにせよ、将来を嘱望された有能な若者なのだろう。そう宮田は見て取った。

ただし今は、エリートらしからぬ態度でおどおどと背を丸め、落ち着きのない目できょときょ

と周囲を見回している。視線が定まらないのは不安の顕《あらわ》れだ。

宮田は人のよさそうな笑顔を作り、ソファに落ち着きなく座る青年に尋ねる。

「この相談所のことはどこでお知りになりましたか」

おどおどした青年は、目を伏せてこちらを見ずに、

「はい、あの、知人に噂《うわさ》を聞きまして。都庁第二本庁舎の裏にそういうところがあると」

「なるほど、噂で。本当にあって驚かれたんじゃありませんか」

「はい、まさかこんなちゃちなプレハブ小屋で、あ、失礼」

「いえいえ、別に失礼ではありませんよ。実際にこんなですから」

と、宮田はにこやかにフォローする。

事実、この小さなプレハブは、場違い感丸出しで都庁第二本庁舎の裏に建っている。巨大で豪《ごう》奢《しゃ》な都庁ビルの背後にこんなみみっちい小屋があるのは、知らない人が見たら相当に異様だろう。景観も風情も威厳もへったくれもない。

宮田達三人は、そのちっぽけで異質な建物の中で、向かい合って座っている。

「さて、本日はどのようなご相談なのでしょうか」

と、本題に入るよう宮田は促す。隣に座る相棒はやはり無言で、積極的に会話に加わろうとはしない。しかし、耳はしっかり傾けているだろうことを、宮田は知っている。生真面目一徹な性格なのは、ここ一週間、二人で駐在していてよく判っているのだ。

相談者の青年は、なおもおどおどと、

「あの、ここは犯罪に関することならば何でも解決してくれると聞いたのですが、本当でしょう

か」

　その問いかけに宮田は答えて、

「半分は本当です」

「半分、ですか？」

「はい、入り口にパネルがありましたね。違法行為というのは、まあオブラートに包まず云ってしまえば犯罪のことです。ただし、解決などはいたしません。我々はお話を聞くだけです。相談者の皆様の心に抱えている悩みをぶちまけてもらい、気晴らしの一助になればいいと、ただそれだけです」

「はあ、そうなんですか」

　と、青年は少し当てが外れたように、

「その話、警察に密告したりはしないんですよね」

「それは確約いたします。警察には一切報《しら》せません。相談者の皆様の個人情報を詮索することもありません」

　宮田が断言すると、相手はちょっとほっとしたように、

「では、名乗らなくてもいいんですか」

「もちろんです。匿名のままで結構。何の支障もありません。何なら仮面でも被《かぶ》って、お顔を隠していらしてもよかったくらいです」

　宮田の冗談に、やっと相談者の頰が緩んだ。しかしまたすぐに不安そうな沈んだ目になって、

「例えば、殺人に関することでも構いませんか」

いきなり飛び出した物騒な言葉に、いくらかぎょっとしたが、動揺は表に出さず、

「もちろん問題ありません。どんなお話でも伺います」

「そうですか――」

と、相談者は顔を上げ、宮田と相棒に代わる代わる視線を移す。信頼に値する〝相談員〟かどうか、見極めようとしているのだろう。

そして、やがて意を決したように、

「実は私、人を殺したかもしれないのです」

いささか刺激的な告白に少々驚いたが、宮田は平静を装って、

「殺した、ではなく、かもしれない、なのですね」

「そうです、自分でもはっきりしなくて、どうしたらいいのか判らなくて」

と、相談者は頭を抱えてしまった。

「とりあえず詳しくお聞かせ願えますか。それはどんな状況だったんでしょう」

宮田の問いかけに、

「あれは一昨日、金曜の夜のことでした――」

と、相談者は、ぽつりぽつりと語り始める。

*

あまりの寒さに目が覚めた。

横になった体に何かかけてあるのに気付いたが、何のことはない自分のコートである。

俺はしょぼついた目で天井を見上げる。

明かりが絞ってあるようで、室内が薄暗い。

床が固くて冷たいのも不快だった。薄いカーペットを敷いてあるものの、多分コンクリートの床に直《じか》敷きなのだろう。こんなところに寝ていたら、背中が痛くなるのも当然だ。その上、深々《しんしん》と冷たく、全身の体温を奪っていく。

室温も低い。凍えるほど冷え切っている。

どうして俺は、こんな薄暗くて寒いところで寝ているのだろうか。とんと判らない。

友人らとバーで酒を呑《の》んでいたところまでは覚えている。しかしその先はどうなったんだっけ？

上体を起こそうと体に力を入れると、軽い頭痛がした。そして、何だか霞《かすみ》でもかかったみたいに頭がぼんやりする。

それでも無理を押して上半身を起こす。床の冷たさに耐えられなかったからだ。

その時、自分が右手に何かを握っているのを発見した。頭がぼんやりしているせいで、手足が自分のものではないような感覚がある。そのせいで発見が遅れた。

何だこれは、と困惑したが、紛れもなくそれは拳銃だった。

黒々とした金属製の武器だ。

オートマチックというのだろうか。蓮根型《れんこんがた》の弾倉がついていないシャープなデザインである。

冷たさは感じない。長い時間、握り込んでいたせいか。

しかし、どうしてこんな物を握っているんだ、俺は。

不安感がこみ上げてくる。

疼痛《とうつう》のする頭で考えてみても、記憶がおぼろげだ。いつ眠ってしまったのか覚えていない。なぜこんなところにいるのかも判然としない。

拳銃をしげしげと観察している時間はなかった。目の前に人が倒れているのも見つけたからだ。

薄暗い中、何者かが床に転がっている。ずっと目を閉じていたので、暗がりには慣れていた。倒れている人物の輪郭がよく見えた。

男だ。仰向けに横たわっている。

その顔を覗き込んでぎょっとした。額の中央。そこに弾痕らしきものがあったのだ。

眉のない厳《いか》つい顔の中年男。頭頂部の髪が薄いので、五十代くらいだろう。怖い人物という印象である。

その男の額のまんまん中に、ぽつんと黒い穴が開いているように見える。そこから血液が流れ、額から耳の横へと線を描いている。血はすでに凝固しているらしく、濡《ぬ》れたふうには見えなかった。

さらによく観察すると、男の頭が床に触れている位置、そこのカーペットの色が変わっている。血溜《ちだ》まりができているのだ。額から噴き出した血液で、カーペットに直径一メートルほどの円が描かれている。

額の弾痕。俺の手の中の拳銃。床の血溜まり。思わず何度も交互に見る。

ぼんやりと霞がかかった頭で考えた。

これはどう見ても、俺がこの男を射殺したみたいではないか。

撃ち殺した？　この男を？

射殺した？　俺がこの手で？

いやいやいや、そんなわけがない。俺は殺してなどいない。

いないはずだ。

しかし、否定するそばから自信が揺らぐ。何しろ意識がなかったのだから。

記憶も定かでなく、すっぽりと飛んでいる。

それほど痛飲した覚えはない。だけど陰気な酒だった。悪酔いしてもおかしくはない。頭痛もそのせいに違いない。

俺が覚えていないだけで、実際にはこの男を撃ち殺したなんてことがあるだろうか。

あってもおかしくないのか。

判らない。

どうにもはっきりしない。

いや、そもそもこの男は死んでいるのか。額に弾痕を穿《うが》たれて生きている人間はいないだろうが、それでもこれは何かの間違いで、ただ眠っているだけなのかもしれない。

恐る恐る手を伸ばして、倒れた男の手首に触れる。

声にならない悲鳴をあげて、思わず手を引っ込めた。

冷たかったのだ。驚くほど冷え冷えとしている。男の手首は、まるで大理石の像みたいに冷たくなっていた。

念のために、首筋にも手を伸ばす。

おっかなびっくり首に触れてみる。

やはり動転して、俺は手を引っ込めた。

こっちも冷え切っている。男の首はきんきんに冷たく、室温とほとんど変わりがなく感じられた。生きた人間としての温《ぬく》もりも、生物としての脈動も、まったく感じ取れない。そもそも呼吸をしている気配が全然ないではないか。

これはもう言い訳できない。

間違いなくこの男は死んでいる。

仰向けに横たわっているのは死体だ。

腰を抜かしそうになりながら、死体の全身に目をやる。

男の服装は、白いワイシャツに濃いグレーのズボン、そして同色の靴下。ネクタイはしていない。何となく中途半端な格好だった。

顔も見る。禿《は》げかかった頭頂部、眉のない厳つい顔立ち、額の弾痕、生気を失った青白い顔色。目をつぶっているのが幸いだった。これで瞼《まぶた》を見開いていたら、恐ろしくて直視できなかっただろう。

とにかく、見知らぬ顔だった。知り合いなどではない。厳つく、怖い男だという印象だ。拳銃のこともあり、もしかしたら暴力団関係者なのかもしれない。

それが死んでいる。物言わぬ骸《むくろ》となって、冷たい床に倒れている。

そして、その死体と一緒にいるのは俺一人きり。

どういう状況なんだ、これは。

周囲を見渡す。

狭い部屋だ。

クリーム色のカーペット敷き。特徴のない白い壁。家具の類いは一つもない。和室の広さに換算すると、四畳半くらいだろうか。俺の背後に木製のドア。そして、死体の向こうには金属製のドア。窓はなく、閉鎖的だ。

何もない部屋で、どこなのかも見当がつかない。

俺はいつ、どうやってここへ来たのか。

ぼんやりと頭痛のする頭で記憶を絞り出そうとするが、何も思い出せない。

そんなふうに、しばし放心していた。だが、茫漠とした思考に少しずつピントが合ってくる。

今、俺、相当危うい立場にいるのではないか。

それに気付いた。

マズいんじゃないか、これ。

狭い部屋に、射殺死体と俺の二人だけ。俺の手には拳銃。誰がどう見たって、俺がこの男を殺した現場にしか見えないのだ。

いや、ひょっとすると、実際に殺してしまったのかもしれない。記憶にまったく自信がない。

いずれにせよ、このままでは危険だ。いつ背後のドアが開いて、人が入って来るか判らない。

居ても立ってもいられなくなり、俺は立ち上がった。同時に、拳銃を取り落とす。床に当たって鈍い音を立て、拳銃は転がった。

逃げよう。

そう決心してからの俺の行動は早かった。

死体の足元を回り込み、向こう側の鉄のドアに取りつく。幸い鍵はかかっていなかった。ノブを捻《ひね》るとあっさり回転してくれる。ドアを細めに開いた。途端に、十二月の外気の冷たさがどっと室内に流れ込んでくる。顔を外側に突き出すと、見当をつけていた通り、ドアの外は非常階段だった。鉄のドアはその佇《たたず》まいから、外に繫《つな》がっている感じがしていたのだ。鉄製で無骨な階段が上下に続いていた。

コートを着て、階段の踊り場に出た。どうやらビルの裏面らしい。室内は寒かったが、外はまた一段と冷たさが厳しい。空を振り仰いでも、まっ暗で星一つ見えない。

夢中で階段を駆け下りた。足音を立てないように忍び足で、それでもなるべく急いで降りる。ちゃんと自分の靴を履いたままだったので、爪先は冷えずに済んだ。

何階分降りたのか、頭痛と霞がかかったみたいな頭では覚えていない。

降り着いたところは予測していたように、ビル街の裏通りだった。薄暗くて冷たく、じめついた路地裏である。人の気配は感じられない。

俺はそんな裏路地を、倒《こ》けつ転《まろ》びつ走った。できうる限り現場から離れるように急いだ。賑《にぎ》やかなほうへ行こう、なるたけ人の多いところへ。人混みに紛れてしまえば、何となく安心できるような気がする。

裏通りを駆け抜けた。本当はぼんやりとした頭でよたよたと進んだだけかもしれないが、よく覚えていない。

それでもすぐに表の通りに出た。

街はクリスマスムードで溢《あふ》れ返っていた。

そうだ、思い出した。新宿《しんじゅく》K町だ。俺はこの、国内最大級といわれる歓楽街で呑んでいたのだ。不夜城とも呼び称される、眠らない街。

ネオンの光が洪水のごとく氾濫《はんらん》し、多くの酔漢が闊歩《かっぽ》する。数多《あまた》の店の客を呼び込む声がスピーカーから流れ、賑《にぎ》わいが街全体に響き渡る。眩《まばゆ》い電子看板にサンタに扮《ふん》した若い女性が映し出され、甘い声で男達を誘う。

学生らしき若いグループがはしゃぎ声をあげ、酔っ払いのおじさん達が大声で笑い合い、黒服のホストや着飾ったキャバクラの女性従業員らが急ぎ足で通り抜ける。

賑やかで猥雑《わいざつ》で、少し危険な香りもする巨大な歓楽街。

俺はその雑踏の中に紛れ込んだ。ぼんやりとした頭でそぞろ歩いた。

終夜営業のコーヒースタンドがあったので、そこへ逃げ込んだ。熱いコーヒーを手に、店の奥の席で縮こまる。

ふと思いついて、スーツのポケットを確認する。なくし物をしていないか気になったのだ。しかし杞憂《きゆう》のようだった。持ち物はすべてある。財布、スマホ、定期入れ、カードケース、名刺入れ、キーホルダー。すべて無事だ。あの現場に落としてきたりはしていない。

安堵《あんど》して、テーブルに突っ伏してしまう。店内の暖かさにも気が緩んだ。

俺はそのまま、しばし意識を失った。頭がぼんやりしているのが、まだ続いていた。

そして、どのくらい気を失っていたのか判らない。目が覚めた時、窓の外はまだまっ暗だった。

ほんの数分、うとうとしていただけなのかもしれない。時計を見ると、午前五時過ぎ。空は明けやらぬが、さしもの新宿K町も小休止につく頃合いだ。多分、始発電車も動き始めている。

コーヒースタンドを出ると、駅へと向かった。

動き始めたばかりの電車はガラガラに空《す》いていた。俺と同じようにK町で夜を明かしたらしい酔客達が何人か、眠そうな目で座席に座っていた。俺も彼らに混じって電車に揺られた。

そうして自宅に帰り着いた。コートを脱ぎもせずベッドに倒れ込んだ。そしてまた、意識が遠のいた。

目が覚めたのは昼すぎだった。

土曜日なので安心して寝坊ができた。

シャワーを浴びて人心地がついてきたら、とたんに不安感が襲ってきた。

まざまざと思い出した。

死体。

射殺された男。

厳つい顔の男が撃ち殺されていた。

薄暗い部屋で仰向けに転がったその死体。

怖くなってきた。

その日は一日、ネットニュースに齧《かじ》り付いて過ごした。

『新宿K町で暴力団関係者の男の死体発見。警察は現場から逃走した若い男の足取りを追っている』などというニュースが出てこないか、気が気でなかった。

しかし、幸いというか何というか、そうした報道は流れてこなかった。

呑んでいた友人達に連絡するのもためらわれた。

「何かヤバいおっさんと揉《も》めてたけど、お前あれからどうしたんだよ、大丈夫だったか」

とか何とか云われたら、どうしていいのか判らない。

結局一日は、悶々《もんもん》としているうちに終わった。誰にも相談できないのが苦しかった。

そしてその夜、思い出した。都庁第二本庁舎の裏に、犯罪に関する相談事に乗ってくれる場所があると。

明日の日曜、そこに行ってみるのもいいかもしれない。

*

なるほど、それで思い悩んで散々懊悩《おうのう》した結果、ここの扉を叩いたわけか。この〈違法行為等諸問題に関する相談所〉のドアを。

藁《わら》にも縋《すが》る心持ちだったのだろうなあ、と宮田は、相談者の心境を想像した。

語り終えてもしょぼくれている相談者の青年から目を外し、ちょっと横を見る。

隣に座る〝相棒〟はやはり何も云おうとしない。仏像のごとく座っているだけだった。

仕方なく宮田は、会話の主導権を取るべく相談者に問いかける。

「お話の概要は判りました。ところで、その人物は本当に死んでいたんですね、間違いなく」

「はい、間違いはないと思います。あれだけ体温がなくなっても生きていられる人間がいたとしたら別でしょうけど」

と、相談者の青年は、悄然《しょうぜん》と答える。

どうやら事は本物の殺人事件らしい。これは極めて重大な案件だ。三日前の食い逃げ犯とはスケールが違う。

宮田は少し緊張して、

「それでは、少し細かい点を確認させていただきます」

と、相談者の青年に語りかける。

「拳銃は素手で握っていたんですか」

「はい」

「それをそのまま置いてきた？」

「ええ」

相談者は、しょんぼりとうなずく。凶器に思いっきり指紋が残っている。これは相談者にとっては不利な状況だな、と思いながら宮田は、

「まさか、逮捕歴などはないですよね」

「とんでもない、そんなものありません」

だったら警察のデータベースに指紋は登録されてはいない。とりあえず、すぐに捕縛の手が伸びるということはないだろう。

「亡くなっていた男性、厳つい顔つきの人物は知らない人なんですね」

「ええ、まったく」

「知人でもなく、似た知り合いもいない？」

「はい、赤の他人です」

「トラブルになった記憶もないんですね」

「全然、ありません」

うーん、動機面はシロという心証か。

「銃に心当たりは？　まさかあなたご自身の物ということはないですよね」

「とんでもないです、銃なんか見たことも触ったこともありません。あ、制服の警官が腰につけているのを見かけたことはあるか。でもその程度です。私はただの民間人です。拳銃などとは無縁ですよ」

相談者は縋るような口調で捲《まく》し立てる。よほど疑われるのが嫌な様子だ。

「ぶっちゃけて聞いてしまいますが、射殺したのはあなたではないんですよね」

「いや、それが――」

と、一瞬、相談者は言葉に詰まる。そして苦悩に満ちた表情で頭を抱えて、

「正直、判らないんです。そんな記憶はもちろんありません。でも絶対かと云われたら自信が揺らぐ。何せあの状況です。私が撃ったようにしか見えないんです。しかし私には自覚がない。それでどうしたらいいのか困ってしまって。本当に訳が判らないんです」

悩まれてもこっちだって困惑する。

さて、この青年は殺人犯なのかどうか。今のところ、宮田には判断がつかない。もし本物の犯人だとしたら、マニュアル通りに通報もせず放置しても構わないのだろうか。はて、どうしたも

のか。

宮田が迷っていると、いきなり、

「あなたは何か部活動に熱中していましたか、中学高校、大学時代でもいい」

宮田の隣から声が上がった。相棒だ。朝、挨拶を交わして以来、初めて口を開いた。急に喋《しゃべ》りだしたことにも肝を潰したけれど、質問の内容が頓珍漢なのも宮田を驚かせた。今聞くことか、それは。と思いながら隣に目を向ける。

墨染めの僧衣。青々と剃髪《ていはつ》した坊主頭。パイプ椅子の上で窮屈そうに結跏趺坐《けっかふざ》した人物。それが宮田の相棒、若き修行僧で名を万念《まんねん》という。

万念の唐突な問いかけに、相談者は目を白黒させながら、それでも質問に答えて、

「えーと、中学の時は天文部でした。高校では何もやっていません、塾や予備校で忙しかったもので。大学でも特にサークル活動などはしていませんでした」

それを聞いて若い修行僧の万念は、いきなり組んだ足を解いて立ち上がったかと思うと、長テーブルを迂回《うかい》して相談者に近づいた。スーツと僧衣と、着ている物はかけ離れているけれど、二人の年齢は近い。そんな相手に万念は、唐突に右手を差し出して、

「ここでこうしてお目にかかれたのも多生《たしょう》の縁でございましょう。ご縁がございましたことも御《み》仏《ほとけ》のお導き。それに感謝いたしましょう」

握手を求められて、相談者は不思議に思ったようだったが、

「はあ、どうも」

おずおずとそれに応じた。万念は必要以上に力を込めて握手した手を上下させながら、

「どうぞあなたも御仏のお導きに感謝してください。感謝の心は人と人を良き縁で結ぶきっかけになります。ありがたいことでございます。南無阿弥陀仏《なむあみだぶつ》、南無阿弥陀仏」

落ち着いた声のトーンで念仏を唱える。相談者は呆気《あっけ》に取られた顔で握手に付き合っている。相談者が驚くのも無理はない。いきなり若い僧に握手を求められたら誰でも面喰《めんく》らう。それも念仏付きで。そもそも仏式に握手という作法はあったかしらん、と宮田は思わず首を傾《かし》げたけれど、詳しいことはどうだか知らない。

とにかく〈違法行為等諸問題に関する相談所〉の空気は奇妙な雰囲気になった。

だいたいこの〈違法行為等諸問題に関する相談所〉なる部署がどういった成り立ちで発足したのか。そこからして胡散《うさん》くさいのである。

元を辿《たど》れば都議会が発端だ。

多岐に亘《わた》る問題を抱える都政だが、現時点では次の三本柱を主な政策目標として掲げている。

一、景気浮揚と雇用の促進

一、少子高齢化対策

一、犯罪発生率の抑制

特に犯罪、しかも再犯率の高さが頭痛の種だった。議会は都のしかるべき部署に下知を下した。曰《いわ》く「再犯防止策に画期的かつ斬新な案を以《もっ》て対策を講じるべし」。お得意の議会から役所への丸投げである。ご下命を受けたしかるべき部署では、お役所仕事らしい迂遠《うえん》さでまずはアンケート調査を実施した。現在収容中の受刑者への聞き取り調査を行ったのだ。煩雑な手続きと回りくどい段取りと面倒な手間暇の末、アンケート結果が出る。

『犯罪を犯してしまったことに良心の呵責《かしゃく》を感じる・又は反省している』14・7％
『最大の失敗は犯罪が発覚し逮捕されたことだと感じる』82・6％
『次は逮捕されないようにうまくやりたい』79・2％
嘆かわしい数値である。都民の心はここまで荒《すさ》んでいる。ただし悪くない結果も出た。
『犯罪を起こして逮捕されるまで不安だった・又は心細いと感じた』76・8％
『不安な気持ちを誰かに打ち明けて楽になりたいと思った』72・5％
『あの不安感は二度と味わいたくない』81・2％
アンケート結果を分析したしかるべき部署の職員達は、この数字に光明を見出《みいだ》した。すなわち「犯罪に走ってしまった者にそれを告白し懺悔《ざんげ》する場を与えれば彼らは安心感を得て、再犯率を抑えられるのではないだろうか」との推定が成り立つと考えたのである。犯罪を経験した受刑者達は一様に逮捕されるまでは不安だった。その不安感は誰かにぶちまけてしまえばきっと楽になる。あの不安感を再び味わうくらいならもう犯罪に手を出すのはやめておこう。この三段論法が成立すると推測できる。いささか強引な気もするが。
懺悔室《ざんげしつ》を作ろう。
それが結論だった。
罪を打ち明けてもらい重い心を楽にする。もう一度あの不安な日々を送るのはご免だという心理を逆手に取って、再び犯罪に走らないよう抑制する。悔恨まではしなくてもいい。ただ告白して、逮捕される恐怖と不安感を払拭してもらう。それが再犯防止に繋がるに違いない。
無論、警察には突き出したりはしない。逮捕させるのでは単なる自首と同じだ。もっとカジュアルに、気負うことなく罪の告白をしてほしい。アドバイスも何もしない。ただ話を聞くだけ。罪を白状してすっきりして帰ってもらえば結構。もちろん匿名でＯＫ。とりあえず今回の犯罪には目をつぶるからその代わり二度と犯罪に手を染めないでね、というのがこの都営懺悔室のコンセプトである。

何だか本末転倒な気がしないでもないが、この案は議会に上げられ、承認され、予算が付いた。こうして〈違法行為等諸問題に関する相談所〉が立ち上げられた。まだるっこしい名称だが、役所のすることだから多少杓子定規《しゃくしじょうぎ》になるのはやむを得ない。変に大衆に迎合して〈にこにこ告白室〉だの〈さわやか悔恨所〉などと命名されないだけまだマシだ。

当初は都庁の建物内の一部屋をこれに充《あ》てようという流れもあったが、入庁に手続きが必要な都庁は違法行為に手を染めた人達を躊躇させるのではないかとの意見も出て、別棟が建てられることとなった。

といっても立派な庁舎分室を建てるほど予算は潤沢ではない。そこで第二本庁舎の裏に目がつけられる。ここは何もない石畳の通路で、普段から通る者はほとんどいない。巨大な都庁の陰に隠れたデッドスペースである。そこにプレハブ小屋を建てた。予算を考えればそれが手一杯だった。見ようによってはただの物置にしか見えないけれど、これでも立派な都営施設の一つだ。

そしてＰＲ活動にも力を入れた。

『法を犯してしまった皆さん、罪を懺悔して楽になりませんか。無料、匿名、秘密厳守。警察に通報することは絶対にありません。ただあなたの心の負担を取り除きたいだけなのです』

ネットを中心に、こうした文言が流布された。

たちまち犯罪者が続々とやって来た。

ということはないが、効果はほどほどにあったと云えるだろう。犯罪者がちょぼちょぼと訪れるようになった。

ブランドバッグを万引きした主婦は、盗んだバッグを置いていった。手元にあるのが重荷に感じていたという。現物を手放して肩の荷を下ろした彼女は、二度と盗みを働くことはないだろう（というのが都の担当者の希望的願望である）。

夜の街で酔っぱらった挙げ句ケンカ沙汰になり、相手にケガを負わせて逃げてしまった男は「俺は悪くない」という台詞《せりふ》を五十六回ほど懺悔の中に織り込みながら己の罪を告白した。洗い浚《ざら》い白状してすっきりした顔で帰っていった彼は、もう暴力行為は控えるようになるに決まっている（というのが都の担当者の希望的願望だ）。

違法薬物を大量に仕入れた若い男はそれを持参してやって来た。入手したものの捌《さば》くルートの確保が困難で、ヘタに売ったら足がつくと恐れての懺悔だった。仕入れ値分丸損だバカバカしいと彼は嘆き、これに懲りてつまらない薬物に手を出すことは二度とないことだろう（というのが都の担当者の希望的願望である）。

こうして〈違法行為等諸問題に関する相談所〉は順調に成果を上げつつある。職員の奮闘の結果だ。成功といって構わないと思われる。議会へ提出する報告書には、そう自画自賛の文言が連ねられた。具体的な数値が出ているわけではないので本当のところはどうなのか判然としないが、役所というところは一度立ち上げたプロジェクトを失敗と認めることを絶対にしない。責任は誰も取りたくない。

かくして〈違法行為等諸問題に関する相談所〉は存続している。

ところで、懺悔を聞く〝相談員〟の役は二人一組と初期段階から決まっていた。犯罪者と面と向かって話を聞くのに、一人ではさすがに心細い。かといって三人以上雁首《がんくび》並べていては相手に余計なプレッシャーをかける。二人組くらいがちょうどいい。

当初は、アンケート調査からこの都営懺悔室の立ち上げまで動いたしかるべき部署の職員が〝相談員〟の任に就《つ》くことも考えられていたが、当の現場からストップがかかった。「ただでさえ多忙を極める職員にこれ以上の負担を強いるのは超過勤務を押しつけることになり公務員法違反ではないか」「本来の職分を超えており職掌外の役職では充分な対応が期待できず相談員の職務が疎《おろそ》かになる恐れがある」「専門外の職務に気を取られていては注意力が散漫になり従来の仕事に支障が出る」というのが表向きの理由だが、本音を云わせるのなら「余計な仕事を増やされてたまるか」といったところだろう。

そこで〝相談員〟は民間に委託することになる。有用な人材を適材適所で活用するのであれば、現場で対応するのは必ずしも公務員である必要はない、という理屈だ。こうして裁判所の〝裁判員〟同様、都営懺悔室の〝相談員〟が運用されることになった。

〈弁護士と臨床心理士〉の組み合わせであるケースが最も多いらしい。法知識と人間心理のエキスパートの掛け合わせは、なるほど適任と思われる。その他〈教師と心療内科医〉〈自衛官と牧師〉〈税理士とセラピスト〉といったコンビネーションもあるという。どれも剛柔の取り合わせである。そうした組み合わせになるよう調整しているのだそうだ。

と、まあ、そうした経緯を宮田は〝相談員〟に着任する際、都の担当者から聞かされた。とても長く込み入った話で、心底うんざりした。いや、本当に長かった。長いですよね。

とにかくそんなわけで、都下の某市にて市役所職員として働く公務員にすぎない宮田にも、たまたまその役割が回ってきたわけである。二週間の任期で出向することになった。正直、面倒くさい。しかし都からの指令となれば、一介の市役所職員に断る権利などあろうはずもない。

最初は緊張した。しかし実際にはその必要はなかった。先週の月曜からこのプレハブに詰めているけれど、びっくりするほど暇なのだ。木曜日に食い逃げ犯が訪れたのが一件。それ以外は何もない。〈違法行為等諸問題に関する相談所〉には閑古鳥が居座り続けている。これにも閉口させられた。冷静に考えれば、懺悔室を作ったからといって表に出るのを憚《はばか》る犯罪者達が、ぞろぞろとやって来るはずもないのである。しかしそこは民間と違って都営施設のこと、採算は度外視。割を食うのはいつも宮田のような末端の現場で動く者だ。暇で退屈で、どうにも仕方がない。

さらに、コンビを組むもう一人の〝相談員〟が曲者《くせもの》だった。今回は〈役人と僧侶〉の組み合わせだそうで、下町のさる名刹《めいさつ》の住職さんが相棒になる予定だった。ところが住職さんが流行《はや》りの風邪で寝込んでしまい、その代理で派遣されたのが若い修行僧だった。

これが万念だ。

初対面の時、万念は、

「拙僧はまだまだ修行中の身で半人前の若輩者でございます。至らぬ点も多々ございましょうが、ご指導ご鞭撻《べんたつ》のほどどうぞよろしくお願いいたします」

と、合掌してバカ丁寧に頭を下げた。剃髪の跡も青々と、初々しい若僧姿で好感が持てた。背が無闇に高いから僧衣もつんつるてんである。顔立ちがやけに濃いのもあって、まるで〝来日したハリウッドスターが温泉宿の浴衣にご満悦〟といった風情だが、本人は至って真面目だった。いや、真面目すぎて厄介なのである。そのせいで、初対面時の好印象は長くは続かなかった。

とにかく無駄口を一切利かないのだ、この修行僧は。狭いパイプ椅子の上で結跏趺坐し、両手は腹の前で印を結ぶ。そうしてずっと座禅を組んでいる。日がな一日、朝九時から夕方五時まで。最初は、もしかして居眠りでもしているんじゃなかろうかと思ったけれど、背筋はしゃんとして椅子の背もたれに体重をかけてはいない。半眼になってちゃんと集中している様子である。そして一切口を開かない。

宮田としては、暇が嵩《こう》じて自分の掌《てのひら》のシワの数さえ数え飽きたほどだ。公務中なのでスマホのゲームをしたり文庫本を開いたりするのも憚《はばか》られる。せめて相棒と無駄話でもして無聊《ぶりょう》を慰めることができたら救いがあるが、唯一話し相手になりそうな修行僧がそんな有り様なので、もうお手上げである。

月曜から一週間、そういった感じでひたすら退屈を持て余した。出向の終わりは次の日曜だ。気が遠くなる。

こうして食い逃げ犯から三日後、ようやく〝相談者〟が訪れて来たと思ったら、修行僧万念は相手に握手を求める始末。無言の座禅三昧から一転して、アグレッシブな行動だ。振り幅が極端すぎやしないだろうか。

その極端な若き修行僧は握手を終えると、何事もなかったみたいな顔で自分の椅子に戻る。そして、浅く腰をかけて語り始めた。

「〝妙修を放下《ほうげ》すれば本証手の中に充《み》てり〟と道元禅師《どうげんぜんじ》のお言葉にもございます。あなたは問題の夜に人を殺《あや》めてしまったのかどうか、ご自身にも判っておられぬ迷いの中にいらっしゃるわけです。修行と悟りとは一体のものだと仰る道元禅師のお言葉と照らし合わせてみれば、あなたの迷いはどちらともつかぬ不確定な心から生じるものといえるでしょう。迷えば迷うほど隘路《あいろ》に落ち込んでしまう。すなわちその迷いを捨て去ることが懊悩からの救いになるのではないでしょうか」

淡々とした調子で、万念は意味の判らないことを云う。まるで念仏でも唱えているみたいである。ソファに座った相談者もぽかんとしている。もちろん宮田も唖然としてしまう。

そんなこちらの反応にお構いなく、万念は淡々と続けて、

「あなたは件《くだん》の男性を殺めてしまったかもしれないとおっしゃいます。しかしご自身の記憶ではその覚えがないとも主張なさっておられます。それが恐ろしくありもどかしくもあるのでございましょう。慈恵大師《じえたいし》は〝迷えば石木異《しゃくもく》なれど悟れば氷水《ひょうすい》一つなり〟と説いておられます。すなわちあなたが迷いの中にあるからこそ真実に手が届かないのでございましょう。澄んだ目でもう一度問題の夜のことを思い出してみれば、必ずやすべてを見通せるはずなのでございます。悟りの道はまず南無阿弥陀仏と唱えることから始まります。心正しき者の頭にはきっと御仏《みほとけ》の御加護があることでしょう。あなたはここですべてを話しました。今できることは既にやり切ったことになるのでございます」

と、万念は手を伸ばしてドアのほうを示した。

「さあ、お帰りはあちらです。後は御仏にお縋《すが》りするしかございません。ご自宅に戻られたらお灯明《とうみょう》の一つも上げて仏法僧に思いを馳《は》せてください。さすればあなたの心にも安寧の時が訪れる

ことでございましょう」

驚くべきことに帰るように促している。まだ何一つ解消していないのに。

確かに宮田達の仕事は相手の話を聞くことだけだ。何かアドバイスをするのは逸脱行為といえるだろう。しかしこんな中途半端な状態で追い返すのはいかがなものだろうか。そう宮田は思う。こんなに苦悩している相談者に何ら具体性のない説法だけで帰れというのは、いささか冷淡に過ぎる。

しかも今回は食い逃げや万引きとは違う。事は殺人事件なのだ。殺人の容疑者かもしれない人物をそう簡単に帰してしまって問題はないのだろうか。

宮田は大いに抵抗を覚えた。

しかし修行僧万念はアルカイックスマイルで、ドアのほうを掌で示したままだ。物凄《ものすご》く困惑した様子で、相談者は宮田に目を向けてきた。だが宮田にしても引き止める権限はない。

話は大方聞き終えた。仕事はこれで終わりだ。何かアドバイスをしてあげたいものの、宮田には何も思いつかないのも事実だ。尻切れトンボで抵抗はあるものの、これ以上この相談所で出来ることはない。公的にそう決まっている。

結局、宮田には何も手が出せなかった。

万念にすべてを有耶無耶《うやむや》にされたまま、相談者は帰っていった。納得できない顔をして。

どうにもすっきりしない幕切れである。

宮田は思わず隣に座る修行僧に、

「万念さん、帰しちゃって大丈夫なのか。今の若者、殺人犯かもしれないのに」

すると万念は合掌して、穏やかな表情で、

「〝百石《こく》も望《のぞむ》社苦《こそ》なれ、身一つ過《す》ぐる分は安き事也《なり》〟でございます。宮田さん、わたくしどもにできるのは聞くことだけなのですよ。多くを望んではいけません。これでいいのです。南無」

思い切り煙に巻かれた気がする。若いのに古狸《ふるだぬき》みたいに老獪《ろうかい》な修行僧もいたものである。

本当に帰してしまってよかったのだろうか。特異なケースとして上に相談したほうがよかったのではないか。

宮田が引きずって思い悩んでいるうちに、昼になった。

この〈違法行為等諸問題に関する相談所〉も十二時から四十五分間、昼休憩である。

宮田は気持ちを切り替えて昼食に出ることにした。仕事には気分転換も大切だ。

修行僧の万念には声をかけず、宮田は一人でプレハブを出る。

外は寒い。

誘わなかったのは別に意地悪をしたのではない。

都庁第一本庁舎の三十二階と、第二本庁舎四階にそれぞれ食堂がある。職員食堂だが、手続きをすれば部外者でも自由に使える仕組みだ。殊に三十二階は展望が素晴らしく、大都会を一望に見渡すことができる。晴天時には富士山の勇姿も拝める。

ここに出向になった一週間前の月曜、宮田は万念を食堂に誘った。これから二週間、相棒として仕事を共にするのだ。親睦を深めておいて損はない。

ところが相手は無表情に、ラップに包んだ巨大なおにぎりを懐から取り出して、

「拙僧にはこれがございますのでお気遣いなく」

と、ニベもなく断ってきた。

握り飯一個だけの昼食とは修行僧らしいストイックさだけど、どことなくわざとらしさも感じてしまった。何だか芝居がかっているのだ。鼻白んだ宮田はそれ以降、一人で昼食に出ている。

今日は日曜なので都庁内の食堂はお休み。宮田は隣の高層ビルまで足を伸ばした。

食事を済ませて戻って来ると、万念は例によってパイプ椅子の上で座禅を組んでいた。結跏趺坐の体勢で座り、腹の前で両手で印を結び、背筋を伸ばして瞑目《めいもく》している。邪魔をするのも申し訳ないから、宮田はこそこそと自分の席に戻った。

これから五時まで、また退屈な時間が始まる。うんざりしながら宮田は、午前中の相談者のことを考える。

はたして彼は本当に殺人犯だったのだろうか。実際に引き金を引いて、男を射殺したのかどうか。それともあの奇妙な体験談は、みんな彼の見た幻だったのだろうか。

と、そんなことを考えていると、ノックの音がした。

今度も危うく聞き逃すところだった。

まさか一日に二人も相談者が訪れるとは予想だにしていなかった。意表を突かれたので反応が遅れた。

「あ、どうぞ、お入りください」

慌てて宮田が云うとスチールのドアが開いて、若い男がおずおずと顔を出した。

最初、さっきの相談者が戻って来たのかと思った。

スーツ姿のすらっとした若い男。全体の雰囲気もよく似ている。

てっきり同一人物だと思いかけたが、しかしよくよく見てみれば別人である。年格好も、上品そうなお坊ちゃん面までそっくりだったけれど、顔立ちは微妙に違っている。それでようやく宮田は、別の相談者が現れたのだと呑み込めた。

先程と同じようなやり取りがあって、宮田は相談者をソファに座らせる。もじもじして居心地悪そうにしている様子まで、本日二人目の来訪者は午前中の青年に似ていた。

「あの、ここは犯罪に関する相談に乗ってくださるところだそうですが」

第二の相談者はおずおずと、遠慮がちに問うてくる。宮田はにこやかに答えて、

「はい、どんなお話でも伺いますよ。ちなみに、ここのことはどうやって知りましたか」

「あ、はい、あの、ネットの広告をちょっと見て」

「ああ、なるほど、そうですか」

都のPRも無駄ではないようだ。

相談者はその後、さっきの青年と同じようなことを尋ねてくる。

名前を名乗らなくても大丈夫か、秘密は厳守してくれるのか、警察には通報しないか――。宮田も先ほどと同じく丁寧に答える。相談者が無駄に緊張しないよう、気を配る。

「では、聞いていただけますか。実は私、人を殺してしまったかもしれないのです」

相談者は午前中の若者と似たような告白をする。宮田は軽いデジャブめいた感覚に陥り、少し混乱した。それでも話を促すと、

「あれは一昨日、金曜の夜のことです――」と、相談者は語りだした。

＊

あまりの寒さに目が覚めた。

気付くとカーペットの床に転がっていた。クリーム色の薄っぺらなカーペットだ。

床が固くて背中が痛い。

薄暗い部屋の中だった。

暖房が切られているらしく、室温は途方もなく低い。

ここはどこだ？

俺は混乱していた。

どうしてこんなところで寝入っているんだ？　さっきまで友人達と呑んでいたはずなのに。

上体を起こすと、軽い目眩《めまい》を感じた。頭がぼうっとして思考の焦点が定まらない。自分のコートが体にかけてあったが、狭い部屋の中はとにかく冷え切っていた。

しかし、それどころではないのに俺は気がついた。

目の前にとんでもないものが倒れているのだ。

ぎょっとして、俺は一瞬心臓が止まるかと思うほどのけぞった。

人の体。

その体は横向きに倒れていた。左半身を下にして、こちらを向いている。

薄暗がりでも中年女性だということは判る。

化粧の厚い顔。肩の下辺りまである栗色《くりいろ》の髪。髪には大きくウェーブがかかっている。顔立ちからすると四十代半ばくらいだろうか。女性の年齢は見ただけではよく判らない。印象としてそのくらいの年の頃に見えた。

服装は、年齢にしては派手だった。ピンクのブラウスにはフリフリのフリルがついている。赤いスカーフを首に巻き、これもまっ赤な花柄のスカートを穿《は》いていた。膝丈のスカートの下からはストッキングの足が伸びている。問題は、ピンクのブラウスの腹部から大量に出血していることだった。

俺の体の震えが止まらないのは寒さのせいばかりではない。

ブラウスの血にまみれた部分には刺したような裂け目があり、それがやけに生々しかったからである。服の切れ目から覗く地肌にも、深々と抉ったみたいな傷が見える。まだま新しい傷跡で、桜色の肉の繊維まではっきりと見て取れる。

血痕は床にまで達していて、カーペットに直径一メートルほどの血溜まりができている。女性はその血の池のまん中に横臥《おうが》している形だ。

小刻みに震える手を伸ばそうとした。しかし、右手に信じられない物を握りしめていることに、今さらながら気がついた。目眩と、頭がうまく回っていないせいで今まで自覚できなかったのだ。

俺はしげしげと自分の握っている物を見た。

ジャックナイフだ。

刃は幅広で長さが二十センチほど。武器と呼ぶのに充分な凶悪な見た目だった。それが銀色にぎとぎとした鋭い光を放っている。刃を拭ったような跡があったが、ところどころ血痕で汚れている。危険な輝きの刃に付着した鮮血。思わず俺は、倒れている女性のブラウスに開いた腹部の裂け目と見較《みくら》べてしまう。

ナイフの柄には、金と銀の線が絡み合ったような文様の装飾がなされていた。いかにもタチの悪い輩《やから》が、喜んでひけらかしそうなデザインである。

それが俺の手に握られている。

まるで、俺がこれで中年女性を刺したみたいだ。

そう気がついて、反射的にナイフを放り捨てた。ナイフは壁に当たって鈍い音を立て、そして床に落ちる。

冗談ではないぞ、まさか俺がそんなことをするはずがないじゃないか。

さっきまでバーで呑んでいたのだ。ぐずぐずと愚痴をこぼした覚えもある。一体いつこんな部屋に来たのか、そしてなぜ意識を失っていたのか。さっぱり覚えていない。俺の傷心慰労会と称してしこたま呑んだから、記憶をなくすのはあるかもしれないが。

だが人を刺した覚えはない。

少なくとも自覚はない。

そう、やっていないはずだ。

俺が人を殺すなんてあり得ない。

と、ここで、かつがれている可能性に思い至った。きっとすべてが冗談なのだ。何もかも嘘《うそ》で、この女性も死んでなどいない。傷心慰労会の趣向の一種に違いない。そうだ、そうに決まっている。その証拠に女性の体に温もりが、と彼女の手首に触れて、俺は自分の血の気が失《う》せるのを感じた。

冷たいのだ、女性の手首が。まるで冷凍庫に保管しておいた鉄の塊みたいに。

念のため、赤いスカーフに覆われた首の上、顎の辺りにも恐る恐る手を伸ばした。

冷たい。ここも冷え切っている。とてもではないが生きている人間の体温ではない。室温と完全に同化している。そして、見たところ、まったく息をしていない様子なのだ。

死んでいる。嘘や冗談ではない。かつがれているわけでもない。これは現実の死なのだ。

俺は恐怖に震えながらも、倒れている女性の顔をまじまじと見すえた。

知らない顔だ。まったく見ず知らずの女性で、誰なのか判らない。

年齢の割に化粧が濃い。目を閉じている。睫毛《まつげ》が長いのは付け睫毛だろうか。アイシャドウのキツい目をつぶっていてくれて助かった。これで瞼がかっと見開いていたりしたら、俺は確実に腰を抜かしていただろう。

彼女の死に顔から視線を外し、俺はさっき放り出したナイフを見た。床に転がったジャックナイフは、暗がりの中でもぎらぎらと銀色に輝いている。手の中にはまだ、それを握っていた感触が残っていた。

これはヤバい。どう見ても俺が殺したようにしか見えないではないか。先週、人生最悪の日を迎えたと思っていたけれど、まだ底があったとは俄《にわか》には信じられない。

部屋の中をざっと見回す。

何もない小部屋だ。窓が見当たらないので閉塞感がある。俺の背後に木製のドア。死体の向こうには鉄のドアがある。

逃げよう。

俺は咄嗟《とっさ》に思った。

いや、逃げるべきだ。

こんな小部屋に死体と凶器があって、いるのは俺一人。誰が見ても俺が怪しい。逃げなくては犯人にされてしまうに決まっている。

この中年女性を実際に俺が刺したのかどうかは判らない。記憶が定かでないのだ。ただ、このまま手を拱《こまね》いていては確実に捕まる。

木のドアは屋内の廊下に繋がっていそうだ。逃げるのなら鉄のドアだ。

俺は立ち上がってコートを着る。足音を忍ばせ、死体を迂回し、鉄のドアに近づいてドアノブを握った。

見当をつけた通り、外の非常階段に出られる。

俺は大慌てでそれを駆け下りた。

何階降りたのかは覚えていない。

裏路地に降り立った俺は、狭い道を何度も曲がりながら駆け抜け、新宿K町の人混みに逃げ込んだ。

*

もそもそと語り終えた相談者に、宮田は尋ねた。

「その後はどうしましたか」

悄然《しょうぜん》と肩を落とした相談者は、伏し目がちに、

「人混みも怖い気がして、新宿駅の東口に行きました。まだ電車は動いていない時間で、駅の地下のシャッターの前にうずくまっていました。そこなら風が来ないんで、思ったより暖かくて、ちょっとうとうとしてしまいまして。まだ目眩がして、頭もぼうっとしていたものですから。そんなところで寝ているのが惨めで、涙が出そうになったものです」

と、その時のことを思い出したのか、悲しげな顔になり、

「しばらくするとシャッターが開きました。始発電車が動く時間になったのですね。ですから電車で帰宅しました。帰って持ち物を調べてみたりしたけれど、なくなっている物はないようでほっとしました。どこかに免許証や社員証を落としでもしたら大変ですから。そして昨日、土曜日はネットニュースばかり見ていました。『新宿K町で女性の刺殺死体発見』とのニュースが出ないか、気が気じゃなくて。でもそういうこともなくって、ちょっとだけ安心したんですが。それで今日になってこの相談所のことを思い出したというわけです」

「なるほど、判りました」

と、答えながら、宮田は唸《うな》ってしまう。

今の話、午前中の第一の相談者のそれとそっくりではないか。もちろん細部に相違はある。被害者の性別からして違っている。だが、大まかな流れはよく似ている。これはどうしたことだろう。

軽くこんがらがった気分で、宮田は、

「亡くなっていたかた、中年くらいの女性ですか、あなたの知らない人だったんですね」

「ええ、まったく。見たこともない人でした」

「女性の従業員が接客するタイプの店で呑んでいたんじゃないですか。その亡くなっていた女性はそこのママさんとかで」

「いいえ、呑んでいたのはごく普通のバーでした。いや、ちょっと普通じゃないかな、あんまりガラがよくない感じでで。でも、いたのは男のバーテンダーと若い男のウエイターだけでしたよ。女性と話すのはちょっと勘弁してほしいという気分だったんで」

「では、店の女性ではない」

「ええ、違いますね」

見当が外れた。厚化粧に、年齢にそぐわないフリフリの服装からして、夜の店を愉快に盛り上げるためにわざと派手な格好をしているママさん、といった印象を抱いたのだが、的を射てはいなかったらしい。

宮田は質問の角度を変えて、

「ナイフを握っていたそうですね」

「はい」

「ジャックナイフとおっしゃっていました」

「ええ、ゴツくて、そういう表現が相応《ふさわ》しいと感じました」

「それを見た覚えはありますか」

「いいえ、まったく」

「以前にどこかで見たことも？」

「ありません」

「もちろんあなたの物ではありませんね」

「ええ、そういうのを持つ趣味はありません」

何だか午前中の相談者にも同じようなことを聞いたな、と思い出しつつ宮田は、

「正直なところ、どうでしょう、刺し殺した記憶はありませんか」

「いえ、ありません、いや、ないはずです。でも意識が飛んでいて記憶が曖昧で、どうにも自信がなくて」

と、顔を歪《ゆが》めた相談者は、頭を抱えてしまった。

「では、あなたが殺した可能性もないわけではないんですね」

「いえ、まさかそんな、けれど、よく判りません、混乱していて」

相談者は大いに困惑している。宮田もつい、首を捻ってしまう。午前中の一件といい、これは何なのだろうか。二人の話の類似性も気にかかる。

宮田は困ってしまい、救いを求めて隣に座る相棒に目を向けた。

「どう思いますか、万念さん」

聞くと、若き修行僧は、青々と剃髪した坊主頭をうなずかせて相談者のほうを見やると、

「わたくしどものお役目はあなたのお話を伺うことにあります。重い荷物を抱えて昨日も今日もさぞやお辛《つら》かったと存じます。しかしあなたの荷物は今こうして三人で分かち合うことになりました。いかがでしょうか。重さも多少は軽減されたのではないですか。抱えていたものから解放

されたのです。それは御仏の道に一歩近づいたことに他なりません。どうぞあなたも拙僧と同様、御仏にお縋りください。御仏はいつでもあなたの近くにおわします。祈り、信じ、行いを正すことが悟りへの道しるべ。ありがたいお念仏を唱えましょう。南無阿弥陀仏と唱えれば浄土への救済の道も拓《ひら》けることでしょう。ここへ来たことであなたも御仏の御加護を受けたことになります。ご心配なさいませんように。あなたの心を脅かす悪しき事態にはならないでしょうから。それが御仏のお導きです。さあ、そのお導きに従って行くといいでしょう。お出口はあちらです」

万念は物静かにそう云うと、相談者の背後のスチールドアを掌で示した。

明らかに帰らせようとしている。

またか、この修行僧は。手抜きか。座禅の邪魔をされたくないから、とっとと帰そうとしているのか。

宮田はちょっと呆《あき》れたが、いや、よく考えてみれば、話を聞くことで確かにこちらの仕事は終わっている。相談者のケアまでは任されていない。むしろヘタな口出しは越権行為に当たるだろう。

だからといって説法じみた戯《ざ》れ言《ごと》だけで帰してしまうのもあんまりな気がする。無責任だ。

しかし、宮田にもうできることはない。これ以上の口出しも手出しも職掌外である。

結局、相談者は納得できないような、釈然としないような、飲み込めないような、落ち着かぬ顔つきで帰っていった。

それを見送ってから宮田は考える。

何だったのか、午前中の相談者と今の相談者の話は。

よく似ていた。ディテールはともかく、大筋ではまったく同じといってもいい。偶然か。いや、それにしては似すぎている。とすると、口裏を合わせた可能性が考えられる。宮田達をからかうために、作り話をしていたのだろうか。

ネットで動画配信する者の中にはタチの悪いイタズラを撮影し、それを流す手合いがいる。その要領で、宮田達が作り話に訝《いぶか》る反応を隠し撮りして楽しんでいた、とか。

いやいや、それはないだろう。

イタズラならば、もっと見映えのするターゲットを選ぶはずだ。こんな〈違法行為等諸問題に関する相談所〉などという知名度の低い部署を相手にしてもつまらない。もっと有名な、例えばテレビ局や新聞社などの美人受付嬢を狙ったほうが、よっぽど画面映えすることだろう。おっさんと修行僧など、映しても楽しくも何ともないに違いない。

イタズラなんかではない。

口裏を合わせたわけではあるまい。

だとしたら二人の話の類似性にはどんな意味があるというのか。

判らない。

宮田はそうして、しばらく頭を悩ませた。

そうこうするうちに午後二時半をすぎた。いつもならば退屈が頂点に極まり、居眠りを誘う睡魔が大挙して押し寄せる、静かな時間のはずである。しかし今日は違った。

ノックの音がしたのだ。

本日、三度目だ。千客万来。珍しいこともあるものだ、と宮田はちょっとびっくりする。日曜だからなのか。

ドアを開けて入って来た人物を見た時、宮田は一瞬、混乱しかけた。

三人目の相談者も、前の二人とよく似た青年だったのだ。年の頃も同じ。スーツ姿ですらっとした、今時の若者である。前の二人と雰囲気が似通っている。おどおどと腰が引けた態度もそっくりだった。

再び強烈なデジャヴを感じながら、宮田は若者を招き入れてソファに座らせる。前の二人と似たようなやり取りの後、青年はおずおずと告白を始めた。

「実は、私、人を殺してしまったかもしれないのです」

宮田の頭の中で、高周波の音波が響くみたいに嫌な警戒音が鳴る。不快なデジャヴの連続に脳が拒絶反応を示しているのだ。その気味の悪い感触と戦いながら、宮田は、

「ほほう、それは恐ろしいお話のようですね。どういったことがあったのか、詳しくお聞かせ願えますか」

話を促した。

相談者の青年はびくびくした様子で、不安げに背中を丸め、

「これは、一昨日の金曜の夜のことです――」

と、語り始める。

＊

「よし、もう一軒行くぞおっ、徹底的に呑むぞおっ」

友人の一人がおだを上げている。

夜の新宿K町。

夜目にも眩いLEDライトの洪水と、楽しげに闊歩する数多くの人達。

そして、そこかしこから流れるクリスマスソング。

賑やかで華やかで浮ついている。

夜の十一時近くなのが嘘のようだ。東洋一とも謳《うた》われる巨大歓楽街では、祭のごとき騒ぎが繰り広げられていた。クリスマスカラーに瞬く電飾に彩られた街を、多くの酔漢が行き交っている。

友人二人と呑んでいる俺は、一軒目の大衆居酒屋、二件目の洋酒パブを経由して、三件目の店を探している最中だった。

「おお、ここにしよう、バーがあるバーが、ここに入ろう」

友人の一人は随分きこしめしている。今日は彼の傷心慰労会であり、とことん付き合う流れになっていた。

友人は一週間前、付き合っていた彼女に振られた。理不尽かつ唐突に別れを切り出されたとかで、クリスマス直前にフラれるとは間が悪いというか何というか、どうにも情けないタイミングだ。それで彼は、余計に荒れている。そんな友人を慰めるために、男三人連れ立って呑みに出たのである。

「でも、ここ、何だか怪しくないか」

と、間口が狭くて背ばかり高いビルを見上げながら、もう一人の友人が云う。

ビルには煌《きら》びやかな看板が出ており、キャバクラ、お見合いパブ、シーシャバー、出会い系パブ、コスプレクラブ、女装クラブ、ミニスカパブなど、各階に様々な営業形態の飲み屋が揃《そろ》っているらしい。どの店も若干いかがわしい。最上階のバーだけが、唯一ごく一般的なバーのようだった。

「構やしないさ、怪しいの大歓迎だあっ、女心のほうがよっぽど怪しいってもんだぞうっ」

フラれ男はヤケになっている。ずいずいとビルに入り、エレベーターのボタンを押している。俺はもう一人の友人と顔を見合わせ苦笑すると、彼の後を追った。

「もしぼったくりバーか何かだったらどうするんだよ」

俺が聞くと、フラれた友人は呂律《ろれつ》の怪しい口調で、

「そんときゃそん時だ、返り討ちにしてやる。ゴツいお兄さんが出てくる前に、ボーイを殴り倒してとっと逃げる」

「締まらないなあ」

「でも、ボーイを殴ったりしたら傷害罪だぜ」

もう一人の友人が云うと、フラれ男はやって来たエレベーターに乗り込みながら、

「そうなったらアレだ、そういう時に相談に乗ってもらえる場所があるらしい。こないだネットの広告で見た。いや、都がやってる機関だから広報だな」

「何だそれ、一時間千円くらいの弁護士相談会みたいなのか」

エレベーターの〝閉〟のボタンを押して俺は聞く。フラれ男は酔っぱらい特有のだらしない顔を振って、

「いや、そんなんじゃない。なんでも犯罪専門の相談を受けるところで、都の施設だから無料らしい。都庁の第二本庁舎の裏手にあるって話だ」

「都庁の裏って、確か公園じゃなかったっけ」

「さあ、知らないよ。でもそこにあるって書いてあったぜ」

などと喋っているうちに、エレベーターは最上階のバーに到着した。

バーの店内はK町らしく、ガラの悪い雰囲気に満ちていた。

照明を極限まで落とした店内はボックス席が多くてゆったりしているが、客層が胡散《うさん》くさい。あからさまにまっとうな職に就いていなさそうな、ヒョウ柄のブルゾンにサングラスの男が二人、タブレット端末と書類のファイルを開いてひそひそ声で話し合っている。絶対に、何か法に引っかかる商談の類いに違いない。この季節なのに派手なアロハを着た若い男が四人、大量の硬貨をテーブルに山と積み上げてそれを選《よ》り分けている。そこそこした態度から、どう見てもまともな手段で入手したコインではないと見て取れる。カウンターに座った垢抜《あかぬ》けない服装の若い女性と、彼女をしきりに説得しようと熱弁を振るっている若い男は、誰が見ても詐欺紛《まが》いのスカウトだと判断できるだろう。

店内に、不穏な空気が充満している。

俺達は至極場違いである。

それでも従業員の接客態度は丁寧だった。白いシャツに黒ベストで揃えたボーイ達は、きびきびと立ち働いている。カウンターの中の同じ服のバーテンダーも、店の中に目を配っている様子だ。

俺達もボックス席に案内された。畳んだコートをソファの自分の席の隣にそれぞれ置いても、まだ余裕がある。広々とした席である。

酒を頼んで、グラスを傾け始める。

フラれ男はさっきまでのヤケクソでハイテンションだったのはどこへやら、一転して泣きが入っている。

「どうしてあんなこと云われなくちゃならないんだよお、俺あんなに尽くしたんだぜ、それなのに何だよ、あの台詞はよお、あなたといてもときめかなくなっちゃったって、そりゃ三年も付き合っててときめき続けてたら心臓に疾患でもあるって話だろうに、おかしいよなあ、この寒空にフラれる身にもなってみろってんだ、畜生め、どうせ俺なんかつまらない男ですよ、ああ、そうだよ、面白味のないときめかない男で悪うございましたよ」

ぐじぐじと泣き言を云ってはグラスを呷《あお》る。嫌なモードチェンジもあったものである。

俺ともう一人の友人も、

「そう腐るなって、女なんて星の数ほどいるんだから」

お定まりの慰めの言葉をかけると、

「でも、北極星は一つしかないぜ」

と来る。理屈っぽい酔っぱらいはタチが悪い。手がつけられない。

こんな調子が延々と続いた。物凄く陰気な酒になった。めそめそするばかりで、まるでお通夜である。

暗い泣き言に付き合うのにも飽きてきて、俺はトイレに立った。

しかし店内が薄暗いのと酔いが回っているせいで方向感覚が覚束《おぼつか》ない。トイレがどっちかよく判らない。

見当をつけて開けたドアはトイレではなかった。非常階段だ。鉄製の素っ気ない造りの階段が、下へと続いている。

十二月の冷気が、酔いで火照った顔から熱を奪っていく。ふと、階段の下のほうから声が聞こえるのに気がついた。下の階の踊り場で、黒いベストの従業員が二人、煙草を吸っている。休憩中らしい。暗がりの中、煙草の先端の火だけが仄《ほの》かに光る。彼らは、お客さんをドライブで山に連れて行くのにどこがいいか相談していた。

「いい山があるといいんですけどねえ」

「ちゃんと検討しておけよ。決まらなかったらお客さん本人にでも聞けばいい」

などと話しているのが聞こえる。

外が寒いからドアを閉めた。

トイレに寄って席に戻る。

「どうせ俺なんてつまらない男なんだよ、一緒にいても楽しくないだろうさ、ああ、面白くもおかしくもないに決まってる」

まだやっている。湿っぽいことこの上ない。

「退屈で地味な男ですみませんでした、いいんだよもう、つまらない人間として一生隅っこにしゃがんで埃《ほこり》でも舐《な》めて生きていきますからもう」

付き合う俺ともう一人の友人も、つい釣られて酒のピッチが上がってしまう。

「こんな面白味のない男にだって夢や希望があったんだよ、それを粉々に打ち砕いてくれちゃって、どうしてくれるんだよホントに」

「判った判った、判ったからもっと呑め、呑んで忘れろ」

「ああ、呑まいでか、呑みますよ、ええ、呑みますとも、でも呑んでも忘れられないんだよなあ」

陰気な酒が進み、酔いがまた一層回ってきて俺は酩酊感《めいていかん》に溺れていき——。

と、あまりの寒さに目が覚めた。

一瞬、何が起きたのか判らなかった。

どうしてだか、今、記憶が飛んだ。意識を失っていたのだ。

どこだ、ここは？

いつの間にか見知らぬ場所にいる。

俺が気がついたのは、クリーム色のカーペットの上だった。ボックス席のソファに座って呑んでいたはずなのに、いつの間にかどこかの床に横たわっている。ここはひどく寒い。自分のコートが体にかけてあるけれど、そんな物では何の足しにもならない。

狭い部屋だ。

軽い吐き気がする。頭に霧が立ちこめたみたいにぼんやりする。意識の焦点がなかなか合わない。

しかし、ぎょっと息を呑み、俺は上体を起こした。

目の前に誰かが倒れているのだ。

びっくりした。心臓に悪いからやめてほしい。

周囲はさっきのバーと変わらない薄暗さだったが、うつ伏せになった人間の姿はちゃんと見て取れた。

一瞬、マネキンが放り出されているのかと思った。トランクスとランニングシャツという下着姿で、全体的にのっぺりした体に見えたからだった。うつ伏せの体軀《たいく》は痩《や》せて貧相な印象である。体つきからして、中年くらいの男性だと判る。

マネキンではないと確信できたのは、後頭部を見たからだった。うつ伏せの姿勢で顔は向こうを向いている。自然と後頭部がこちらからよく見える位置にきていた。

それが潰れているのだ。

その後頭部は弾《はじ》けたように傷だらけで、グロテスクな様相を呈していた。尖《とが》った物で何度も殴ったみたいに、ぐちゃぐちゃに潰れた傷口。それが広範囲に広がっている。そこから血液が大量に流れ、カーペットに直径一メートルほどの血溜まりができていた。

思わず怖気《おぞけ》を震ってしまう。恐怖心と生理的嫌悪感で、吐き気がさらにひどくなる。

そして俺は気付いた。右手にハンマーを握っていることに。

何だ、これは？

見たこともないハンマーだった。取っ手を黒い硬質ゴムでコーティングした金属の柄。そして頭の叩く部分も、銀色の金属でできている。片方は釘《くぎ》を打つために平らだが、もう一方は尖っている。その先端には血がべっとりとこびりついていた。

思わずぞっとしてしまう。

うつ伏せの男の潰れた後頭部と、ハンマーの尖った部分に付着した血液。どうやらこれで何度も殴打したと思われる。

そして、その凶器を握っている俺。

まるで俺がこのハンマーで男の頭を叩き潰したみたいではないか。

恐ろしくなり、思わずハンマーを取り落としてしまった。

寒さと恐怖感に震えながら、全身がやけにのっぺりした貧相な男の体を見下ろした。

ひょっとしたら、本当にただのマネキンなのかもしれない。

そう思い、恐る恐る男の腕に手を伸ばした。そっと触れてみた腕の弾力。マネキンなどではない。間違いなくこれは人体だ。ただし、恐ろしく冷たかった。部屋の室温と同じくらいに冷え切っている。到底、生きているとは思えない。呼吸も完全に止まっている様子だ。後頭部が潰れていることからも、はっきり判るではないか。この男は死んでいる。うつ伏せに倒れているのは人間の死体だ。

恐ろしさに背筋が寒くなる。

何だ、これは?

どういう状況なんだ。

死んでいるのは何者だ?

怖々と体を伸ばし、向こうを向いた顔を覗き込んでみた。

やはりのっぺりとした印象の顔だった。四十歳くらいだろうか。これといった特徴のない顔立ちで、強いていえばやはり貧相な感じがする。

知らない男だった。平凡な、どこにでもいるような男は、俺の見知らぬ人物だった。

それがなぜ、二人っきりでこんな小部屋にいる?

吐き気がさらに強くなった。頭が混乱する。ただでさえ霧が立ちこめたみたいにぼんやりした頭では、この状況の意味が汲《く》み取れない。

後頭部を殴られて死んでいる男と、凶器のハンマーを握っていた俺。

本気で怖くなってきた。

撲殺死体を回り込んで、その向こうにある鉄のドアに辿り着いた。

逃げるしかない。こんなところを誰かに見つかったら、俺が犯人だと思われてしまう。

幸い自分のコートは手元にある。ポケットを探ると、財布やスマホなどもなくしてはいない。

ドアを開ける。そこは非常階段に繋がっていた。ツイている。外だ。コートを着て、冷気の中、階段を駆け下りた。降りたところは寂れた路地裏だった。どこをどう歩いたのか、裏路地からK町の表通りに出る。

俺はあてどもなく歩き回った。

まだ頭がぼうっとしている。

ただ、人混みの中をそぞろ歩いた。

やがて、始発電車の出る時刻になっていることに気がついた。

それに乗って俺は自宅への道を急ぐ。

目の前に、倒れた男のぐちゃぐちゃに潰れた後頭部がちらつき、いつまでも脳裏に焼き付いて離れなかった。

＊

宮田は、強烈な既視感に目が回りそうになっていた。

一体、今日何度目のデジャヴだろうか。

また、同じだ。同じような内容の話だ。

一人目の相談者と二人目の相談者、そして今回の三人目、そっくりな体験談が語られた。

これは一体何なのだろう。まったく訳が判らない。

こんがらがりながらも、宮田は質問を始める。そこからは前回と同じ流れだった。宮田の問いに相談者が答える。

死んでいた男は本当に知らない人物だったのかを確認した。

凶器のハンマーは相談者の持ち物ではないと確かめた。

そして、被害者の貧相な男を撲殺した記憶がないことの確認。

相談者の回答は、前回二人のものと大差がない。デジャヴの多重奏に頭がくらくらする。

そして修行僧の万念が説法のような語りで相談者を諭し、帰るように促す流れもそっくり同一だった。

相談者が出て行く後ろ姿を見送って、しばし宮田は茫然としてしまった。

何がなんだかさっぱり判らない。

三人の青年が、宮田と万念をからかおうとしているのか。口裏を合わせて騙《だま》しているのだろうか。さっきも思った疑念が頭をもたげる。いや、それはないだろう。と宮田は思う。その可能性は先ほど否定したはずだ。こんなところに詰めている二人を騙したところで面白くも何ともないだろう。

やはり彼らは真実を語ったと考える他はない。

ただ、それだと意味が判らない。

デジャヴのような三人の話。

同じ内容の話なのに、細部だけが微妙に異なっているのも奇妙に感じる。

三人の相談者。三体の死体。

彼らはどうして同じ目に遭ったのか。

金曜日の夜に何が起きていたのか。

彼らの身に降りかかった災厄の正体は何なのか。

まったく意味が判らない。

宮田はすっかり混乱してしまう。

もちろん一部理解が及んだところもある。だからといって彼らの身に起きたことを、すべて説明できるわけではない。根本的な箇所《かしょ》がまるっきり判らないからだ。

それに、あの相談者達をあっさり帰してしまったことにも忸怩《じくじ》たるものがある。しおらしい顔をしていたから見すごしがちだけど、彼らは殺人犯かもしれないのだ。その可能性は否定しきれていない。

殺人者を放置しておいていいのだろうか。

その辺りもモヤモヤする。

確かにこの相談所の規定では、警察に密告しないことになっている。だが、それで問題はないのだろうか。

銃で厳つい男を撃った。

ナイフで中年女性を刺した。

ハンマーで貧相な男をめった打ちにした。

彼らはそんな凶悪な殺人犯かもしれない。

名前すら聞いていないから、どこの何者かも判らない。今からでは追跡もできない。

万念は彼らを簡単に帰してしまった。

はたしてあれでよかったのだろうか。

どうにも気がかりで、宮田は声をかけてみる。

「万念さん、ちょっといいですか」

静かに座禅を組んでいた修行僧は、こちらの呼びかけに目を開いた。

「今日の一連の相談者は一体何だったんだろう。三人とも同じ話をして。私にはどうしても判らない」

困惑しきりの宮田が云うと、青々と剃髪した頭をちょっと傾げて、万念は組んでいた足を解いた。そして宮田に向き直ると、穏やかな口調で問いかけてくる。

「宮田さんには相談者さん達の告白の真の意味が納得できないのでございますね」

「ああ、それで頭がくらくらしてきた。さっぱり訳が判らない」

宮田が嘆くと、万念はすっと目を細めて、こちらの胸の内を見透かすように、

「しかし宮田さん、あなたにも読み取れた部分はおありでしょう。例えば、あの三人の相談者さん達の関係性など」

宮田はその言葉にうなずいて、

「ああ、さすがにそれは勘付いた。あの三人は知り合いだろう。というか、金曜の夜、連れ立って呑んでいたのがあの三人組だね。彼らは友人同士だ」

「ちゃんと判っていらっしゃるではないですか」

「それくらいはね。相談者三人の体験談は異様だった。そして三人ともディテールは違えど大筋はそっくり同じだ。同じ夜に、同じ新宿K町で、ほぼ同じ体験をしたんだ。これを無関係と考えるほうがどうかしている。一緒に呑んでいたと思わないのが不自然なくらいだからね」

「左様でございますね」

と、万念は、照りが出るほど剃《そ》り上げた頭をうなずかせる。宮田はさらに、

「彼らが揃ってこの相談所にやって来たのも、情報共有ができていたからだ。バーに行くエレベーターの中で話したと云っていたね、ここのことを。三人ともそれを覚えていて、それで訪ねて来たわけだろう」

万念は少し首を傾げて、

「そこまでお判りになっているのなら、宮田さんにもすべてを見通せているのではありますまいか。彼ら三人に何が起きたのか」

宮田さんにも、という言い回しに引っかかりを覚えたが、それは置いておいて、こちらも首を

捻って、

「いやいや、私には全然判らない。まさか三人で結託して私達をからかったとも思えないし」

と、さっき考えたことを話して聞かせる。こんな知名度の低い相談所の相談員など騙したところで、面白くも何ともないだろう。だからイタズラなどではない、と見当をつけたことを。

「はい、宮田さんのおっしゃる通りでございましょう。市役所職員と修行僧の二人だけしかいない、しがない相談所などからかっても、愉快犯の功名心を満足させることはないでしょうね。あの三人の焦燥した様子も、お芝居にしては堂に入ったものでした。あの沈痛な面持ちは本物だったとわたくしも思いますよ。彼らの体験談が真実だったとも」

宮田は同意して、

「それは納得できる。それから怪しげなバーで一服盛られたことも」

「おや、判っておられるではないですか」

万念は意外そうでもなく、そう云う。そりゃ判るさ、と宮田はうなずいて、

「三人同時に正体をなくすほど泥酔するのはおかしいしね。一緒に呑んでいた三人が同時に意識を失うなんて、偶然とは思えない。何者かが薬を飲ませたと考えるのが一番自然だろう。目を覚ました時に揃って頭がぼんやりしていたり、頭痛や目眩、吐き気があったのも薬の影響だろうね。バーの店内に怪しげな連中は屯《たむろ》していたけど、三人で呑んでいたボックス席に近づいた人物はいないようだった。となると、疑わしいのは店の人間だ。従業員ならば酒やグラスに細工をするのも簡単だ。薬を盛ったのは店の者なんだろうね」

宮田が云うと、万念は満足そうに、

「左様でございますね。Ｋ町のタチの悪い飲み屋では、昏睡《こんすい》強盗なるものが横行していると小耳に挟んだことがございます。酒に眠り薬を混入して、お客の正体を失わせる手口だそうでございますね。気の毒な被害者は目覚めた時には、身ぐるみ剝がされて新宿駅前などに放り出されているという、大変悪質な犯罪でございます。問題のバーも、そういった手合いの店だったのではないでしょうか。それで昏睡させる薬も常備されていたのだろうと思われます」

宮田は話を引き継いで、

「そう、三人の相談者はそうやって意識を失わされて、目を覚ました時にはそれぞれ死体と対面したわけだな。第一の相談者は厳つい暴力団員ふうの男の死体。二人目は中年女性の刺殺死体。三人目は頭を潰された貧相な男。三つの死体と、そして手には各々死因となった凶器を彼らは持っていた。相談者達が犯人としか思えない状況だ。さて、ここからが判らない。彼らは実際に殺人に手を染めたんだろうか。朦朧《もうろう》とした意識の中で、凶器を振るったのかどうか」

宮田は、最前からずっと頭を悩ませていた問題を口にしてみる。すると万念は、濃い顔立ちの大きな瞳でじっとこちらを見てきて、

「おや、宮田さんはお判りになっていらっしゃらないのですね。わたくしはてっきり、もう飲み込めているものとばかり思っておりました」

「いや、何も飲み込めてなんていないよ」

「左様でございますか。では断言いたします。彼らは犯人などではございませんよ」

いやにきっぱりと、万念は云う。

「どうしてそう云いきれるんだ？」

と、宮田が問うてみると、万念は、青々とした坊主頭をずるりと掌でひと撫《な》でして、

「まず第一の相談者が語ったことを思い出していただきとうございます。わたくしはあの話を聞いていて、彼が犯人ではないと感じました」

厳つい顔つきの男が射殺された一件である。

「なぜそう思ったんだい？」

宮田が尋ねると、万念は何でもないような顔で、

「まず凶器が拳銃であったこと、ここに着目していただきたく存じます。拳銃などというものはどなたもが手に入れられるものではございません。米国などと違って我が国では、民間人が護身用に銃を所持することなどまずありません。稀《まれ》に不法所持しているような者もいるようでございますが、これはほとんどの場合、暴力団関係者に限定されるお話です。一人目の相談者はそうした組織の構成員に見えましたでしょうか」

「いや、まったく」

と、宮田は首を横に振った。むしろ正反対で、育ちのいいお坊ちゃんにしか見えなかった。

「左様でございましょう。わたくしも同意見でございます。あのような優男《やさおとこ》が銃などに縁があるとは思えません。ご当人もおっしゃっていましたね、触ったこともないと。ところが、ここが重要なところでございますが、厳つい男は眉間を撃ち抜かれてお亡くなりになっていました。そう相談者も証言していましたね。体の他の部位に弾が当たった様子があったとは一言も云っておらず、眉間に一発だったと」

「確かにそう云った。私も覚えている」

「殺害するにはベストの一撃といえると存じます。しかし同時に、非常に困難でもあります。わたくしも一介の修行僧の身。銃などとは縁遠い暮らしをしております。しかし聞きかじった知識くらいならございます。拳銃は狙いをつけるのが大層難しいものだそうでございますな。銃身の長いライフルなどと違って、短銃は狙いを定めるのに技量が必要なのだそうです。また、正式に射撃姿勢を習っていないと、発射の反動で手首を痛めることがあると聞いた覚えもございます。場合によっては、手首を骨折するケースもあるとか」

と、自分の手首をさすって万念は云う。

「さて、第一の相談者は、見た目からして拳銃の扱いに慣れているとは思われません。そんな素人が相手の眉間のまんまん中を一発で撃ち抜くことなど、はたして可能なのでございましょうか。もちろんごく至近距離で発砲すればできるでしょう。銃口を相手の額に押しつけるようにして撃てば、狙いをつける必要もございますまい。しかしそれだけ近くで発射すれば、返り血が跳ね返ってくるのは必定。銃はもちろん、射手の腕や衣服にも大量の返り血が降りかかることでしょう。ところが相談者のお話にはそういった描写はございませんでした。銃や手が汚れているといった話は、まったく出ませんでしたね。従って、至近距離で撃ったわけではないと明言できると存じます。ある程度、離れた位置から射撃したとの推定が成り立ちます。少なくとも返り血を浴びないくらいの距離から。さて、ここで矛盾が生じます。相談者は銃に関しては素人だと思われます。そんな彼が離れた位置から、相手の眉間のまん中に命中させたとは、わたくしには到底思えないのでございます」

「それだったら、何発も撃ったという可能性はないのかな。七発八発と連射して、そのうち一発がたまたま眉間に命中した」

　という宮田の意見に、万念は静かに首を振って、

「それはあり得ないことでございます。カーペットに血溜まりがあったことを考えますと、現場は相談者がご遺体を発見した小部屋であることは間違いないでしょう。小部屋の防音がしっかりしていて、連射した音を周囲に聞かれなかったとしても、命中しなかった他の弾丸はどうなるとおっしゃるのでございますか。外れた銃弾は壁や床にめり込み、弾痕がのこるはずでしょう。七、八発撃って一発が命中したのなら、六、七発の弾痕があってしかるべきでございます。しかし相談者の話には、そんな弾痕の描写はまったく出てはきませんでした」

「暗くて見えなかったんじゃないか。部屋が薄暗かったと云ってたし。壁に残った小さな穴なんか、見落としてもおかしくはない」

「それでも眉間のまん中だけに一発が命中したのは、偶然にしても都合がよすぎるように存じます。もし何発も撃ったのならば眉間の他に、例えば肩とか首などにあと一発くらい当たっていないのはあまりにも不自然ではないでしょうか。乱射したらたまたま一発だけ眉間のまん中に致命傷が当たった、とそんな奇跡的な偶然が起きる確率は極めて低いと存じます」

　と、万念は物静かな口調で云う。そしてさらに、

「それから七発や八発も連射したのなら、素人が手首にダメージを負わないわけがございません。乱射などしたら確実に、手首や肘、肩に過度の負担がかかることでございましょう。いかがですか、宮田さん、相談者に手首を痛めている様子は見られましたでしょうか」

「いや、そんなふうには見えなかったね」

と、答えてから宮田は、あっ、だから握手か、と思い至った。万念は相談者と握手をしていた。それも必要以上に力をこめてシェイクしていたではないか。あれは相手が痛がるかどうか反応を確かめていたのだ。銃を撃ったかどうか確認するために。どうも不自然な行動だと思っていたのだが、そんな真意があったのか。宮田はようやく腑《ふ》に落ちた。

そんな宮田の心中にお構いなく、万念は話を続けて、

「それらを踏まえると、厳つい顔の男性の眉間に銃弾を撃ち込んだのは相談者ではない、との推定が成り立ったのでございます。他にも、銃がどうやって相談者の手に渡ったのかという問題もございます」

「どうやって、というと、どんな問題だ？」

宮田の質問に、万念は穏やかな顔つきのままで、

「いつ、どのタイミングで銃を摑《つか》んだのか、それが引っかかったのでございます。拳銃は相談者の持ち物ではありません。先ほども申しましたね、ただの民間人が銃など入手できないことは。あの育ちのよさそうな青年は、銃の持ち主にはまったくそぐわないのでございます。しかも問題の夜は友人との呑み会です。そんな場に拳銃を隠し持って行くとは到底思えません。だったら銃はどこから出てきたのでしょうか。誰の持ち物だったと思いますか」

「当然、それは被害者だろうね。厳つい顔の男だ。暴力団関係者かもしれないと、相談者も云っていただろう。充分にありそうな話だ」

「はい、そうすると拳銃は最初、被害者のほうが持っていたことになりますね。腰のベルトに挟んでいたのか剝《む》き出しで手に持っていたのか、そこまでは判りかねますが、とにかく持っていた

のは被害者側であるのは間違いないでしょう。さて、そうなると問題が生じてしまいます。被害者が持っていた銃は、どういった経緯で相談者の手に渡ったのでございましょうや。彼が目覚めた時には、拳銃はその手の中に握られておりました。いつ、どうやって持ったのでございましょうか」

「一番考えられるのは、厳つい男から奪った、というケースかな。拳銃を突き出して脅されたんで、その手から奪い取った」

「ほう、どうやって？」

「もちろん、力ずくで」

「宮田さん、そんなことが可能だと思いますか。厳つい顔の男は、そう易々《やすやす》と銃を手放すでしょうか。奪われまいと抵抗するはずでしょう。もしくは奪われる前に撃つかもしれません」

「うーん、そう云われればそうか、難しいかな」

「左様、難しいのでございます。相談者は格闘技の達人というわけではありません。部活動などに特段熱中していた経験もないと、当人もおっしゃっておられました。道場に通って格闘技を習っていたと言及することもありませんでした。相談者は、銃を持っている相手からそれを奪い取るような体術を習得しているわけではないのです」

「あ、それで部活のことなんか聞いていたんだね、万念さん」

宮田はようやく思い当たった。頓珍漢な質問をしているなと思っていたのだけれど、実際はそこまで先読みして考えていたのか。驚いた。感嘆の思いで、宮田は万念の濃いめの顔を見直した。

しかし、相手は涼しい表情のままで、

「相談者が相手から銃を奪い取るのはほぼ不可能でございます。かといって、手渡されたとも思えません。酒が入っている上に薬で意識が朦朧としている人物に、弾を込めた銃を渡すなど正気の沙汰ではございません。危なっかしくてできるはずがないのです。ですので、手渡されたとも思えない。どうですか、宮田さん、奪ったのでも渡されたのでもないのです。相談者が銃を手にする機会がないとは思いませんか。どうやって銃を握ったのか説明がつかないのでございます」

「その辺に置いてあるのを何気なく拾った、なんてことはないかな。薬でぼんやりした頭で、何がなんだか判っていないうちに」

「ますます考えられませんね。拳銃は不法所持でも逮捕される、二重の意味で危険なシロモノでございます。暴力団の関係者も、さぞかし慎重に管理することでしょう。それを薬でぼうっとした酔っぱらいの手の届くところに、無防備に放置することがあると思いますか」

「うーん、さすがにないだろうね、そんなことは」

「はい、ないのでございます。相談者が銃を手にする機会は、まったくといっていいほどないのです。ただ一つだけ可能性があるとしたら、第三者が被害者を射殺した後に、薬で前後不覚に眠っている相談者の手に握らせた。このケースしか考えられないのでございます」

「なるほど、確かにそれしかないように思えるな」

宮田も納得する。

「そういったことを加味して考えをまとめると、いずれにせよ相談者は射殺事件の犯人ではない、という結論に達するのでございます」

「なるほど、だから万念さんは彼をあっさり帰したわけか」

ようやく事情が飲み込めて宮田が云うと、万念は軽くうなずいて、

「左様でございます。彼が犯人ではないと推察いたしましたので、安心していただけるようアドバイスをして差し上げてお帰りいただいた次第でございます」

あの説法はアドバイスのつもりだったのか、いや、あれで安心できるものなのだろうか。という懸念はこの際置いておいて、宮田は気になることがあった。

「万念さん、今あなた第三者が射殺したと云ったね。それが真犯人というわけだ。そいつは何者なんだ？」

「あの時点では、さすがにそこまでは判りません。最初の相談者のお話を聞いた時には、まだ真相にまでは辿り着いておりませんでした。ただ、相談者ご本人が犯人ではないことだけは確信いたしましたので、お帰りいただいたのでございます」

何だか今は真相が判っているみたいな口振りだな、と引っかかりを覚えたけれど、それは一旦棚上げして、宮田は、

「だったら今の話をきちんと筋道立てて説明してやってもよかったんじゃないか。そうすればあの青年も悶々とせずに帰れただろうに」

「いえいえ、彼は非常に懊悩しておられたご様子。わたくしのごとき若輩の修行僧などの小理屈が、不安感でいっぱいな上に恐らく悩み抜いて睡眠不足であろう彼の頭に染み入るとも思えません。未熟なわたくしの話になど説得力を感じていただけないでしょう。それに、この相談所のお役目は事の解決を図ることではございません。あくまでもここは相談者のお話を聞くためだけの施設。過分な口出しは職分を超えることになりましょう。そこで少しでも気が休まるようにと、

先人のありがたいお言葉を語って差し上げ、ただ御仏にお縋りするようお勧めした次第でございます」

いや、ちゃんと説明してやったほうがよっぽど納得してもらえたと思うのだがなあ、と宮田は考えた。やはりこの若い修行僧、どこかがズレている。そんな感想を持ちながら宮田は、

「うん、第一の相談者が殺人を犯したわけじゃないという理屈は判った。それで第二の相談者も、万念さん、あなたはあっさり帰したね。こっちも殺人犯ではないと判断したのか？」

「その通りでございます」

宮田の質問に、万念は深くうなずいた。

「そう思った根拠を教えてくれるかい」

「承知いたしました」

と、万念は合掌する。

「では、第二の相談者についてお話しいたしましょう」

中年女性がジャックナイフで腹部を刺された一件である。

「二番目の相談者のお話も、凶器の特異性に問題があるとわたくしは感じました。彼は凶器の刃物をジャックナイフと呼んでいました。今時あまり聞かない名称でございますね。刃の幅が広くて持ち手の部分も金と銀で派手に装飾がなされていたということですから、なるほどそうしたゴツい見た目ならばジャックナイフという表現がぴったりかもしれません。恐らくハンティングナイフの一種なのでしょうが、あまり日常の中で見かける類いの刃物とも思えません。シンプルなデザインならばアウトドアや登山に用いられるサバイバルナイフでしょうし、ダイバーが使用す

る水中ナイフは柄は大きいけれど刃は小型のものが多いようでございます。今回登場したジャックナイフはそれらには当て嵌《は》まりません。殊に新宿K町で流通しているゴツいナイフとなると、連想される用途は限られてくると思われます。威嚇用《いかくよう》でございますね。不良少年やチンピラが己の暴力性を誇示するためにちらつかせ、見せびらかすために持ち歩く類《たぐ》いのナイフです。宮田さんはこれが相談者の持ち物だという印象をお受けになられましたか」

「いや、全然思わなかったね。イメージと違いすぎるから」

「そう、二人目の相談者も一人目と同様、きちんとした身なりで育ちのよさと品格を感じさせる青年でした。チンピラや不良とは関わりのない印象を受けました。威嚇用の金銀のナイフの持ち主にはそぐわない。そうでございましょう」

宮田は、万念の問いかけにうなずいて応えた。確かにそう感じた。

「一方、被害者のほうはどうでしょうか。中年のご婦人でございました。当然、派手でゴツいジャックナイフの持ち主としては相応しくありません。凶器は、二人のどちらかが持っていた物とは考えにくいのでございます。ここにも第三者の影がちらつきますね。正体がまだ不明の何者かの」

と、万念は、ちょっと首を傾げてから、

「さて、被害者はナイフで腹部をひと突きされて殺害されておりました。一度で致命傷を負わせるほど深く刺しています。殺意が明確に感じられる殺害方法といえると存じます。ただし、相談者は被害者のご婦人を見ず知らずの他人だと主張しておられました。さあ、いかがでしょうか。見知らぬ他人にいきなり殺意を持つことがあるものでしょうか」

「嘘をついていたのかもしれない。相談者と被害者は知り合いで、憎しみや恨みがあった可能性もある」

「その部分だけ嘘をついていたとおっしゃるのですか。いえいえ、何の意味もないでしょう。相談者は追い込まれた心理状態で、やむにやまれぬ心境でここへいらした様子でございました。洗いざらい吐き出して楽になりたい、秘密を溜め込んでいる重圧に耐えられない、そう思いつめてわたくし達の前で懺悔《ざんげ》したという印象でした。人を殺したかもしれない、というところまで告白したのに、被害者を見知らぬ他人だと、その一点だけ嘘をつく必要がありましょうや。嘘をつくのなら、そもそもこのような相談所には来たりしない道理でございましょう。ですから、相談者の告白はすべて真実という仮定で話を進めてもかまわないと、わたくしは思います」

なるほど、そう云われればそうか、嘘はなしだ。と、宮田は考えた。

「さて、見ず知らずの他人に殺意を覚えるとしたら、必ず前段階があるはずだと存じます。まず会話があり、口論になり、話が拗《こじ》れ、激高し、そこで初めて殺意が生じるものでございましょう。殺したいほど激怒したら、人はまずどうするものでしょうか。相手に危害を加えるはずなのです。すなわち、小突く、胸ぐらを摑む、髪を引っぱる、殴る、蹴る、などでございますね。刃物を振るって深く刺すのはその後、最後の手段でございましょう」

仏に仕える身にしては物騒なことを云って万念は、

「どうですか、被害者にそういった痕跡はあったでしょうか。顔を殴打したら化粧が剝げるか擦れるかすることでしょう。胸ぐらを摑めば襟元が崩れ、服装に乱れが生じます。髪の毛を引っぱれば、ぼさぼさになる。こういった跡はあったでしょうか」

「ないね、相談者の話にはそんな内容はなかった」

「もしあったら云っていたでしょうね」

「ああ、嘘はなし、だからね」

「左様、嘘はなしです。ですからそうした暴力行為はなかったものと考えられます。しかしご遺体はいきなり強い殺意を以《もっ》て刺されている。これは初対面の相談者と被害者の間に起きたにしては不自然な事態といわざるを得ません。どうも相談者が刺したとは思えない状況なのでございます」

なるほど、万念の云うことには一理ある。前段階の小突いたり髪を引っぱったりという暴力行為の跡がないのだから、確かにそういえるのかもしれない。そう宮田が思っていると、万念はさらに続けて、

「こうした状況に加えて、ナイフも第三者の持ち物と考えられます。これらを鑑みて、わたくしは相談者が刺殺犯ではないと推定いたしました」

「だから二人目の時もあっさり帰してしまったわけか」

「はい、左様でございます。殺人犯でないのなら留《とど》めておく理由はございませんので」

「なるほどね、理に適《かな》っている」

と、宮田は納得してから、

「だったら三人目もそうなのか？」

と、尋ねる。ハンマーと、後頭部を滅茶苦茶に殴打された男の事件である。

「左様でございますね。ここでもまた、凶器の存在が引っかかりました」

「ハンマーに何か問題でも？　割と身近な道具だけど」

「はい、ごもっともでございます。しかしながら今回は、所持者が問題なのではなく使い方が引っかかるのでございます」

「使い方、というと？」

「ご遺体は、後頭部を潰されて殺害されておりました」

「ああ、ハンマーの尖ったほうで何度も殴ったみたいだった、そう相談者が云ってたね」

「そこでやはり、相談者が被害者を見知らぬ男性と云ったことが重要になるのでございます。先ほどのご婦人の時と同様、諍《いさか》いから殺人に発展したのならば、ご遺体の正面にも傷があってしかるべきなのです。口論の末に殴打したのならば、相手と正対して向き合っているはずですので。見ず知らずの相手の後頭部をいきなり殴りつけるのは、状況的に見て極めて不自然でございます。と、そうした理屈もありますが、三人目の相談者のお話を聞くうちに全体の絵図が読み解けてまいりましたので、そこで相談者は犯人ではないとの推測が立ったのでございます」

「全体の絵図って何？　さっきも何か真相に辿り着いたみたいなことを云ってたけど、万念さん、あなた何か判ってるんだね」

　宮田が身を乗り出すと、万念は物静かに、

「すべては明白でございます。悟りへの道は常に真実に通じております。〝医王の目には途《みち》に触れてみな薬なり、解宝《げほう》の人は礦石《こうせき》を宝と見る〟と空海《くうかい》さまのお言葉にもございます。相談者三人分の話を俯瞰《ふかん》すれば、真実は自《おの》ずと見えてくるものです」

「いや、説法はともかく、判っていることがあるんなら教えてくれないか。こっちはさっきから頭がこんがらがっているんだ。相談者達が三人とも殺人犯でないとすると、結局どうなるんだ」

宮田が尋ねると、万念は背筋を伸ばした姿勢のまま、

「ご遺体の発見時の状況を見ると、彼らはまるで犯人のように思えました。しかし実際は違っていることがこれまでの推論で判明いたしましたね」

「そう、しかしその先が判らない。あの三人はなぜそんな状況に追い込まれたのか」

「おや、宮田さんにはお判りになりませんか。犯人側の意図は明々にして疑念の余地などないではありませんか。犯人、いえ、これだけ手の込んだことをしたのです、単独犯とは到底思えません。もう犯人グループと呼んでしまっても構わないでしょう。相談者三人に薬を盛ったり、意識を失った彼らを担いで移動させたり、問題の部屋の調度品を片付けたりもしたのでしょうね。一人や二人の手で完遂できたとは考えられません。複数の者が手を携えて実行したと思って間違いはないでしょう。つまりグループです。そして、その犯人グループの目的、それはどうやら達成されているようでございます」

「えっ、達成？　いや、その目的って何だ？」

「今のこの状況を見れば明らかではありませんか。あの三人の相談者達の反応を思い出してください。彼らは一様に困惑しておられる。他殺のご遺体を発見したのにもかかわらず、何もできずに懊悩しています。あまつさえ、自分が殺人を犯したのではないかと、ご自身のことさえ信じられなくなり悩み苦しんでおられる。この状況こそが犯人グループの狙った結果なのではないでしょうか。彼らの企てはうまくいったのでございます」

「企てって、どんな？」

「三人の現在の有り様を見れば一目瞭然でございます。相談者の三人はどれほど煩悶しても、何のアクションも起こせずにいます。警察に出頭することも、誰かに相談することもできないのです。それもこれも、自分が殺人犯かもしれないという状況に怯《おび》えているからでございます。できることといえば、せいぜいここのような相談所に匿名で縋ることくらい。それが精一杯の現状なのです。ああ、そういえば、彼らが今日、同じ日にここに来たのは偶然ではないのでしょうね。事件の後の土曜日は丸々一日頭を抱えて悩み抜き、今日になって行動したというタイミングの一致を見たのは、明日は月曜で出勤せねばならないという事情があるからです。ここに相談しに来るとしたら、休日の今日しかなかった。そういう必然だったのでございましょう。友人知人には、人を殺したかもしれないという悩みは打ち明けられないとしても、赤の他人の相談員になら秘密を告白できる。それも匿名で、という条件つきで。そう考えたのでございましょう」

「それは判る。まったく無関係な相手だからこそぶちまけられる悩みもあるだろう。だったらその秘密を抱えさせるのが犯人グループの企みだったのか」

宮田の質問に、万念は我が意を得たりとばかりに、

「正にその通りでございます。よろしいですか、宮田さん、ここはひとつ、あり得たかもしれない可能性を考えてみてください。もし相談者が口を噤《つぐ》む道を選ばず、今と逆の行動を取ったらどうなるか。例えば第一の相談者、彼がご遺体発見直後、拳銃を持ったまま警察に出頭していたら、どうなっていたでしょう。何もない狭い部屋に射殺されたご遺体、そして相談者、その手には拳銃です。正直に警察に話したとして、その状況を見た警察が『通報感謝します、ご苦労さま、帰っていいですよ』と云うと思いますか」

「いや、まさか、どう見たって相談者が怪しい。警察だってそう判断するだろう。第一発見者でもあり重要参考人になるだろうね」

「左様でございます。相談者は間違いなく容疑者として勾留されることでしょう。本人すら記憶が曖昧なのです。自らが無実だという確証もない。勾留が短くないのは容易に想像できます。場合によっては殺人罪で逮捕状が出るかもしれません。相談者が無我夢中で逃げ出したのもうなずけるでしょう。記憶がぼんやりして犯罪に手を染めた自覚もないまま捕まるのは、どなたでも嫌でございましょうから」

「まあ、そうだね。私でも多分、逃げる」

「ところで、宮田さん、相談者の彼らの素性をわたくしどもは存じませんが、その属性の傾向くらいは想像ができますね。彼らの身なりや物腰をご覧になって、宮田さんはどんな印象をお持ちになられましたでしょうか」

「うーん、まあ、いい家のお坊ちゃんだと思ったよ」

と、宮田は、最初に感じたことを口に出す。

裕福な家庭で育った学歴も高いエリート。苦労知らずでお堅い仕事に就いている前途有望な若者。そんなふうに見えたと答えると、万念はすっと目を細めて、

「正にそこが重要な点でございます。今宮田さんがおっしゃったような印象をわたくしも感じました。社会的ステータスの高い未来ある青年だと。そんな彼らだからこそウイークポイントがある。何だかお判りになりますね。それは醜聞です」

「ああ、なるほど、悪い評判か」

「はい、殺人容疑で勾留されてしまえば週明けに出社できなくなってしまいます。もちろん職場に刑事が聞き込みに行く事態にもなることでしょう。彼らのような将来を嘱望されるエリート青年にとって、これほど恐ろしいこともございますまい。たとえ容疑が晴れて拘束が解けたとしても、殺人の疑いで身柄を拘束されたという事実は消せません。醜聞と悪い噂は一生つきまとうことでしょう。殺人容疑で勾留された経歴のある人物。そのレッテルは将来に亘って剝がれることはないのです。前途ある若者にとっては途方もなく怖いことです。出世に響くのはもちろん、上司から疎まれるかもしれません。場合によってはすぐに閑職への左遷の危機さえございます。そんな事態は何がなんでも避けたいのが、エリート青年の本能でしょう。週明けに出勤できないのは何より恐ろしい。となれば、現場から逃げ去るのは必定。彼らにはその選択肢しかないのでございます。彼ら三人は警察に駆け込むことなどできやしない。犯人グループはそれを見越して計画を立案したに相違ありません。彼らは沈黙を守る。誰にも何も云えない。この現状こそが、犯人グループの狙いだったわけでございます」

万念はそう云い切った。

なるほど、そのために死体と一緒に閉じ込めたということか。と、宮田は得心した。彼らが警察に通報しないように細工を施したわけだ。

第一の相談者は拳銃を握らされ、厳つい男の射殺死体と共に。

第二の相談者はジャックナイフを持たされて、中年女性の刺殺死体と共に。

第三の相談者は血塗《ちまみ》れのハンマーを手に、貧相な男の撲殺死体と共に。

それぞれ、そういう舞台装置に乗せられた。

だがちょっと待てよ、と宮田は考える。

相談者達が犯人ではないことは、さっきの万念の推測で理解できた。三人の被害者を実際に殺害した者は犯人グループの中にいるのだろう。しかしなぜ、それを相談者達に押しつけようとした？

警察が科学捜査などを用いてつぶさに調べれば、相談者達が犯人ではないといずれは判明するだろう。死体と相談者を一緒に閉じ込めるという手間をかける必要がどこにある？　何もしなければ、相談者達も警察に駆け込むこともあるまい。わざわざ手間暇かけて細工をした必然性は何だろう。

宮田がその疑問を投げかけると、万念は、坊主頭を掌でひと撫でして、

「これはあくまでもわたくしの憶測でございますが、第三の相談者の話の中にヒントがあったように思います。ああ、まだるっこしいですね。第一とか第三とか、回りくどい云い方は面倒です。彼らに仮称をつけましょう。本名も素性も不明ですので、わたくしが勝手に名付けるといたしまして、そうですね、第一の相談者を拳銃氏、第二の相談者をナイフ氏、第三の相談者をハンマー氏。そう呼ぶことにいたしましょう」

それぞれの凶器に擬《なぞら》えたわけか。安直というか、いささか悪趣味でもある。

悪趣味な修行僧は話を続けて、

「相談者の三人が店側の者に一服盛られた上に罠《わな》を仕掛けられたのには、必ず原因があったはずでございます。ところが彼らの話の中には従業員とトラブルになったという類いの話は一切出てきませんでした。彼らはおとなしく呑んでいただけなのです。ですから理由は、彼らが自覚して

いないところにあったと考える他はありませんでした。それで思い至ったのが、ハンマー氏のエピソードです。彼が自分でも意識しないうちに原因を作ってしまったとすれば、非常階段での出来事くらいしかないと、わたくしは判断いたしました」

「非常階段での出来事？」

「はい、ハンマー氏は非常階段のところで立ち聞きしています。従業員同士が相談していた場面ですね。〝お客さんをドライブに連れて行くのにどこがいいか〟という話し合いでございました。しかしこれは正確ではなかったのだろうと、わたくしは思ったのです」

「というと？」

「従業員達が相談していた言葉の上っ面だけを捉えて、酔っていたハンマー氏はドライブだと思い込んだのではないでしょうか。ところが実際は、もっと剣呑《けんのん》な内容だったのではないか、とわたくしは想像いたします。〝お客さん〟を〝車で山に連れて行く〟のだが〝どの山がいいか〟を〝検討しておけ〟。これが善良なハンマー氏にはドライブの相談に聞こえた。しかしこれは〝殺してしまったお客さん〟を〝処分するために車で山に運ぶ〟のだが〝発覚しないように埋めてしまうのに適当な山はどこか〟を〝検討しておけ〟という密談だったのではないでしょうか。〝本人に聞いてみろ〟というのは彼ら一流のブラックジョークだと思われます。墓所くらい自分で選ばせてやろう、というあくどい冗談ですね。これがハンマー氏の耳には、呑気なドライブ旅行の話に聞こえてしまったわけです。ただ、密談していた従業員は慌てたことでしょうね。ご遺体を処分する算段を聞かれてしまった、と。よもや相手が呑気にただのドライブだと勘違いしているとは思いません。ご遺体を埋める計画を聞かれたと、焦ったことでしょう。ここは立ち聞きしていた相手には黙っていてもらうしかありません。そこで口封じのために一芝居打ったというわけでございます。それが相談者の皆さんの、ご遺体と共に狭い部屋に放置されてそこで目を覚ます、という一幕になったのだと存じます」

「うん、なるほど、確かに判るけれど、それだったらハンマー氏一人だけを口封じのターゲットにすればいいんじゃないのか。拳銃氏とナイフ氏まで巻き込む必要はないだろう」

宮田の意見に、万念は首を振って、

「いえ、彼らには区別がつかなかったのですよ、三人組のうち立ち聞きしていたのは誰か。バーの客だということは判ります。非常階段の開いたドアは、バーのある最上階のものでしたから。そして他にいたのは、ガラのよくない服装の客ばかりでした。金曜の夜に呑みに出かけたのですから、相談者達は三人とも仕事帰りでスーツ姿だったことでしょう。ただバーの店内は薄暗く、非常階段から見上げても、立ち聞きしている者の顔までは見えなかったのでございます。背の高いスーツの若い男、としか判らなかったのでしょう。だから、ガラの悪い客を除外すれば、三人組の若い男のうちの誰かというところまでは絞り込めます。しかし彼らは陰気に呑んでいました。拳銃氏かナイフ氏のどちらかの、恐らくナイフ氏でしょうが、傷心慰労会を開催していて落ち込んだ愚痴を垂れ流し、まるでお通夜のようにしんみりした席だったとハンマー氏は云っていました。よく似た容姿の三人組の若者が陽気に騒ぐでもなく、口数少なく呑んでいたら、誰が誰やら区別がつかなかったことでございましょう。彼らは恐らく似たような経歴で、大学の同期の仲間かそれとも同じ職場の同僚か、とにかく似たような立場の三人組だったから、それで全体の雰囲気も似通っていたのだと思われます」

そう、そういえば宮田も、拳銃氏とナイフ氏の区別がつかなくて、一瞬こんがらがったのを覚えている。そしてハンマー氏も似ていると思った。暗がりで見たのなら、三人の区別がつかないのは無理からぬことだろう。

「だから犯人グループは立ち聞きしていた一人を特定できず、やむを得ず三人それぞれに罠を仕掛けるしかなかったのでしょう。三人ともご遺体と対面させて、各自に自分が犯人かもしれないと思い込ませたのでございます。三人がそっくりな体験をしたのは、罠の台本が同じものだったからに相違ありません」

「それならば、三人まとめて脅したらよかったんじゃないかな。相談者達三人をバックヤードにでも呼び出して、グループでも特に強面《こわもて》な連中が『非常階段で聞いたことを警察にタレ込みやがったらタダじゃおかねえぞ』と威圧する。わざわざ面倒な芝居を打たなくても」

宮田が主張すると、万念はゆっくりと首を左右に振って、

「それでは藪蛇《やぶへび》になる可能性がございます。三人組が正義感に溢れ反骨精神が強かったとしたら、いかがでしょうか。『暴力などには屈しないぞ』とばかりに、警察へと駆け込む危険は払拭できないでしょう。三人まとまれば心強いですし、結束して反撃される恐れがあるのです。ですから犯人グループとしては、あくまでも彼らが自分の判断で警察に出頭するのを躊躇《ちゅうちょ》するよう、仕向ける必要があったわけですね。そのためには少し手間がかかりますが、より確実に口封じをできる方策を選んだのでございましょう」

「うーん、しかしどうせ口封じをするのなら、三人まとめて殺してしまえば簡単だったんじゃないかな。そうすれば、死人に口なしで警察に駆け込まれる恐れもなくなる」

「宮田さんは恐ろしいことをおっしゃる。まさか殺人鬼でもあるまいし、いくら昏睡強盗を生業《なりわい》にする悪人連中でも、殺人まではそう易々とできるはずもないでしょう。人を殺《あや》めるというのは大層心理的な抵抗があると思われます。それに発覚した時の罪も重い。リスクが大きすぎます」

「いや、でも実際に犯人達は三人も簡単に殺しているじゃないか。厳つい顔の男、中年の女性、貧相な男。相談者達はそれぞれ別々の死体を見ている。死んでいるのを肌で感じて恐慌状態に陥っていた。死体は偽物や作り物なんかじゃない。犯人グループは殺しもへっちゃらでやってのける凶悪犯なんだよ、きっと」

宮田の言葉に、万念は珍しくきょとんとした顔つきになり、

「おや、まだお判りでない。宮田さん、ご遺体は一つきりですよ」

「え？　でも相談者達が発見したのは別の死体だよ。性別も特徴も違っていて、何より死因がバラバラだ」

「いいえ、ご遺体は山に遺棄しようとした一体だけです。いくらK町が物騒な街だとはいえ、一晩に同じビル内で三人も別々に殺されるなど行きすぎですよ。三流のアクション映画でもあるまいし。現実はもう少し地に足のついたものです」

「しかし、ナイフ氏と拳銃氏、それからハンマー氏が別々の死体を見たのは確かだろう」

「宮田さんはまだ目が曇ってらっしゃる。わたくしが御仏の御加護でその妄執を解いてさしあげましょう」

と、万念は合掌すると、ちょっとお辞儀をして、

「よろしいですか、宮田さん、三人も次々と殺すなど現実的ではありません。そう考えれば自ず

と結論は出ると存じます。ご遺体は一体。亡くなったのはお一人です。三人の相談者が目撃したご遺体は同一人物なのです。その一体のご遺体を使い回したに決まっているではないですか」

「使い回し？」

あまりの予想外の言葉に、宮田は仰天してぽかんとしてしまう。死体の使い回しなんて、そんなことがあり得るのか？

「左様、時間差で使い回したのです。三人の相談者がそれぞれ発見したのは、別の時間の同一のご遺体だっただけの話なのでございます」

「いや、ちょっと待ってくれ、でも性別が違うだろう。拳銃氏とハンマー氏はともかく、ナイフ氏が見たのは女性の死体だった。見間違えるはずがない」

「それがあるのです。思い出してください。相談者達があの夜に行った縦長のビルには、様々な店が入っていましたね。ハンマー氏の話にありました。覚えているでしょう、何の店があったか」

そう云われて宮田は記憶を探った。ああ、覚えている。ハンマー氏は云っていた。各階に色々な店が入っていたと。バー、キャバクラ、お見合いパブ、シーシャバー、コスプレクラブ、女装クラブ——女装クラブ！

はっとした宮田の表情の変化を見逃さなかったようで、万念はうなずく。

「そう、女装クラブです。亡くなったのはそこの客と考えたらいかがでしょうか。本当の性別は男性。ただしナイフ氏が見た時には変身していたのだと存じます。濃いメイクに派手なフリフリの衣装も、女装を楽しんでいたからと考えれば自然でしょう。せっかく女装をするのですから、フリルのついた大げさな服装のほうが楽しいでしょうからね。ああした趣味はいつもとは違う自分になって写真を撮影したりするのです。派手な格好のほうが見映えがするというものでございましょう。無論、スカーフを首に巻いていたのは喉仏を隠すためです」

万念の解説に、宮田は言葉も出ないほど愕然としていた。よもやそんなくだらない真相だったなんて、開いた口が塞がらない。

「では、順番を考えてみましょうか。相談者の三人は、どの順で使い回しのご遺体に対面させられたのか」

茫然としている宮田の反応を気にかけることなく、万念は続ける。

「まず、一番手はナイフ氏と考えられます。なぜならばご遺体が女装していたからです。女装していた時は、被害者のかたはまだご存命だったとわたくしは考えます。それは、ご遺体に女装を施すのは非常に困難であると思われるからです。女装クラブに専属のメイクアップアーティストがいるとしても、男性が女性に見えるほどのメイクをするのには、ご本人の協力が不可欠だと思われます。付け睫毛をつけるのに目をつぶる、アイシャドウを塗るのに瞼を程よい力加減に閉じる、アイラインを引くのに目を半分がた開いた形をキープする、口紅を差すのに唇を適切な形に開いたりすぼめたりする。すべてメイクされる当人の協力がないと自然な化粧にはならないと存じます。ナイフ氏の見たご遺体の女装メイクには、特別おかしな点はなかったようでございます。不自然な箇所があったのなら、恐らくナイフ氏が不審に感じていたことでしょう。ご遺体のメイクは、腕のいい専門家が完璧に仕上げた状態だったに相違ありません。従いまして、被害者のかたがご存命中にメイクをした、これは確実かと思われます。亡くなった状態のお顔にメイクを施したら、必ず不自然になってしまうはずだからです。ストッキングもご自身で穿かないとうまく足が納まりません。動かないご遺体の足にストッキングを穿かせるのは大変に困難ですので」

まるで実際にやってみたことがあるみたいな口振りで云って、万念は、

「ですから最初にご遺体と対面したのはナイフ氏で間違いございますまい。被害者のかたは女装している時に、その姿で殺されてしまったわけです。亡くなった後で女装させるのは無理がありますから。従って本当の死因は刺殺ということでよろしいのではないかと存じます」

と、万念は断言する口調で云う。

「わたくしと宮田さんは、拳銃氏、ナイフ氏、ハンマー氏の順で話を聞いたせいで少し混乱させられましたが、実際にはナイフ氏が一番手だったわけです。現場の小部屋は恐らく、女装クラブの衣装部屋か着替え室といったところでございましょうか。狭い部屋だという話でしたので、少なくとも撮影用の部屋などではなく、そういった準備室というふうな部屋だったと思われます。そこで殺人があったのです。従業員がご遺体を処分する算段をしていたことから、きっと仲間の従業員の一人が実際に手を下したものと推測できます。多分ビル全体が同じ経営母体で、各店舗間での従業員同士の行き来が普段からあったのでございましょう。仲間を庇《かば》うために全店の従業員が一致協力した。これが犯人グループの正体かと思われます。もしかしたら、殺人の隠蔽は上からの指示だったのかもしれませんね。元々、昏睡強盗を働くようなバーの入ったビルです。他にも何か色々と後ろ暗いことに手を染めていて、殺人が起きたからといって警察にビル内をひっかき回されたくない、という経営陣サイドの判断が下りた可能性は充分に考えられるでしょう」

宮田は万念の言葉に内心でうなずいていた。バーにいた客も明らかにスジの良くない連中だっ

たらしい。そうなるとビルの経営者側も裏社会の住人で、従業員もまともな手合いではなかったのかもしれない。ありそうな話だ。元不良やチンピラ上がりで倫理観や良心が欠如した連中だからこそ、全員で手を組んで殺人をなかったことにしようと企てたのだろう。

「これはわたくしの勝手な想像なのですが、被害者は日頃からわがままな客で、いつも横柄な態度で従業員に無理難題を押しつけていた、という仮定はいかがでしょうか。モンスタークレーマーと呼ばれる手合いですね。その日も得手勝手な要求をして、従業員を口汚く罵《ののし》ったりしていた。それで元より素行のよろしくない従業員の一人が、とうとう我慢の限界に達してかっと頭に血が上って、今ふうの言葉でいうとぶちギレて、とでもいうのでしょうか、それで思わず刺してしまった。とそんなストーリーはどうでしょうか。派手な装飾のナイフも、そうした手合いの持ち物だと考えればしっくりくると思われます。そして、そのご遺体を秘密裏に処分してしまえと上から命じられた従業員のリーダー格が、非常階段でそのための相談をしていた。十二月の吹きっさらしの非常階段に、よもや誰かが来るとは思ってもいなかったのでしょう。ところが間の悪いことに、ハンマー氏がドアを開けてしまった。当のハンマー氏はまさかそんな物騒な相談をしているとは夢にも思わなかったようですが、聞かれてしまったほうはそんなことまでは判りません。これはマズい、と危機感を覚えた。そこで口を封じようとしたわけです。しかし立ち聞きしていた若いスーツの男が、バーの三人組の客の誰かというところまでは突き止めたものの、そのうちの誰かまでは特定できなかった。それで仕方なく、三人まとめて騙すことにしたわけでございます」

「それで一芝居打ったということか。警察に駆け込まれないために」

「左様でございます。要するに、遺棄する予定のご遺体がたまたま手元にあったので、処分してしまう前に不都合な証人達の口封じに利用したわけです。どうせ山に埋めてしまうのですから、その前にちょっとばかり役に立ってもらおうと考えたのでしょうね。罰当たりなことでございます」

と、万念は合掌すると、

「その段取りとして、まずお得意の昏睡強盗用の薬を酒に混入し、三人を人事不省に陥らせる。この時注意するのは、薬の分量です。三人にはそれぞれ小盛り、中盛り、大盛りと、分量を調節することが肝要です。これはもちろん、目覚めるタイミングをズラすためです。無論、薬の効き方には体質によって個人差はあるでしょうが、しかし起こす順番はある程度調整可能です。意識を失った三人を一旦、従業員用の控え室にでも移します。他の客は、ああまた昏睡強盗が始まった、と見て見ぬ振りでしょうね。元より自分達の違法な仕事のために使っているバーです、慣れているのでございましょう。そして、三人を控え室のソファにでも寝かせて毛布などもかけ、ヒーターを強く利かせて快適に眠ってもらいます」

「元々酔っているところに薬だ、めったなことでは起きないだろうな」

宮田が補足すると、万念は、その通りですというふうに顎を引いて、

「そして最初に、小盛りの薬を飲ませた一人を殺害現場に担いで行きます。ナイフ氏ですね。三人のコートは、バーの席の各々の横に置いてあったので、どれが誰の物か間違わずに済んだはずです。殺害現場はご遺体が傷むのを防ぐため、元よりエアコンが切ってあったので芯から冷えています。そんな寒い部屋の冷たい床にナイフ氏を横たえ、手に凶器のジャックナイフを握らせま

す。もちろんナイフ氏の利き手が右手であることは、バーで呑んでいる時にさりげなく観察して確認済みだったのでございましょう。利き手でないほうの手に凶器を持たせたら、本人が違和感を持ちますので。これは後の二人にも同じことが云えます。利き手の右手にそれぞれ凶器を握らせたのでしょうね。さて、こうして女装した被害者と二人きりにして放置すれば、準備は終わりでございます。いきなり極寒の中に放り出されたナイフ氏は、すぐに目を覚まします。暖かい部屋からいきなり極限の寒さです。薬の効き目も吹き飛ぶことでございましょう。後は当人の告白にあった通り。薄暗い部屋の中では、お亡くなりになっているのが女装した男性には見えません。見た目の通りの中年女性だと、ナイフ氏は思い込んでしまいます。そして、薬でぼんやりした頭で自らの置かれている状況を見極め、ナイフ氏は自分が刺したのではないかと疑心暗鬼になる。こうしてナイフ氏は、先ほど述べた保身の理屈に従って、その場から逃走してしまいました。これがナイフ氏の懺悔の裏側の顚末《てんまつ》でございます」

なるほど、すべて辻褄《つじつま》が合っているな、と宮田は思った。整合性を考えれば、万念の云うことが実際に起こったと考える他はないだろう。

「次の出番は、恐らく拳銃氏だったことでしょう。後頭部に傷のないご遺体と対面したのは彼ですから。順番からして、頭をめった打ちにする前に、拳銃氏にご遺体を目撃させる必要があったわけです。犯人らはナイフ氏が思惑通り逃げ出すのを確認してから、ご遺体のメイクを落としフリフリの衣装も脱がせます。メイクはするより落とすほうがはるかに楽でございます。化粧落としのクレンジングオイルも、近頃は質の高い商品が出回っております。拭うだけで簡単に落ちたことでしょう。どんなに乱暴に顔をこすっても、ご本人はお亡くなりになっているので苦情も出ません」

　と、僧侶のくせに不謹慎な冗談口を叩いて万念は、

「そして男性物の衣類を着せます。フリフリの女装の衣装とは違って、シンプルなズボンとシャツだけならば、ご遺体に着せるのにもそう骨も折れないでしょう。腹部の刺し傷は既に出血も止まっているでしょうから、吸水パッドか何かを貼ってさらしでもぐるぐる巻きにしておけば、どうとでも隠せることでしょう。まさか拳銃氏が、射殺死体のシャツをめくって腹部を見ることもないでしょうし」

　そう云って万念は、自分の痩せた腹の部分を一度撫でる。そして、さらに話を続け、

「こうして拳銃氏の順番がやってきます。中盛りの薬で眠らされた拳銃氏は、先ほどナイフ氏が逃亡した現場へと担ぎ込まれます。三人の話に出てくる小部屋は同じ構造をしていましたし、何よりカーペットの血溜まりは誤魔化せません。殺害現場の部屋も使い回ししたわけでございますね。こうして拳銃氏は冷たい部屋の寒さで目を覚まし、射殺死体と対面したわけです」

「ちょっと待ってくれ、死体は額が撃ち抜かれていたんじゃなかったっけ。眉間に弾痕があったのを拳銃氏は見ているはずだ。犯人グループは死体の頭を撃ったのか」

　宮田が疑義を呈すると、万念はゆっくりと首を振って、

「さすがにそれはないと存じます。グループが不良でチンピラの集まりだとしても、本職の暴力団でもありますまい。本物の拳銃まではおいそれと入手はできないでしょう」

「だったら拳銃氏の握らされていたのは何だ」

「もちろんモデルガンでしょうね。多分、コスプレクラブの備品ではないでしょうか。そして額

の弾痕はメイクだと思われます。特殊メイクとまではいかなくても、薄暗い室内で素人の目を騙すくらいの細工は、決して難しくはないことでしょう。穴が空いているように黒く塗って、その周囲をパテでクレーター状に盛り上げ肌の色合いと同化させて、そこから血糊《ちのり》を流して出血しているように見せかける。それだけで充分、それらしく見えることと存じます。拳銃氏も本物の弾痕など見たことはないはずです。作り物との区別はつきますまい。よもや額の穴に指を突っ込んでみたりもしないでしょうから、腕のあるメイク師ならうまく細工してくれるでしょう。何しろ手に銃を握っているという先入観が拳銃氏にはございます。弾痕が偽物だと疑うことは、まずないと予測できます」

「部屋を薄暗くしておいたのもそのためか。作り物の弾痕だとバレないように。前のナイフ氏の時も、女装だと見破られないようにそうしていたんだな」

犯人グループの計画は、急拵《きゅうごしら》えにしてはなかなか周到である。悪知恵の回るやつもいるものだなあ、と宮田は舌を巻く思いだった。

「後の成り行きは宮田さんもご存じの通りです。拳銃氏もナイフ氏同様、逃げ出してしまいます。この時、銃を持って行かれたりしたら、後でモデルガンだと露見してしまいますが、しかし必ず置いて行くだろうという勝算が犯人側にはあったことと思います。逃げ出すドアの外に人目があるかもしれませんので、銃などという目立つ物を持ったまま出る者はおりますまい。ましてやクリスマスムードでいつもより賑わった新宿K町のまん中を、銃を持ったまま逃げ惑う者もいないだろう、という計算が立ったのだと存じます」

「よく考えてあるものだなあ」

と、宮田は感嘆して、

「それで、最後の出番はハンマー氏か」

「はい、ご遺体の額に施した弾痕メイクを拭き取って、下着姿に着替えさせました。そして後頭部をハンマーで滅茶苦茶に殴って潰す。おいたわしいことでございます」

少し顔をしかめて万念は、

「そして、刺殺した際に大量出血してできたカーペットの血溜まりの位置に、頭部がくるようにご遺体の位置を調節します。こうしておけば、あたかも出血が頭からあったかのように見えるわけでございます。さらに云いますと、これはあくまでもわたくしの空想と呼んでいい次元の話でございますけれど、ご遺体の後頭部を何度も殴打して潰したのは、何もハンマー氏に撲殺したのは自分だと思い込ませるため、インパクトをつけるためだけにやったことではないだろうと思うのです。ひょっとしたら、ウイッグを外した時の痕跡が後頭部に残ってしまったせいではないかと、わたくしは想像いたしました」

「ウイッグ？　というと女装の時の？」

「左様でございます。被害者のかたは頭頂部が薄かった。拳銃氏はそう証言しています。そんな頭髪のかたがウイッグをつけるとすると、サイドと後ろの髪にヘアピンで留めるのではないでしょうか。頭頂部にはピンをつける髪がないのですから。そして犯人達が女装を解くのにウイッグを外す際、焦って毟《むし》り取った結果、後頭部の髪がヘアピンに引っぱられて、ごっそり抜けてしまったのかもしれません。それを見られたら女装のことがバレてしまう恐れがある。そこで髪の抜けた跡を誤魔化すために、地肌が見えなくなるほど後頭部をしつこく殴りつけて破壊した。とまあ、これはあくまでもわたくしの空想レベルの、根拠のない話でございます」

「いや、空想とは思えないな、その可能性は充分あるかもしれない。しかしちょっと待ってほしい。ハンマー氏の証言だと、死んでいたのは貧相な男となっていたね。一方拳銃氏は、厳つい男と云っていた。随分印象が違っている。同一人物のはずなのに、この違いはどういうことだろうか」

宮田が問うと、万念は少しも迷うことなく、

「拳銃氏は眉のない被害者の顔を厳ついと表現していました。体格のことまでは厳ついとは云っていないはずです。眉がないのは、もちろん剃っていたからです。女装をするためでございますね。メイクをして女性っぽい眉を描くには、自前の眉は邪魔でしかありませんので。拳銃氏が見たのは、メイクを落とした素顔の被害者でした。男性の顔というのは眉を剃り落とすと例外なく厳つく見えるものなのです。手に拳銃を握っていることもあって、暴力団を連想し、拳銃氏の目には厳つい男という印象が強くなったのでございましょう。シャツとズボンを脱がせてみれば、きっとハンマー氏の見た貧相な体が出現したことでしょうね」

「ハンマー氏が貧相だと云っていたのは、実際にそうだったからか」

「被害者は女装のために、臑《すね》や腕などの無駄毛も剃っていたのでしょう。その上で下着姿だったので、余計に貧弱に見えたのかもしれません。ハンマー氏は最初にご遺体を見た時、マネキン人形かと見間違えそうになりました。全体的にのっぺりしている感じだ、と。それは体毛がなかったからだと存じます。ストッキングを穿くのに臑毛が生えていたら台無しですからね。腕や指もすべすべでなくては、気分が出ないことでしょう。それで全身の無駄毛を剃っていたわけでござ

います」

と、万念は、自分の腕をざっと撫でて見せ、

「実はわたくしが女装の可能性に思い至ったのは、ハンマー氏のこのマネキン発言があったからなのです。全体的にのっぺりしているという印象を聞いた時に、体に無駄毛のない男性の姿を思い描き、そこから女装という発想に辿り着いたのでございます」

と、もう一度、腕と胸の辺りをざっと撫でて万念は、

「いや、余談はともかく、下着姿で貧相に見える体格の被害者だからこそ、女装に際してはナイフ氏の目を欺けるほどに女性らしく見えたのでしょうね。元々、女装が似合うほっそりした体型だったのだと思われます。以上、三人の相談者に時間差でご遺体と対面させた段取りは、こういった順番だったというわけでございます」

宮田はようやく事の次第が飲み込めた。三人の若者を口封じするために、それぞれ自分が殺人犯かもしれないと勘違いするよう仕向けた仕掛けも。やっと得心できた。すっきりした。

「手間をかけた分、効果はあったようでございます。現に、三人とも警察に駆け込めずに戸惑っているご様子でした」

そう云う万念に、宮田は残った疑問を投げかけて、

「でも三人は友人同士だろう。互いに打ち明け合ったらどうするんだ。三人が三人ともおかしな体験をしたと知ったら、さすがに本人達も不審に思うんじゃないかな」

すると、万念は坊主頭を掌でずるりとひと撫でして、

「そのためにわざわざ別人のご遺体に見えるよう、苦心して細工をしたのですよ。死因をバラバ

ラにして、見た目の特徴も別々に見えるようにした。恐らく、殺してしまった時に被害者が女装していたところから、そんな工作を思いついたのでしょうが、三人にはそれぞれ別のご遺体を見たと思わせるように、工夫を凝らしていたわけです。ご遺体の姿勢を仰向け、横向き、うつ伏せと変化をつけたのも、もちろん印象を変えようとしたからでしょう。三人の証言にある亡くなっていたかたの年齢にズレがあったのも、見た目の印象を変えようと苦心した結果に相違ありません。ですから、三人がお互いの目撃談を突き合わせても、亡くなっていたのが同一人物だとは思いも寄らないことでしょう。相談者達は、いつまでも自分が見たものがすべてだと思い込んだままのはずです。ハンマー氏などは、後頭部のぐちゃぐちゃに潰された傷口のインパクトに気を取られすぎて、被害者の頭頂部が薄毛だったことに気付いてすらいない有り様です。拳銃氏の目撃談と被らないように、ハンマー氏の時には自然な男性の眉に見えるよう、メイク用の眉墨で眉を描いていたことでしょうしね」

と、万念は、自分の濃厚な顔面の眉の辺りを指で撫でて、

「ここまで凝った細工をされたら、彼ら三人はそれぞれ自分が人を殺めたかもしれないという呪縛から逃れることはできないでしょう。たとえそれぞれの体験談を打ち明け合ったとしても、真相には辿り着けず、追いつめられた心理状態から抜け出すのは困難かと思われます。そうした状況にある限り、彼らは警察には駆け込めません。三人がそれぞれ殺人に手を染めてしまった可能性は否定しきれないからです。これで犯人グループの目的は達成されるわけでございます」

「なるほどね。いや、しかしそれにしても、ややこしいことを企んだものだな」

と、宮田は嘆息してしまう。何もここまで手の込んだことをしなくても、と思ってしまう。

「犯人グループも、それだけ殺人を隠匿しようと、必死で知恵を絞ったのでございましょう」

「確かにそうかもな」

宮田自身も、その仕掛けに見事に引っかかっていた。相談者達の話を聞いても、何がなんだか判らなかった。しかし、万念の話で何もかも氷解した。謎はなくなり、すべては明らかになった。

「で、どうするんだね、万念さん。殺人事件を放っておくのは、いくら秘密厳守を謳うこの相談所でもマズいと思うんだが」

宮田が尋ねると、万念は、座禅を組んでいる時と同様の涼しい顔で、

「勤務日報を書くのは決まりごとでしたね。今日のことも包み隠さず、上に報告すればよろしいかと存じます。そうすれば都の担当者から警視庁に連絡が行くでしょう。ご遺体が目撃されたとなれば、捜査一課が手を拱いているとは思えません。K町の該当するビルを洗い出して特定し、捜索が始まるでしょう。女装クラブの会員名簿を調べれば、金曜の夜から行方不明になっている中年男性の客が見つかるはずです。そうして被害者が判明すれば、彼とトラブルを起こしていた従業員も炙《あぶ》り出されるのではないでしょうか。それで殺人の実行犯も特定できます。これだけ大掛かりな細工をしたのです。手伝った仲間も多いことでしょう。順番に締め上げれば、意志の弱い者から自供を始めることと推察されます。犯人隠避や死体の損壊、遺棄で捕まるにしても、警察の捜査に協力的ならば、裁判での心証も大きく違ってくるでしょう。自分だけは罪を軽くしようと、べらべら喋る者も出てくるに相違ありません。そうして事件が表沙汰になり、報道が出れば、あの三人の犯人候補者達も自分が人を殺めたのではないと判って、ほっとできるというものです。彼らの心に安寧が訪れ、それで万事丸く収まる。御仏の御加護で必ずやそうなると、わた

くしは信じております。ありがたいことでございます。南無阿弥陀仏、南無阿弥陀仏」

と、万念は、瞑目して合掌する。

その様子を眺めながら、宮田はしみじみ思う。

僧にも色々いるものだ、と。

この修行僧も若いにもかかわらず、こんな回りくどい謎をあっさり解きほぐしてしまった。まさか世の中の修行僧の全員がこういう変テコなことに頭が回るとは思えないから、この万念が特殊な部類なのだろう。

奇妙奇天烈《きてれつ》な修行僧もいたものだ、と宮田は、念仏を唱える彼を見ながら、やはりしみじみ思うのだった。

それを情死と
呼ぶべきか

死体は折り重なるように倒れていたという。

女の死体は床に転がっていた。

仰向《あおむ》けの姿勢だった。

男の死体は彼女の体に覆い被《かぶ》さっていた。

こちらはうつ伏せだった。

一見、心中死体のようにしか見えなかった。

警察も当初はそう判断しかけたらしい。

ところが、誰もが予想だにしなかった展開になった。

死者が生者を殺害したとしか思えない状況が浮かび上がってきたのである。

果たして、死者は殺人を起こすものであろうか。

＊

そこは何度見てもマンションである。

片瀬啓介《かたせけいすけ》は、思わず首を傾《かし》げてしまった。

スタジオと聞かされていたのだが、思い違いだったのだろうか。ごく普通のマンションだ。

いや、港区のまん中に建つ高層マンションが普通かといえば、異論が出るかもしれない。どう考えても高級で、高価そうだ。

片瀬はそんな豪華なマンションを見上げつつ、スマートフォンをコートのポケットにしまった。地図アプリを駆使してここまで辿《たど》り着いたのだ。定年退職を迎えたこの年齢でルート検索機能を使いこなせるのが片瀬の密《ひそ》かな自慢である。とはいえ、それを人に話しても苦笑されるだけだから、わざわざ口にしたりはしないけれど。

凝った造りのエントランスに入り、片瀬はインターホンの部屋番号を押した。

「はい」

と、男の声がスピーカーから返ってくる。

「こんにちは、片瀬と申します。メールでお約束しておりました者です」

午後二時きっかり。約束の時間だ。

「あ、はいはい、片瀬さんですね。お待ちしていました。どうぞどうぞ、お入りください」

男の底抜けに陽気な声がして、オートロックのガラス扉が開いた。

広々としたロビーを抜けて、エレベーターで上階へと上がる。二十二階。結構な高さだ。

目的の部屋のドアホンを鳴らすと、すぐに男がドアを開いて出迎えてくれた。

「どうもどうも、ようこそお越しいただきました、井出口《いでぐち》です。寒い中を恐縮です、さあ、お入りください」

年齢は三十半ばくらいだろうか、少し面長な顔をした背の高い男だ。この井出口という人物とはメールで何度かやり取りした。

「どうぞどうぞ、コートをお預かりしましょうね。むさ苦しいところですが、こちらへどうぞ」

井出口は無闇に明るく、人のよさそうな笑顔で案内してくれる。港区のタワーマンションのリビングは豪奢《ごうしゃ》で、スマートな印象だ。生活感があまり感じられない。奥の部屋に通されたが、ここにも生活感がない。というより変わった光景で、少し異様だった。

丸顔の若い男が、大型のライトを調整している。ライトには黒い大きな傘みたいな器具が取り付けられていた。傘の中央にライトが据えてある構造である。それが三つも。結構場所を取る。三台のライトはどれも壁の一面を照らしていた。その壁の前には、小型のテーブルと椅子が並んでいる。テーブルと椅子は合計四セットあった。

ライトの他には大きな鉄製のスタンドが一台、主役然として中央に立っている。帽子掛けのような形だが、鉄パイプの枝が何本も横に突き出しており、そこにスマートフォンが数個取り付けてあった。スマホのカメラがすべてテーブルのほうを向いていて、どうやらこれで撮影するらしい。マンションの一室がスタジオ代わりなのだ。いかにも現代的で、片瀬はちょっと感心した。

井出口が陽気に、

「こちら、助手の丸井《まるい》くんです」

と、ライトの調節をしている丸顔の青年を紹介してくれる。丸井青年は人懐っこい笑顔で、

「どうも、今日はよろしくお願いします」

と、愛想よく云《い》った。井出口も気さくな態度で、

「さあ、どうぞこちらへ」

と、向かって右側の席を、片瀬に勧める。

「エアコンの温度、高すぎませんか。大丈夫ですか。こういうのは初めてでいらっしゃる？」

明るい井出口の問いかけに、片瀬はうなずき、

「もちろん、今までこういったこととは無縁でした」

「リラックスしてくださいね。別に緊張なんかすることはありませんから」

井出口はにこやかに云うが、スタンドのスマホのカメラが一台、こちらを向いている。どうにも落ち着かない。

この、いささか緊張感のある事態になったのは、娘の紹介からだった。

ため息をついて呻吟《しんぎん》している片瀬に、娘が云った。

「お父さん、そんなに毎日頭を捻《ひね》ってるなら、いい話があるよ」

一週間ほど前のこと、片瀬の自宅の居間での会話である。娘は炬燵《こたつ》に下半身を突っ込んで寝そべっている。片手でスマホをいじりながら、煎餅《せんべい》をかじっていた。

「お前、食べるかスマホかどっちかにできんのか。だいたい何だその格好は、だらしない」

片瀬の小言にも、娘はしれっとした顔で、

「えー、たまに実家に帰った時くらいのんびりさせてよ」

何がたまなものか。自分のマンションが一駅しか離れていないのをいいことに、平日は大抵こっちに入り浸っているくせに。一家の主婦たるものがそんな体《てい》たらくでいいものか、とも思うのだが、孫を連れて来てくれるから片瀬としても強いことは云えない。今も妻が、庭で孫を陽《ひ》に当たらせがてら遊んでいる。

「はい、こうちゃん、あんよ上手ねえ、ほら、ばあばのところへ来られるかなあ、はい、上手上

手、偉いねえ」

妻の声は普段より二オクターブほど高い。もちろん片瀬自身も、孫を相手にする時は同じようになるのは自覚している。

「で、いい話というのは何だ」

片瀬が聞くと、煎餅を咥《くわ》えたままの娘は、

「あのさ、うちのダンナの後輩の友達が動画配信者をやってるの。事件なんかを扱うんだって。視聴者に一緒に考えてもらって、コメント欄で意見を出してもらって、それで目撃情報を集めたり。ほら、何人かで集まれば知恵が出るとかっていう」

「三人寄れば文殊《もんじゅ》の知恵、だな」

「そうそうそれ。番組で事件の概要を話す、ネットを通じて視聴者が意見のやり取りをする、そうやって真相に迫るとかで。実際に連続放火犯をプロファイリングで突き止めたりもしたんだって。警察に表彰された実績もあるっていってた」

「ほう」

興味が湧いてきた。

「ダンナ経由で頼んでみようか」

「できるのか」

「できるできる」

ネットには様々な動画が上がっていることは片瀬も知っている。動画配信を職業にしている者がいることも。しかし、それほど詳しいわけではない。あまり熱心に見たこともない。そんな片瀬だが、娘に話を通してもらうと、あれよあれよという間に事態が進展した。それでこうして今、マンション内スタジオの席に座っているわけである。

そうこうするうちに、片瀬が入ってきたのとは別のドアが開き、そこから二人の人物が入って来る。

一人は黒いブルゾンの若い男だった。そしてもう一人のほうが嫌でも目を引いた。髪が派手なピンク色の、若い女性である。ドクロがニンジンを囓《かじ》る絵柄のトレーナーに、ショートパンツから伸び出た細い足。長いピンクの髪は肩の横辺りで左右二つに括《くく》ってあって、非常に目立つ。

井出口が愛想よく、

「あ、準備終わった？　あやぴょんちゃん、今日もメイク、決まってるねえ」

と、こちらに向き直って、

「片瀬さん、紹介しますね。出演者でゲストの二人です」

若い男女は急ぎ足で片瀬の前に立つと、それぞれ名刺を差し出してきた。

「初めまして、タクトといいます」

「こんにちは、あやぴょんという芸名でアイドルやらせてもらっています。今日はどうぞよろしくお願いします」

若い二人はとても丁寧に挨拶する。あやぴょんと名乗った娘は、アナーキーな髪の色とは裏腹に、きっちりと頭を下げて大変礼儀正しい。化粧も派手だが幼い顔立ちで、二十歳前くらいに見える。タクトという青年は、派手な髪とメイクのあやぴょんと比較すれば、おとなしい外観だった。それでも今ふうに髪を長く伸ばしている。少しバタ臭い顔立ちで身長が高く、なかなか男前だ。年は二十代前半くらいだろうか。

片瀬も二人に挨拶を返して、

「片瀬です。名刺を持っておりませんで、失礼します」

以前は少し誇らしい気分で出していた名刺だが、隠居の身になってからは持つのをやめた。いつまでも現役の気分にしがみつくのは見苦しい。

「じゃ、お二人さん、こっちへ。軽く打ち合わせしておこう」

井出口に呼ばれて、ゲストの二人は丁寧にこちらに一礼すると離れていく。向かって左側の席に並んで座り、井出口と何やら話し合いを始める。

最近の若者は総じて礼儀正しい。そう片瀬は感じている。穏やかで落ち着いている。片瀬の若い時分は、もっと気分が尖《とが》って常に苛立《いらだ》っていたように思う。社会に対し大人に対し、いつでも不満を抱いてカリカリしていた。態度も悪かった。若気の至りなのだろうが、今思い返すと生意気だったと思う。しかし、近頃の若い人はおっとりとしている。物静かで気持ちが優しい。この世代間の差異がどうしてかは、片瀬には判《わか》らない。ゆとりがあって余裕を持っているのか、それとも何もかも諦めて諦観の境地にいるのか。どちらなのだろうか。そして、どちらのほうがこれからの社会のためになるのか。

そんなことを考えながらも、片瀬はもらった名刺の名前をスマートフォンで検索し始めた。もちろん見られたら気まずいので、机の下でこっそりと。

名刺には〝ボーカリスト　タクト〟とだけ印刷されている。あとはメールアドレスだけだ。シンプルである。

〝歌手／タクト〟で調べてみる。別人の写真がたくさん表示された。同名だが漢字表記の、有名なミュージシャンがいるらしい。今そこにいる若者とは全然違う顔だから、他人だとすぐに判る。有名なほうのタクトを掻《か》き分けて、ようやく見つけた。どこかの駅前広場で歌っている動画がアップされている。さすがに音を出すわけにはいかないから、どんな曲調なのかは判らない。ただ、観客が五、六人しかいないのは、ちゃんと映っている。メジャーデビューしている歌手ではないらしい。

一方、あやぴょんの名刺はカラフルでごてごてしていた。アドレスに電話番号、どこに繋《つな》がっているのか不明のＵＲＬがいくつも並び、直近のライブの告知まで書いてある。〝重金属ホイップ　Ｌｖ．99〟というのがグループ名だろうか。検索してみると確かにそういうアイドルグループがあり、写真も載っている。六人組の中に、ピンクの髪が目を引くあやぴょんの姿を発見できた。ただしこちらも、メジャーなレーベルから曲をリリースしている様子がない。地下アイドルというワードが頻出するが、片瀬にはよく判らなかった。アイドルに地上や地下の区別があるのだろうか。

首を傾げていると、井出口が打ち合わせを終えたようで、まん中の席に座る。これで四つの椅子がすべて埋まった。

若い二人に向かって井出口は、陽気な口調で、

「こちらの片瀬さんは新聞記者さんなんだよ」

「へえ、凄《すご》いんですね」

あやぴょんが感心したように云う。片瀬は右手を振って、

「いやいや、元、がつきます。去年の暮れで定年になっていますんで。今はただの隠居にすぎません」

「それでも二ヶ月前までは現役だったわけでしょう。立派なお仕事です」

タクトが持ち上げてくれる。

「いえ、そんな大したものではないですよ」

若い人に誉《ほ》められるのは、どうにも面映《おもは》ゆい。

井出口は明るく、

「しかも、今日の片瀬さんのお話は殺人事件だそうだ。僕もまだ詳しくは知らないんだけど」

「スケールが大きいですね。このチャンネルもいよいよ本格的になってきたじゃないですか」

あやぴょんが云うので、片瀬はまた手を振って、

「あ、いえ、殺人事件かどうかは判らないんです。確かに二人、亡くなっていますけれど」

タクトが深刻な顔つきになって、

「二人も被害者がいるんなら、充分大事件だと思うんですが」

「いや、事件なのかどうかもはっきりしないんですよ」

片瀬が少しうろたえると、井出口は、

「あ、ちょっと失礼、事件の話になるんならこのまま回しちゃおうか。丸ちゃん、いける？」

問われた丸顔の助手はうなずいて、

「いつでもＯＫです」

「よし、じゃ、このまま始めちゃおう」

井出口の言葉に、片瀬は少し驚いて、

「あの、リハーサルなどはないのですか」

「そういうのはないんです。動画は新鮮なノリが命ですんでね、ぱぱっと本番いってぱぱっと配信しちゃうわけです」

明るく軽い調子で井出口が云うので、片瀬は不安になってきた。

「しかし、練習もなしにうまく喋《しゃべ》れるかどうか」

「そこはこれもんで何とでもしますよ」

と、笑顔の井出口は、両手をハサミの形にして見せる。編集をするということだろうか。片瀬が訝《いぶか》しく思ううちにも、陽気な井出口はスマホのカメラに視線を向けて、

「じゃ、丸ちゃん、始めるよ。三、二、はい、今回も始まりました〝井出口捜査チャンネル〟。本日も皆さんのお知恵を拝借して、事件をすぱっと解決しちゃいましょう。ゲストはいつものお二人。はい、よろしく」

あやぴょんが割って入って、

「ちょっとちょっと、何その雑な紹介、ちゃんとやってよお」

最前までのきちんとした物腰とは打って変わって、舌っ足らずで甘えた喋り方になっている。その豹変《ひょうへん》ぶりに、片瀬はちょっと度肝を抜かれた。

「まあ、いいじゃないの。でもね、今回の相談は大きい事件ですよ。何と、殺人事件なんですから」

「えー、何それー、怖いー」

井出口の言葉に、あやぴょんは過剰な反応で媚《こ》びたように応じる。片瀬はようやく飲み込めてきた。これはあれだ。今ふうの言葉で云うところの〝キャラを作る〟というやつだ。素の時と違って、アイドルとしてのあやぴょんはこういう人物設定なのだろう。

一方、タクトは特に設定があるわけではないようで、さっきまでと同じように冷静な態度で、

「殺人事件とは穏やかではないですね」

と、南国ふうの彫りの深い顔をしかめる。井出口も陽気なテンションのまま、

「凄いでしょう。〝井出口捜査チャンネル〟もいよいよ刑事ドラマそこのけの展開になってきたわけです。というわけで本日お越しいただいた証言者、こちら片瀬さんです」

紹介されて片瀬は、

「どうも」

と、一礼する。スマホとはいえカメラに撮られていると思うと、つい動作がぎこちなくなってしまう。そのカメラを意識しながら井出口は、

「片瀬さんはですね、元新聞記者という経歴の持ち主のかたです。現役時代に取材した未解決事件のお話をしてくださるとのことです」

「凄ーい」

と、あやぴょんが大げさに手を叩《たた》く。片瀬は、背中に変な汗をかきながら、

「あ、いや、そんなに期待されても困ります。何しろ四十年前の事件ですから」

「えー、何それー、大昔ー。あやぴょん生まれてないよう。井出口さんはその頃からおじさんだったの？」

「勘弁してよ、僕だって生まれてないって」

「四十年も昔って、お殿様とか忍者とかいた時代？」

「どんな歴史認識してるの、あやぴょんちゃんは」

「だって判んないもん、そんな前のこと。恐竜とかいた？」

「さすがにそのボケは無理があるでしょ。四十年っていっても今と大して変わりませんよね、片瀬さん」

あやぴょんとの軽快なやり取りの後、井出口はこちらに話を振ってきた。いささか硬くなりながらも片瀬は、

「そうですね、今とほとんど同じです。皆、ネクタイを締めて満員電車に乗って会社に通っていました」

「えー、意外ー。でも、全部同じじゃないよね」

さすがプロのあやぴょんは、話を広げようとさりげなく誘導してくれる。片瀬はうなずき、

「もちろん違っている点もたくさんあります。まず携帯電話ですね。スマホなど影も形もありませんでした」

「えー、ケータイなくてどうやって連絡してたの？　伝書鳩《でんしょばと》？」

あやぴょんの人物造形が少し理解できてきたので、片瀬は苦笑して見せ、

「さすがに電話はありましたよ。各家庭に一台ずつ」

すると、タクトもすかさず会話に加わってきて、

「なるほど、家電はあったわけですか」

「そう、だから鳩は飼わなくてよかったのです。公衆電話も街の至る所にありましたから」

片瀬はだんだん呼吸が摑めてきた。

「それから電子マネーもなかったですね。お店での支払いは全部現金でした」

井出口も陽気に、

「ははあ、今の感覚からするとちょっと不便ですね」

片瀬はうなずき、

「しかし当時はそれが当たり前でした。特に面倒とは感じませんでしたよ。それに交通系ＩＣカードもなかった。電車に乗る時は切符を買う。それが普通でした」

「切符って、新幹線乗る時の？　山手線乗るのにもそんなのが要るの？」

あやぴょんはきょとんとしている。これは割と素で驚いている様子だ。

「そう、自動改札機もなかった。タッチで改札を通るわけにはいかなかったのですよ」

片瀬の説明に、タクトが片手をちょっと上げて、

「ああ、その光景は何かの映像で見たことがあります。映画だったかな。確か、改札が狭いブースみたいになっていて、駅の係の人がそこに立っているんですよね」

「そうそう、駅員さんに切符を切ってもらうのです」

「えー、切ったら二つになっちゃわないの？」

目を丸くするあやぴょんに、片瀬は軽く片手を振って、

「いやいや、ちょっと切れ込みを入れてもらうだけですよ」

改札のボックスで駅員がリズミカルにハサミを動かす音。今では見られなくなった風景である。

人のざわめきの中、名人芸ともいえるスピードで鮮やかに、駅員は次々と切符に切れ込みを入れていた。あの雑然とした雰囲気を今の若い人に伝える術《すべ》を持っていないのが、片瀬は若干もどかしく感じた。

「話を戻しまして、とにかく事件はそんな四十年前に起こったわけですね」

と、井出口が軌道修正してきて、

「では早速ですが、片瀬さんに詳細をお話ししていただきましょうか」

「判りました。ただ、一つ懸念がありまして、これは今、ネットを通じて全国に流れているのですよね」

「もちろんです。ネットですから全国どころか全世界に配信されています。〝井出口捜査チャンネル〟は海外のファンも多いんですよ」

「うわ、さりげなく自慢入れてくるし」

あやぴょんがすかさず混ぜっ返すと、井出口は陽気に笑って、

「そういうツッコミはナシでお願いね。で、片瀬さんは何が引っかかるんですか」

「いえ、四十年前とはいえ、事件の関係者のかたはまだご存命でしょう、特に亡くなったかたのご遺族は。そういった点に配慮したいと思いまして」

「なるほどなるほど、では固有名詞はボカしても構いませんよ、関係者のかたも被害者のかたも」

「構いませんか」

「無論です」

「では、仮名をつけさせていただきます。そうですね、亡くなった女性をA川A子さん、男性をB山B男さん、とでもさせていただきます。アルファベットのAとBで」

片瀬の提案に、井出口は納得してくれて、

「判りました。そのA子さんとB男さんが亡くなったのが事件の発端なんですね」

「はい、当初は心中事件と思われたものです。ところが警察の捜査が進むうちにどんどん不可解なことになってきまして、最終的には死人が人を殺したとしか思えない状況にまで進展して」

「死人が人を、ですか」

首を傾げる井出口に、片瀬は、

「そう云ってしまうとややこしいですね。最初から順を追ってお話ししましょう、そのほうが判りやすいかと思います。あれはちょうど今と同じ二月のことでした。二人の死体が一緒に発見されたのです——」

＊

池袋《いけぶくろ》署の記者クラブに詰めている同僚から連絡が入ったのは二月四日、夕方五時過ぎのことだった。

若い男女の死体が見つかったらしい。

場所は練馬《ねりま》区内の住宅街だという。

私は豊岡《とよおか》さんと二人、築地《つきじ》にある本社ビルを飛び出した。

新卒として社会部に配属されて三年ほど。小さな事件ならばもう一人で任せてもらえるようになったけれど、殺人などの大きな事件となると、豊岡さんとコンビを組む。というよりは、私がベテランの見習いとして手伝うと表現したほうが正確だろう。

社用車で現場に急ぐ。

運転は私だ。豊岡さんは助手席にどっかりと座っている。四十絡《がら》みの精悍《せいかん》な顔つきで、社会部一筋二十年近くのやり手である。背はそれほど高くはないが、がっしりとしていて押し出しがいい。大事件を目の前にしていつにも増して、鋭い双眸《そうぼう》が爛々《らんらん》としている。

現場近くまで車を近づける。

都内のどこにでもありそうな住宅街だ。二階建ての平凡な住宅がみっしりと建っている。このところ二十三区内の宅地用土地不足はますます深刻になってきている。

そんな町の一角に、おびただしい数の車が停《と》まっている。警察関係車輛《しゃりょう》もあるが、半分は同業他社のものだ。それを見つけた豊岡さんは顔をしかめて、

「見ろ、片瀬、どうやらちょっとばかり出遅れたようだぞ」

「そうですね、急ぎましょう」

適当なところに車を路上駐車して、豊岡さんと二人で外に降り立つ。

二月の夕方。空はすでに暗くなっている。寒さが身に染みる。

車が蝟集《いしゅう》しているのは路地の入り口らしかった。どうやらこの路地の奥に現場があるようだ。家々が密集していて、路地は狭い。車は入れない幅だ。だから警察も路地の入り口に車を停めているのだろう、と私は見当をつけた。

私と豊岡さんは、急ぎ足で路地を奥へと向かった。その突き当たりが現場だ。規制用のロープが張られている。制服警官が何人もロープの外側に立ち、見張りをしている。警官達に牽制《けんせい》されているのは、近所の人らしき野次馬の群れだ。物珍しそうにロープの向こう側を覗《のぞ》き込んでいる。そして同業者の面々。よく知った顔もちらほら見られる。テレビカメラも二台、入っていた。

カメラのレンズが向けられているのは、規制ロープの奥の建物だった。

木の板の壁でできた、粗末な小屋といった趣きである。遠慮なしにいわせてもらえば、みすぼらしい掘っ立て小屋だ。小さな建物で、屋根がトタン張りなのも貧乏くさい。入り口らしき正面には、目隠しのブルーシートが張られている。

私と豊岡さんも、ロープの外側でその小屋を観察した。新聞記者といえども、ここから中には入れない。しかし豊岡さんは何かを目聡《めざと》く見つけたらしく、素早い身のこなしでロープ沿いに移動する。私も遅れないようついていく。

豊岡さんの目当てが判った。規制ロープの内側、小屋の前に一人の男が立っているのだ。背広にくたびれたネクタイ。豊岡さんと同年配の人物である。

「蟹川《かにかわ》さん」

と、豊岡さんは、低く声をかける。相手はこちらに気付いて露骨に顔をしかめた。不愉快そうな表情を隠しもしないで、それでもこちらに向かって歩いて来てくれる。豊岡さんとロープを挟んだ位置で、男は立ち止まった。

「二人もガイシャが出たそうですね。コロシですか」

豊岡さんが挨拶抜きで話しかけると、相手は目も合わせずにため息をついて、

「ブン屋さんの出る幕じゃなさそうだ。出番があるとすれば、せいぜいゴシップ誌だろう。こいつは心中だな」

面白くもなさそうな口調で断言した。警視庁捜査一課の刑事。名前は蟹川だが、顔立ちは鬼瓦みたいで迫力がある。正直云ってこの顔の怖さには、私はいつまで経《た》っても慣れない。小心なコソ泥程度ならば、睨《にら》みつけただけですぐに自供を始めることだろう。

刑事と新聞記者の関係は奇妙なものである。

こちらとしてはもちろん、情報が欲しい。そんな私達は、刑事からしたら屍肉《しにく》を啄《ついば》みに来る鬱陶しいハゲタカみたいに見えることだろう。できれば相手にしたくないはずだ。しかし、我々の情報から捜査に進展が見られ、それが刑事の手柄に繋がるケースも少なくない。新聞記者独自の取材力もバカにはならないのだ。情報のギブアンドテイク。それが刑事と記者の間を取り持っている。刑事も自分の手柄を立てたい。だから記者からこっそり耳打ちされる情報は取りこぼしたくない。顔見知りの記者は、邪魔くさいけれどそうそう邪険にもできないのだ。そうした面倒な共生関係が成り立っている。

「心中、ですか」

「ああ、あんな粗末な小屋だが鍵はかかる。内側から戸締まりがしてあった。事件性はないだろう」

豊岡さんの問いに、刑事はそっぽを向いたまま、一人言みたいな口調で答えた。横柄な一人言もあったものだが。

「死因は何です？」

食い下がる豊岡さんに、蟹川刑事はつまらなそうな顔つきで、

「互いに首を絞め合っていた。検視官のお墨付きだ、間違いはない。こうやってな」

と、いきなり私に手を伸ばしてきて、首を絞める真似《まね》をする。鬼瓦みたいな顔面に迫られると大層怖い。怖じ気《おけ》づいた私の反応がおかしかったのか、蟹川刑事は片頬で苦笑すると、

「そう怯《おび》えなさんな。きれいなホトケさんだぜ。俺は前に、互いの頸動脈《けいどうみゃく》を切り裂き合った心中死体の現場に臨場したことがある。ひどい有り様だったぞ。一面血みどろの地獄絵図だ。あれに比べりゃ今日のはおとなしいものだよ」

と、刑事は顔をしかめて、

「心中なんてするもんじゃねえな。当人達は結構だろうさ。手に手を取ってあの世とやらへ死出の道行きだ。それはそれで幸福だろうよ。惚《ほ》れた相手に殺してもらうんだ、お互いにな。好いた相手の手にかかって死ぬ。文字通り直接手を下される。ある意味、至高の死に方といっていいかもしれん。だがな、当人達はそれでいいとしても、残された遺族はやり切れないぜ。大切な息子が、娘が、突然この世を去る。ただでさえ辛《つら》い出来事だ。これがコロシなら犯人を憎める。心底恨んで、怒りをぶつける相手がいる。憎悪にまみれた心を抱え込むのはしんどいだろうが、それを向ける対象がいるなら気持ちのやりどころがはっきりしている。それならまだ、心理的にバランスを取ることもできるだろう。しかし、心中となるとそうはいかねえ。何しろ相手も死んじまっている。しかも娘や息子はその相手に心から惚れていたとなると、憎むことすらできやしない。怒りのやり場を失って、何もかもが中途半端に放り出される。これは辛さも何倍にもなるだろうな」

苦々しげに蟹川刑事は云う。豊岡さんはそんな感傷に付き合うつもりはないらしく、至ってクールに、

「身元は判明しているんですか」

と、質問を重ねる。刑事はそっぽを向いたままうなずいて、

「ああ、男のほうはあの小屋の借り主だ。借りた物件で心中なんて、迷惑千万な話だな」

「女のほうは」

「まだ判らん」

「持ち物などからは特定できなかったんですね」

「今のところはな。さあ、サービスタイムはここまでだ。後は勝手にやってくれ」

と、刑事は背を向けて歩きだす。その背中に向けて豊岡さんは、

「男の名前は？」

「それくらい手前で調べろよ、ブン屋だろう。ただしあんまり近隣住民に迷惑はかけるなよ」

こちらを一瞥《いちべつ》もせず、云い置いて刑事はシートをめくって小屋の中に姿を消した。

それを見送って豊岡さんが、

「心中ときたか。本当かな」

私はそれに答えて、

「検視官がそう云ったのならそうでしょう」

「うむ、直接本人の言質《げんち》を取りたいところだが、そうもいかんか」

と、豊岡さんは野次馬のほうを見渡して、

「片瀬、手分けして聞き込みだ。特に死んだ男女について詳しく」

「了解です」

一時間後、路地の入り口で合流することにして、私と豊岡さんは別行動に移った。

一人になった私は早速、野次馬達に突撃取材を始める。

集まっている近所の人達に、片っ端から声をかけた。新聞記者と名乗ると、好奇心丸出しで話を聞かせてくれる。この野次馬特有の軽薄さは何だろう、と私は常々思っている。遠慮会釈なしに、亡くなった人間のことをぺらぺらと喋ってくれる。まあ、私としては助かるから構わないのだけれど。

野次馬達からいくつかの情報を得た。

小屋を借りていたのはB山B男氏。

住居ではなく、作業場として小屋を借りていたらしい。

何の作業なのかまでは知らない。

B山氏の職業は不詳。

見かけたことがあるが、二十代後半くらいに見えた。

ざっとこんな内容である。

近隣の家にも聞き込みに回った。

午後七時前。他人の家を訪問するには少し礼儀を欠いた時間である。刑事に釘《くぎ》も刺されている。しかし遠慮などしていたらこの仕事は勤まらない。私は無神経に徹して、近所の家を訪ねた。

三軒目でお喋り好きな奥さんに当たった。玄関先で大いに語ってくれた。煩雑になるので私の質問は省略する。

「あの小屋を借りていた人でしょ。見たことある。若い男の人ね。背は結構高いんだけど、猫背で暗い感じだったわねえ。痩《や》せてひょろっとしていてね、挨拶してもちょっとお辞儀するだけで、無愛想で気味が悪い人だったなあ。そう、若くて、二十七、八ってところかな。でも、精気がなくってね、いつも俯《うつむ》いて何だかぼんやりしてて、そうなの、手足ばっかり長くってひょろひょろしてるから、柳の木が歩いてるみたいで。仕事は判らないわねえ。でも昼間っからあの小屋に出入りしてたみたいだから、まともなお勤めしているようには見えないねって、ご近所の奥さん達とも話してたとこなのよ。そうそう、まともじゃないっていえば、うちの子がたまたまあそこの戸が開いているのを見たことがあってね、小屋の中をちらっと見たのよ。気味の悪い化け物がたくさんあったって、うちの息子が云ってた。うーん、そうね、化け物は多分、作り物ね。でもそんな作り物のお化けをたくさん集めてるなんて、気色悪いでしょ。子供達はみんな、お化けの小屋だって薄気味悪がってるし。お化けを並べるなんて、一体何の仕事なのかしらねえ。気持ち悪いってご近所でも評判で。ええ、そうね、誰にでもそんな感じだったって。ちゃんと挨拶もしやしないんだから。気持ち悪い人だったねえ」

お喋り好きな奥さんの評価は惨憺《さんたん》たるものであった。

けんもほろろに追い返される家もあったが、有力情報を得る場合もある。数軒目に訪ねた家のご主人はこう語った。

「第一発見者ってのかい、その人が警察の車に乗るのを見たよ。若い男でね、頭に紺のバンダナ巻いてジーパンで、いや、顔はよく覚えてないなあ。特に目立つ感じじゃなかったし。この近所の人じゃないのは確かだね。うん、全然知らない顔だったから。特徴ねえ？　そうそう、小太りだったな。うん、ありゃオーバーで着膨れしてるんじゃないね、ころっとした体つきで、うん、そう、警察の人に促されてね、車に乗って行っちゃったよ。事情聴取ってのかい、刑事ドラマなんかでよくやってるやつ、詳しい話を聞かれるんだろうね」

そうこうするうちに一時間が経過した。未練がましく現場の近くに居残っている記者もいるが、私は豊岡さんと待ち合わせの時間だ。情報収集は一旦切り上げて、路地の出口へと向かう。この路地は本当に狭い。家が窮屈そうに並び、玄関が互いに向かい合っている。車は入れそうもないから、大型の家電などを買った時は大変だろう。そんな路地が二十メートルほど続いている。そこを抜けると、広い車道に出る。集まっていた車も、随分数が減っていた。

路地の入り口の煙草《たばこ》屋の前で、豊岡さんと合流した。

そのまま車に乗り込み、練馬警察署に向かう。この近辺の事件ならばあそこが管轄だろう、というのが豊岡さんの読みだ。

車中、互いに仕入れた情報を共有した。

私は、お喋り好きなおかみさんや野次馬に聞いた話を、豊岡さんに報告する。第一発見者の件についても話す。

豊岡さんもB山B男の名前を聞き込んでいた。そして、彼の住居も突き止めたという。現場の小屋から徒歩十分ほどのアパート。大層古びて、見るからに安価で入居できそうだとの豊岡さんの印象である。そこの大家にも話を聞けたらしい。

B山氏は長野《ながの》の出身で、もちろん独り暮らし。何の仕事をしているのかは知らない。裕福ではないようで、家賃もしばしば滞る。「うちみたいなオンボロに住んでるんだから、貧乏に決まってますわ。それが心中騒ぎだなんて、ハタ迷惑なこってすよ」と、大家は苦々しげに吐き捨てていたそうな。アパートには寝に帰ってくるだけで、普段何をやっているのか、とんと判らない。大家はそれ以上の情報を持っていなかった。店子《たなこ》には興味がないらしい。

「あれじゃ連合赤軍の残党が潜伏していても気がつかないだろうな」

と、豊岡さんは苦笑していた。

情報交換が終わる頃、練馬署に到着した。駐車場に車を駐《と》める。署に入ろうとした時、一人の男とすれ違った。

豊岡さんは、はっとした様子で足を止める。

「片瀬、今の男、見たか」

云われて、私も振り返った。小太りの若い男だった。ジーパンを穿《は》き、頭にバンダナを巻いている。

あっと思った。

豊岡さんと目配せし合い、その若い男の後を追った。そして豊岡さんは、男の背中に声をかける。

「失礼。今、警察署から出て来ましたね。B山B男さんのお知り合いですか」

男は振り向いて、胡散《うさん》くさそうな目つきで、

「だから何だっていうんですか」

「新聞社のものです。ちょっとお話を伺えませんでしょうか」

「勘弁してくださいよ。もう警察で散々喋ったんですから。やっと解放されたのに、これ以上は嫌ですよ」

うんざりした顔で、男は云う。やはり当たりだ。事件の第一発見者と特徴がぴったりだった。これは運がいい。

「まあいいじゃありませんか。警察にしつこくされたんでしょう。お食事がまだなんじゃないですか。警察は気が利きませんからね、お兄さんも空腹でしょう」

と、豊岡さんは強引に、大通り沿いの中華料理店へと相手を連れ込んだ。あまり清潔感のない古びた店だが、この際構っていられない。

私と豊岡さんは体を温めるためにラーメンを注文し、第一発見者氏にはメニューを押しつけて、

「さあ、何でも頼んでくださいよ、社の奢《おご》りですから遠慮しないで」

豊岡さんに、にこやかに迫られて、相手は渋々といった態度でメニューを開いた。豊岡さんはビールを注文すると、罎《びん》を傾け彼のグラスを満たす。

「さあ、一杯どうぞ。厄落としに」

喉が渇いていたようで、発見者氏はひと息にグラスを空けた。豊岡さんは、にこにこ顔で、

「さあさあ、どんどんやってくださいね。おーい、ビールもう一本頼むよ」

一本目の罎が三分の一になった頃、相手の機嫌もだいぶ持ち直してきた。お互いに自己紹介し、発見者なので彼をH氏としておく。

H氏は二本目のビールとずらりと並んだ料理の皿に満足したようで、嬉《うれ》しそうに箸を伸ばした。二本目が半分になった時分には、H氏はすっかり饒舌《じょうぜつ》になっていた。

「友人というか知人ですね、僕の場合。記者さんの前だと言葉遣いは正確にしなくちゃね。ええ、大学の頃の同期でして、いや、もうお恥ずかしい三流大で。特に親しい友人というのはいなかったと思いますよ、強いて云えば僕が一番近しいくらいですか、陰気な男でしたからね、B山は。人と関わろうとはしないタイプでした。ああ、発見した時の話ですね。警察にはくどいほど説明しましたけど。金を貸してたんですよ、三万円。去年の暮れでしたけれど、一月ちゅうには返してもらう約束で。でも二月に入ってもなしのつぶてでして、電話をしても一向に出やしない。それで今日、痺《しび》れを切らせてアトリエのほうに行ったというわけでして、ああ、アトリエと呼んでいるんですよ、あの掘っ立て小屋を。オブジェを作っていましてね、本人はオブジェ作家と自称していましたが、僕らは前衛芸術家と呼んでいましたよ、ちょっとからかう意味でね。だって売れるわけでもないのに、一丁前に仕事場を借りてたんですよ。まるで偉大な芸術家みたいだなって嗤《わら》ってやりたくもなるでしょう。それで前衛芸術家。ああ、失礼、発見した時のことでしたね。それで、僕が行ったのが午後五時くらいでしたか、三万円の件で。もうすっかり暮れかけていましたけど、アパートよりあっちにいることのほうが多いんですよ。入り口の引き戸は閉まっていました。鍵もかかっていて。磨《す》りガラスの内側の電灯も消えていました。いないのかなと思ったんですが、せっかく来たのに手ぶらで帰るのも癪《しゃく》でしょう。だから小屋の裏に回ったんですよ。ぎちぎちに密集している住宅地ですからね、隣の家との隙間は狭いですけど、無理すればどうにか一人くらいは通れるんです。お腹《なか》引っ込めて、こう、体を横にすれば何とか。そう、裏に節穴があるんです。あの小屋は板張りの壁でしょう。外と中とは板一枚しかないですから。前にアトリエに一度だけ入ったことがあるんですよ、B山を訪ねて。その時、彼が云ってたんです。壁に節穴があって、電気を消すと外から一筋だけ光が入ってきて面白いって。ええと、ちょうどこのくらいの高さですね、そう、覗くのにはちょうどいい位置で。そいつを思い出したものですから、裏に回って覗いてみようとしたわけです。いや、本当に狭くて、この腹が汚れているのはあそこの壁で擦ったからなんです。僕がこんな体型だからじゃありませんよ。あんな狭い隙間に無理やりもぐり込んだら誰でもそうなりますって。ああ、節穴の話でしたよね。そうやって苦心惨憺の末に、節穴に辿り着いて覗いてみたんです。中は暗かったですけどだんだん目が慣れてきて、オブジェが並んでいて不気味なんですけど、まあそれはともかく、そう、小屋のまん中辺りに人が倒れていまして、椅子が二つあってその間にね、こう、床に直接。ええ、よく見ると二人でした。重なり合うみたいにしてね。最初はてっきりラブシーンかと思いましたよ、下にいるのが女の人なのは判りましたから。ええ、小柄で。上に覆い被さっているのが多分B山だろうと。そう、ひょろっと痩せていて背が高いんです。それで手足だけが妙に長いガガンボみたいな体型ですから。でも様子がおかしいのもすぐ判りましたね。二人ともぴくりとも動かない。ええ、全然動かないんです。顔は暗くてよく見えなかったですけど、指先一つまったく動かないのは変でしょう。床はコンクリートが剝《む》き出しですからね、きっと氷みたいに冷たいはずです。そこに倒れてるんですから、眠っているとは思えない。背中が冷えて寝られたもんじゃないでしょうからね。しばらく観察していてもまったく動きませんから、これはいよいよおかしいと思ったわけです。よくよく見るとB山の片手が女の人の首にかかっている。こう、首を絞めるようにしてね。いや、ただごとじゃないと思いましたよ。何か変事が起きていると。それで急いで隙間から抜け出して、路地を駆け抜けて煙草屋まで走ったわけです。あの路地の入り口のところに煙草屋があるんです。

ばあさんが店を閉めようとしてるんで、ちょっと待ったと、そこの青電話に飛びついて。それで警察に通報したわけで。ええ、すぐに巡査さんが来てくれましたよ、二人で。彼らにも壁の隙間に入ってもらって、節穴を覗いてもらいましてね。あれは死体だと巡査さんが云いだして、それで他の警察の人達も大挙して押し寄せて来て、あっという間に大騒ぎですよ。鍵がかかっていましたから、戸板を鉄梃《かなてこ》でぶち破って、それで刑事さんが中へ入って。ええ、確かに死んでいるそうで、二人とも。いやあ、びっくりしました。影の薄い男だけど、まさか本当に死んじまうなんてねえ。信じられませんでしたよ。首実検をさせられましたけど、確かにB山本人で、いえ、女の人のほうは知らない顔でした。どこの誰かは、僕はまったく知りません。恋人って、いやまさか、B山に限ってそんな。到底モテるタイプじゃありませんでしたからね。そう、さっきも云いましたけど陰気な男で、無口で取っつきにくいから誰も近寄りゃしませんでしたから。本人も人と話すのは苦手だと云ってましたし。いつも俯いて暗い顔して黙っていて、だから親しい知人も僕くらいしかいなかったものですよ。あ、いえいえ、オブジェ作家というのは本人がそう名乗っているだけですよ。気味の悪い像をたくさん作っているんですが、売れたことなんか一度もないんですから。一円も稼げない芸術家なんて、それは実質ただのフリーターでしょう。だからもっぱらバイトで稼いでいましたよ。道路工事の時の交通整理でね、赤い光る棒持って、こうやって。ええ、肉体労働は向いていませんでしたから。何しろ細くてひょろひょろで、背ばっかり高いのに筋肉なんてちっともついていないんです。力仕事は無理ですよ。夜間工事だとほぼ徹夜だそうでして、夜中は給料もいいとかで、それが彼の収入源でしたね。バイトで生活費を賄ってオンボロ小屋でオブジェ製作に精を出して、ね、変わってるでしょう。変人の類いですね。いやいや、それは警察にもさんざん聞かれましたけど、女性関係なんてありませんって。何しろ陰気で、もさっとしていて、女性とまともに喋ることすらできないんですから。はあ、心中ねえ。いやあ、思い当たりませんね、そんな相手は。あのＢ山ですから、ないと思いますよ」

ビールを三本空けてすっかりご機嫌なＨ氏とは中華料理店の前で別れた。

駅に向かう彼を見送って、私と豊岡さんは練馬署にトンボ返りである。そろそろ捜査会議が終わる頃合いだ。

練馬署に着くと、廊下のそこここに同業者の姿があった。顔馴染《かおなじ》みのライバル達が何人も待機している。こんな末端の署に記者クラブなどないので、廊下をうろうろしているのである。

やがて捜査会議が終わったらしく、刑事達がぞろぞろと会議室から出て来る。我々記者達も動き出す。目標は捜査責任者だ。

警視庁捜査一課一係の主任を見つけ、記者が殺到する。私と豊岡さんも、急いでその輪に加わった。主任の警部補を取り囲み、にわかに囲み取材が始まる。警部補は四十代半ば、いかにも叩き上げといった感じで、泥くさい雰囲気の刑事だった。

警部補は、ある程度情報を流さないと、私達が自宅にまで突撃することを知っている。渋々といった態度で取材に応じた。

「死亡者は二名。死後二日から三日経過しているものとみられる。亡くなっていたのはＢ山Ｂ男さん、二十七歳、男性。現場の小屋を工房として借りていた。定職には就いておらず、創作活動をしていた模様である。一方の女性は身元不詳。現在、行方不明者リストなどに照会し確認ちゅうであります。身元不明女性の特徴としては、身長百四十七センチメートル、標準体型。発見時の服装は赤のセーターに灰色のロングスカート。革靴。持ち物は小ぶりのハンドバッグ。ただし中からは身元を特定できる物は見つかっておりません。後は紺色の女物のコートと臙脂《えんじ》色のマフラーが現場小屋内で発見されています。これは身元不明女性のものと推定される。それから、死因について。B山さんは絞殺。正面からロープで首を絞められておりました。ロープは首に巻かれたまま残留しており、現場小屋内にあったロープの束から切り取ったものと推定される。なお、首のロープの両端を身元不明女性が片方ずつ、左右の手で握っていました。身元不明女性の掌《てのひら》にはロープによる擦過傷を認める。これによって、身元不明女性がB山さんを絞殺したものと推定される。一方、身元不明女性の死因は扼殺《やくさつ》。正面から両掌《りょうて》で頸部《けいぶ》を絞められたものと考えられる。発見時、B山さんの右の掌が身元不明女性の首に食い込んでおり、また身元不明女性の頸部にも扼殺痕が強く残留していました。頸部の親指痕はB山さんのものと一致。B山さんが直接両手で絞めたものと推定される。なお、二名は折り重なる姿勢で倒れており、向かい合って互いに首を絞めたと推定されるものである」

　ここで記者の一人から質問が出る。

「互いに相手の首を絞めたということですね」

　警部補は、うんざりしたような顔つきのまま、

「現在のところ、その推定を否定する根拠はありません」

「とすると、心中ということですね」

「その可能性を否定する根拠も見つかっておりません」

　警部補は、言質を取られまいと、ひどく回りくどい返答をする。別の記者が問いかけて、

「遺書などは残っていなかったのですか」

「そういった物は現在のところ発見されておりません」

「死因は絞殺と扼殺、それで間違いありませんね」

「今の段階ではそう推定されています。詳細は明日の午後、司法解剖によって明らかになると思われます。以上、個別の質疑には応じません」

警部補が会見の打ち切りを宣言して、十重《とえ》二十重《はたえ》と周囲に集まった記者の群れから逃れようとする。記者達は諦めず、口々に質問を浴びせかけ、警部補を揉《も》みくちゃにする。制服警官達が割って入り、

「解散っ、解散してください。これ以上の取材はご遠慮くださいっ」

警官が怒鳴り、囲み取材はなし崩しに終了した。

私と豊岡さんは早々に見切りをつけて、練馬署を出た。これ以上粘ったところで情報は得られそうにない。

社へ戻る車の中、豊岡さんは助手席で腕組みして黙っていた。ちょっと白けた顔つきになっている。私はその横顔をちらりと見て、

「心中で決まりでしょうか」

「多分な。互いに首を絞め合ったというんじゃ、それしかないだろう」

と、面白くもなさそうに豊岡さんは答える。事件に興味を失いかけている様子だ。

「こいつはあまり広がらなさそうなヤマだな。まあいい、片瀬、お前が書け」

「了解です」

築地の本社に帰り、社会部の自分の机で早速記事を書いた。

時刻は午後九時過ぎ。朝刊の締め切りには充分間に合う。朝刊の締め切りは、遠隔地に届ける十二版が二十二時。以下、十三版が二十四時、最も遅い十四版が午前一時である。

私がデスクに記事を提出しＯＫをもらった時には、十時近くになっていた。

今日はもう、これ以上できることはない。独り暮らしのアパートに帰って寝るだけである。

翌朝。

豊岡さんからの電話で叩き起こされた。

「おい、片瀬、心中の片割れの身元が判ったぞ。例の身元不明女性だ」

豊岡さんの声は高揚している。

「あ、判りましたか」

と、対する私は寝ぼけ声で対応した。

「驚くなよ。Ａ川Ａ子、あのＡ川商事の社長令嬢だ」

「えっ、あの有名な」

「そう、あそこの家の末娘らしい。自宅は世田谷《せたがや》。俺はすぐに向かう、お前も急げ」

「判りました」

所番地を聞いてから電話を切る。私もすっかり目が覚めた。飛び出そうとしたが、思い直してもう一度黒電話の受話器を取った。ダイヤルを回す。

「何だ、片瀬か。どうした、こんな朝っぱらから」

電話の相手は同期入社の男だ。経済部に所属している。

「A川商事について知ってることを教えてくれ」

「何だ、藪《やぶ》から棒に」

「すまん、急ぐんだ。お返しの情報もある」

私が慌てているのが伝わったのか、相手は、

「仕方ないなあ」

と、口調を仕事モードに変えて、

「A川商事はいわゆる新興財閥だな。創業者は鉄鋼会社を興した先々代。戦時中に陸軍に資材を納入して急激に成長した。鉄、錫《すず》、アルミ、鉛、真鍮《しんちゅう》。軍需産業に食い込んで今の基盤を作った。戦後は旧財閥が解体されるのを尻目に、業務の幅を広げてさらに大きくなった。お得意の鉄鋼を中心に、貿易、不動産、食品加工、建設と何でもござれだ。経営陣を創業者一族で固めて一大帝国を築いている。数年前に二代目社長が会長職に退いて、五十代の長男がトップに就任した。この新社長が若いのに随分切れ者と評判だ。政財界とのパイプも太い。現社長には二人の妹がいるんだが、会長の娘達だな、彼女らはいずれも与党大物代議士の跡取り息子のところに嫁いでいる。間もなく父親の地盤を引き継いで政界の中心に立つ家柄だ。そんな具合にA川一族は政界財界のあちこちと姻戚関係を結び、家運はますます興隆、将来も安泰というわけだ」

「なるほど、しかしその財閥一族に影が差したかもしれないぞ」

私の言葉に、相手は興味を持ったようだった。

「何かあったのか」

「ご令嬢が亡くなった。A子さんというらしい。まだ若い。多分、社長の末の娘だ。しかも男と

心中したときている」

　電話の向こうにしばし沈黙があった後、

「うーん、社会部さんには大きなネタだろうけど、俺のほうにはさしてインパクトはないかもなあ。株価に影響が出るとも思えないし」

　経済部所属の相手にとっては、食いつきたくなる情報ではなかったらしい。朝っぱらから悪いことをした。だがお陰でA川一族の知名度の高さは理解した。ニュースバリューは充分だ。豊岡さんはこれでやる気を取り戻したようだ。

　経済部の同期に礼を云って電話を切り、私はアパートを飛び出した。

　混み始めた電車で移動する。車内はヒーターが利きすぎている。加減というものを考えないのだろうか、と私はいつも思う。自宅アパートの郵便受けから引き抜いてきた新聞を開く。無論、自社のものだ。私の他にも、新聞に目を通しているサラリーマンの姿が目立つ。混んだ電車内では、新聞紙を細長く折り畳んで平安貴族の持つ笏《しゃく》のような形にして読むのがマナーだ。昨夜私が書いた記事も載っている。ただし一段のベタ記事だ。

『心中か　男女の死体　練馬』

　という見出しで、扱いは小さい。もちろん女性の身元が判明する前だからだ。これからどれほどの騒ぎになることだろう。

　世田谷区の一等地にA川家の邸宅は建っていた。この辺りは高級住宅街で、それぞれの家の敷地が異様に広い。そこに贅《ぜい》を尽くして、凝ったデザインの邸宅が一軒一軒威容を誇っている。確か、国民的人気のプロ野球選手の自宅もこの近くだったはずだ。

そんな豪奢な邸宅の一つ、その高い塀の前が賑《にぎ》やかになっていた。報道陣が続々と詰めかけているのだ。見覚えのある他社の記者、週刊誌の記者の一団、テレビ局のクルーも各社、大勢が集結している。

同業者でごった返す中、私は豊岡さんと合流した。

「片瀬、お前は裏口を頼む。俺はこっちを見張る。家族のコメントが何としても欲しい」

「判りました」

私はコンクリートの塀で囲まれた敷地を大きく回り込み、裏口へと走った。そちらにも他社の記者連が貼り付いている。裏口は表のように装飾性はないが、鉄製の扉は堅固そうだった。

テレビドラマの事件記者物ならば、裏口から家政婦さんがゴミ出しに出て来て報道陣に囲まれる、という展開になるところだ。

しかし現実はそううまくはいかない。裏口付近は森閑として、誰一人として出て来る様子がない。いや、裏口ばかりかA川家の邸宅そのものが静まり返っていて、人の気配が感じられない。裏庭の木々の隙間から二階の窓の一角がかろうじて窺《うかが》えるけれど、カーテンが引かれていてまったく動く様子がない。

もしかして中には誰もいないのでは、と私が疑い始めた頃、制服警官が二人、こちらにやって来た。年嵩《としかさ》のほうの警官が、声を潜めて私達に向かって、

「えー、報道の皆さん、近隣の迷惑になりますので解散を願います。その代わり午後五時より、練馬署にて公式な記者会見を行います。ですからここはどうか、お引き取りをいただきたい」

高級住宅街のこととて有名人や有力者の自宅も多い。そんな街に報道陣などが群れを成して貼

り付いているのは不躾《ぶしつけ》極まる、と上層部からのお達しがあったに違いない。警官二人は物腰こそ丁寧だが、実力排除も辞さないという構えに見えた。

仕方がない。ここは諦めることにした。こんなところで官憲と揉めてみても、得るものなど何もない。表に戻って、豊岡さんを探す。こちらにも解散要請が出ているようで、制服警官が何人もいて、

「五時から公式な会見が開かれます。それまでは取材は自粛願います」

報道陣を追い払いにかかっていた。

豊岡さんと合流すると、苦々しそうな顔つきで、

「これじゃ仕事にならんな。不退去罪だと因縁をつけられたらバカバカしい。今は一旦引き上げだ」

と、高級住宅街を去ることにした。他の報道関係者達も、がっかりした様子で撤退して行く。

A川家を追われた私と豊岡さんは、別ルートでの取材に取りかかった。

A子、B男、二人の周辺を洗う。

豊岡さんがどう段取りをつけたのか、A子の友人に話を聞くことができた。

新宿《しんじゅく》の喫茶店で会う。

A子の高校時代の同級生とかで、友人なので仮にU子とする。以下はU子さんの証言だ。私と豊岡さんの質問部分は省略する。

「A子さんはおっとりとしたお嬢様タイプでした。さすがA川家のご令嬢、といった雰囲気でしたね。小っちゃくて、清楚《せいそ》で、かわいらしくて。大らかで万事のんびりしていましたけれど、云

うべき時にはご自分の意見をきっちりと主張できる人でした。リーダー気質ではありませんでしたね。積極的に人を引っぱっていくほうではなくて。でも、自然と周囲に人を惹《ひ》きつける魅力がありました。いつの間にか彼女の周りにみんなが集まっているという。いえ、そういう時でも話題をリードするふうではありませんでした。我が強いところはなかったですから。さりげなく皆に気を配って、誰もが自然に発言できるような、そんな雰囲気を作れる人だったんです。お嬢様なのにそれを鼻にかけたりしない、とても穏やかなかたでした。けれど、芯が強いとは時々感じました。しっかりご自分を持っていらして。高校の頃は看護婦さんになりたいという夢があって、憧れているだけでなくてそのための勉強もしていましたね。自分の道は自分で切り拓《ひら》くような強さを持っていましたから。いいえ、それは無理です。天下のA川財閥のご令嬢が看護学校へ進めるはずもないでしょう。お父様お母様の云いつけ通り、お嬢様女子大に進学しました。ええ、今は家事手伝いですね。お茶やお華のお稽古事に、お裁縫やお料理教室にも通ってらして、ええ、花嫁修業ちゅうですね。B山さん？　そう、そのことで取材を受ける気になったんです。新聞には心中なんて書いてありましたね。私、それに断固抗議いたします。ええ、そんなことは絶対にありません。ええ、もちろん。どうして云い切れるのか、証拠がございます。A子さんには婚約者がいらしたんです。私はお目にかかったことはありませんけれど、でもお話は伺っていますよ。K家の御曹子だとかで。そう、あのK銀行の、そのK一族の。お爺様《じいさま》が頭取で、お父様が千代田《ちよだ》支店の支店長で、将来はK銀行を背負《しょ》って立つかただそうですよ。ね、A子さんとはお似合いでしょう。家柄も育ちも。A子さんの婚約者に相応《ふさわ》しいですよね。ご両家の決めたことですけど、もちろんA子さんもそのおつもりでした。だから婚約したんですもの。判っていただけましたか。

ですからそのB山さん、ですか？　そんなかたとお付き合いする謂《い》われがないんです。ましてや心中なんて。だってそのかた、失礼ながら定職にも就いていらっしゃらないそうじゃないですか。A子さんがそういうかたに靡《なび》く道理がありませんもの。ええ、そうです。ですからそんな事実無根のことを面白おかしく書き立てないでいただきたい。それを申し上げたくて私、新聞社の記者のかたと会うことにしたんです。A子さんの名誉のためにも、デタラメは書かないでください。いいですね、絶対にやめてくださいよ」

熱弁するU子とは喫茶店で別れ、私と豊岡さんは車で移動を始める。車中、ハンドルを握りながら私は話しかけた。

「婚約者がいたとは意外でしたね」

「ああ、あのお嬢さん、心中ではないとの主張だったな」

「しかし、昨夜の主任の話では互いに首を絞め合ったと。これは心中にしか思えませんけれど」

「うむ、少し慎重にいったほうがよさそうだな」

と、豊岡さんは難しい顔でうなずいた。

その後、二人で聞き込みに回った。何人かの関係者に話を聞いた。しかし、新たな情報は集まらなかった。ただ、着目すべき点がある。A子とB山の接点が見つからないことだ。

U子嬢の云い分ではないが、誰に聞いても二人の繋がりが浮かび上がってこない。

彼らが交際していた事実を知る者は皆無だった。

二人の人生には、交わる点がどこにもない。彼らが恋人同士だった証拠が、まったく見当たらない。だとすると、心中も怪しいのかもしれない。

U子嬢の口振りには、名家のご令嬢と貧乏な自称オブジェ作家とでは身分違いだという、非難のニュアンスが感じられた。確かにその意見も、もっともである。発見者のH氏の証言だと、B山はバイト暮らしの貧しい芸術家崩れ。格式高い家柄のA子とは、到底釣り合わない。

それがどうにも引っかかる。

二人の接点を見つけなくてはいけない。

そうでなくては心中という前提が根底から崩れる。

私は少し、焦りを感じていた。

そんな中、聞き込みの途中で一度帰社して、夕刊用の記事を書いた。あまり内容のある記事にならないのが悔しかった。

そうこうするうちに午後五時である。

練馬署で記者会見が開かれる時間だ。

私と豊岡さんは練馬へと急行した。

警察はちゃんと約束を守った。

集まった報道陣は新聞、週刊誌、テレビ局など総勢百人ほど。結構な大取材団だ。それほどA川家は注目度が高いのだろう。一番広いはずの会議室がぎゅうぎゅうになった。

対する警視庁側は男が三人。長テーブルの向こうには、捜査一課の管理官、一課強行犯係の係長、そして司法解剖に携わった大学病院の法医学医というメンバーが並ぶ。

警視である管理官がこうした席に出てくるのは異例のことである。そして、捜査責任者が昨日の警部補の主任から警部の係長に格上げされている。新担当の警部は、五十くらいのエリート然とした人物だ。警視庁も、それだけこの事件を、いやA川家を重要視しているらしい。法医学医をわざわざ会見場に同席させたのもその現れだろう。

会見の口火を切ったのは、管理官の警視だった。

「お集まりの皆さんも既にご存じのように、本件でお亡くなりになったのはA川商事で有名なA川家の御息女であると判明しました。そして、ここで申し添えておきますが、A川家のご遺族の皆さんは現在、世田谷のご自宅にはいらっしゃいません。ご自宅を出て、既に別の場所に待避されておられます。無論、皆さん報道関係の方々の取材攻勢から逃れるための処置であります。場所がどこかはお伝えできませんが、都内某所とだけ申し上げておきます。ほとぼりが冷めるまでご自宅には戻られず、そこから動かない予定であるとのことです。ですから皆さんにおかれましては、取材を自粛していただきたい。A川家の関係者の皆さんに直接接触を試みるのをお控えいただきたいのです。もちろんこれは要請ではなく、あくまでも要望です。我々には皆さんの取材の権利を侵害する権限はございません。しかし、今後の警視庁と記者クラブとの円滑な情報共有と良好な関係維持のためには、この申し出を受け入れてくださるのが得策かと存じます」

と、脅迫と取られてもおかしくないことを警視は云う。さらに続けて、

「なお、A川家及びA川商事では本件については一切のコメントを出さない方針である旨、皆さんにお伝えしておきます。皆さんもどうか独りよがりの揣摩《しま》憶測《おくそく》で、被害者遺族の心情を傷つける類いの報道などせぬよう、警視庁からも強く望むものであります。A川商事への無許可の取材などは厳に慎むようにお願い致します。A川商事法務部は、行きすぎた報道には法的処置も辞さない構えでいるとのことです。皆さんも軽率な行動は控えるよう、伏してお願い申し上げます」

どうやらこれが云いたいがために、管理官がわざわざ出張《でば》って来たらしい。大勢の取材陣から、呆《あき》れたようなため息が洩《も》れる。要するに警察上層部としては、政界とも繋がる有力な財閥一族におもねっておくことにしたわけだ。警察もお役所である以上、ある程度お上に気を遣うのは理解できるが、ここまで露骨だともはや悪い冗談みたいに感じられる。乾いた笑いしか出てこない。

「では、後のことは捜査責任者の強行犯係係長から」

管理官は、鞭《むち》を振るった後の飴《あめ》を配る役目を、部下に丸投げした。本当に取材自粛を申しつけるためだけに来たのだ。ご苦労なことである。

丸投げを受け取った警部は、苦々しい顔つきで発言を始める。

「えー、ではこちらからは具体的な捜査の進捗状況などを。まず、A川A子さんの身元判明の経緯から。A川A子さんは本月一日、午後一時過ぎに自宅を出て、それ以来行方が判らなくなっていました。夕刻になっても戻らぬA子さんを心配したご家族が、ただちに最寄りの警察署に相談して、捜索願いが出されました。世田谷南署でも事件事故等の可能性を見すえ、一日深夜より捜索を始めましたが、A子さんの行方は判明しませんでした。そして、昨日四日、練馬で発見された心中死体の特徴が、A子さんのものと著しく一致していたことから顔写真を確認。行方不明のA子さんであることが確定した、とこのような経緯です」

係長はしれっと報告するが、何のことはない、昨日の時点で身元は判っていたのだ。昨夜囲み取材をした警部補は、あくまでも身元不明で通していたけれど、つまりはA川家に気を回して対応策を練る時間稼ぎをしていたわけである。あの警部補、なかなか喰《く》えないタヌキ親父《おやじ》だ。

「なお、死亡したA川A子さん、及びB山B男さんの死因は、それぞれ扼殺と絞殺と判明しています」

と、警部は、昨夜の囲み取材で主任が発表した内容と重複することを、改めて報告する。

B山B男はロープで首を絞められていた。ロープの結び目から正面より絞められたと推察され、そのロープの両端はA子がしっかりと握っていた。

一方、A子は手で首を絞められていた。その手はB男の手に間違いなく、喉の扼殺痕がB男の掌と指に一致していた。その上発見時には、右手の指が首に絡まった状態だった。

つまり二人は、互いに正対して首を絞め合った。そう思うしかない状況だったのである。

そう解説した警部に、記者の一人から質問が飛ぶ。

「やはりこれは心中と考えて構わないのでしょうか」

「今後捜査を重ね、慎重に判断したいと思います」

と、警部は明言を避けた。

「現場には鍵がかかっていたそうですが」

別の記者の質問に、警部はうなずき、

「窓にも出入り口の引き戸にも、内側から施錠が成されていました。入り口の鍵はB山さんの荷物から発見されています。キーホルダーに入った状態で、セカンドバッグの中に納まっていました。バッグのチャックはきちんと閉じていた上、鑑識の調査でも細工の痕跡は発見できませんでした」

「第三者が現場にいた可能性は？」

「慎重に捜査しているところです」

「亡くなった二人の接点は見つかっていますか」

と、これは私の隣に座った豊岡さんの質問である。警部は注意深い口調で、

「現在のところ見つかっていません。今後の捜査で明らかになると思われます」

「A子さんが拘束されている痕跡はありましたか」

「現時点では発見されていません」

「資産家一家の令嬢が行方不明になったということで、営利誘拐の可能性はありますか」

「そうした可能性も含めて、鋭意捜査中です」

のらりくらりと、警部は質問を躱《かわ》す。そして記者からの問いかけに一瞬の間が空いたのを逃さずに、

「では、遺体の解剖の結果などのご報告を。法医学医の先生から」

質問の矛先を隣に押しつけた。順番が回ってきた初老の法医学医は、どうして自分がこんな場所に引っぱり出されねばならんのか、という釈然としない感情を顔に滲ませつつも、手元の資料をめくりながら、

「死因については係長から説明があった通り。両者とも頸部圧迫による気道閉塞から窒息死に至っている。二名の姿勢から、向かい合った状態で首を絞め合ったと推定される。男性は正面から絞殺されているが、女性の扼殺は半分吊《つ》り上げるように絞めておる」

と、法医学医は、何かを摑《つか》んで持ち上げるような動作で、

「両手で、こう絞めながら、上に吊り上げるみたいな形になったようだ。女性の首に残った扼殺痕からそれが見て取れる。これは二名の身長差を考慮すれば自然なことだろう。男性は百八十二

センチメートル、女性が百四十七センチメートル。これだけ身長に差があると、男性は大きく俯くか女性を体ごと持ち上げるかせんとうまく首を絞める体勢になれない。扼殺するに当たって、体を吊るように持ち上げたものと見られる。扼殺痕は男性の掌のもので間違いはない。特に親指は女性の首に食い込んで、はっきり跡が残っておる。男性が女性を両手で絞めたのは確実とみられる。ああ、これは死因には直接関係はないが、両者とも頭部に打撲痕が認められた。二名ともに左側頭部に一撃。致命傷には程遠いが、殴打されたと見られる痕跡が発見されている」

記者席がざわめきに包まれた。一人が代表するように、

「それは何者かに殴られたということですか」

「そうは断定はできんな。何かの拍子にぶつけた可能性も否定はできん」

法医学医は、はぐらかすように云ったが、記者達のざわめきは収まらない。私も意外に思った。死者は互いに絞め殺し合ったはずなのに、打撲痕とはどういうことだ。

ところが、そんな疑問は些細《ささい》なものだった。次の法医学医の言葉にはすべてを吹っ飛ばすインパクトがあった。

「本日午後の解剖の結果、死亡推定時刻が判明した。その結果も伝えておこう。死亡推定時刻は、発見時の二月四日午後五時、ここを起点として、男性のほうが死後七十五時間。ここにプラスマイナス四時間の幅があると考えてもらいたい。女性のほうは死後六十時間。これにプラスマイナス二時間の幅がある。なお、女性のほうは胃に内容物が何もなく、カラっぽだったことも特筆すべき事項と考えられる」

記者席のざわめきが止まった。皆、今の情報を整理しているのだ。私ももちろん、取材用ノー

トの片隅にメモをして計算する。B男のほうが死後七十五時間ということは、とタイムテーブルを書き出して考える。

七十五時間だから丸々三日経過している。そこから前後に四時間の誤差があるわけだから――。

そうやってペンを走らせながら熟考した。

結果、B男の死亡推定時刻は二月一日、午前十時から夕方十八時の間と判った。

同じように計算すると、A子の死亡推定時刻が翌二日、深夜の三時から朝の七時まで、ということになる。

ん？　これはおかしくないか。

私は思わず首を傾げた。

そして計算をやり直す。

だが、何度試しても結果は変わらない。

周囲の記者達も計算が終わったようで、ざわめきがさっきより大きくなった。

両者の死亡時刻に開きがありすぎる。そこに皆が気付いたのだ。

B男が二月一日の午前から夕方にかけて。

A子は二月二日の深夜から朝にかけて。

全然違う。ズレがある。

短く見積もっても時間のブランクは九時間。最大ならば二十一時間だ。場合によってはほぼ一日、間が空いていることになる。

二人は互いに首を絞め合って死んだのではないか。法医学医もそう云っていたはずだ。

しかし、この死亡推定時刻ではそれが不可能になってしまう。これでは首を絞め合うことなどできない。A子が死亡した時刻には、B男はとっくに亡くなっていたのだから。

記者団が騒然とし始めた。

「先ほど先生は両者で首を絞め合ったと云いましたが、死亡推定時刻と照らし合わせて時間が合わないのではないでしょうか」

「これでは互いに絞め合うのは不可能になってしまいますよ」

「B山さんはA子さんを扼殺できないことになりますが、先生の見解をお聞かせください」

「これだけ死亡時間に隔たりがあっては、心中と解釈するには無理があるのではないでしょうか」

「第三者が介入した可能性が高いと思いますが」

「殺人と考えてよろしいですか」

「第三の人物がいたと想定できますね」

「A子さんの胃がカラだったということは、監禁されていたということでしょうか」

質問が乱れ飛ぶ。入り混じった声は、ほとんど怒鳴っているようだった。法医学医は最後の問いかけにだけ答えて、

「監禁の可能性について質問があったが、少なくとも遺体からは拘束の痕跡は発見されてはおらん。手や足に縛られた跡は見られない。死亡推定時刻に関しては、私は医学的観点から事実を述べたに過ぎない。時間に不自然な開きがあることには何も推定はしない。そちらは警察の領分だ。疑問があるのなら捜査責任者の係長に聞いてもらいたい」

法医学医は強行犯係長へと再度丸投げした。記者達が一斉に警部を注視する。視線の圧力に気《け》圧《お》されたのか、警部はこの季節だというのにエリート然とした顔に汗を浮かべて、

「えー、死亡推定時刻に開きがあることに関しては、現在のところノーコメントとさせていただきます。捜査上の秘匿事項に当たりますので。非常に不可解であるとだけ申し上げておきます。確かに矛盾点が多々見受けられますので本件は単純な心中事件とは扱わず、練馬署に捜査本部を設置し今後鋭意捜査に注力する所存であります。以上、個別の質問に答えるのは控えさせていただきます」

そう云い置くと、逃げるように席を立った。

「どうして答えられないんですか」

「矛盾点についてはどう説明するんですか」

「説明責任を果たしていただきたい」

「殺人と捉えていいのかどうかだけでもお考えを」

記者団が半ば暴動のように詰め寄る中、警察側の三人はそそくさと退場して行く。こうした事態を見越していたのか制服警官が十名ほど、盾となって記者達の暴走の行く手を阻んだ。まっ先に逃げ出したのが本庁一課管理官の警視だったのを、私は見逃さなかった。

こうして記者会見は混沌《こんとん》のうちに、あやふやに終了した。

社に戻る車中、豊岡さんと話し合った。ベテランの先輩は俄然《がぜん》、やる気を取り戻していた。目が爛々《らんらん》と輝き、獲物を狙う猛禽類《もうきんるい》を思わせる。ハンドルを握った私は疑問点を口にして、

「B山氏は二月一日に死亡していて、A子さんが亡くなったのが二月二日に入ってからでした。

時間差が大きすぎますね」

「ああ、不自然極まりない」

豊岡さんは精気に満ちた口調で答え、

「男の死体が女の首を絞めた？　バカバカしい。そんなオカルト話を誰が信じるものか。このヤマ、何か裏がある」

「やはり事件性ありでしょうか」

「かもしれんな。心中は偽装で」

「しかし、解剖医は云っていましたよね。A子さんの死因は間違いなくB山氏の手で首を絞められた扼殺だと」

「ふん、大方そこに仕掛けがあるんだろうさ。A子扼殺の、少なくとも九時間前にB山は死んでいる。死体が人を殺したって？　冗談じゃない。この冬のさなかに怪談はご免だぜ」

「第三の人物を想定したほうがよさそうですか」

と、私が尋ねると、先輩は車外に流れる街の灯《あか》りを眺めながら、

「そう、多分その第三の人物、つまり犯人が死んでいるB山の手首を摑んで、その両手を使ってA子の首を絞めた。そんなところだろうな」

「どうしてわざわざそんな面倒なことをしたんでしょう」

「それは判らんが、そうだと考えなきゃ辻褄《つじつま》が合わんだろう」

「うーん、確かにそうですけど、それで心中に見せかけようというのは、偽装としては甘すぎないでしょうか。検視の段階ですぐにバレそうですが」

「そこは何か別の目論見《もくろみ》があるんだろう、きっと。まあ、検視官の目は何とか誤魔化すとして、そうなると今度は鍵が厄介だな」

目つきを一層鋭くして、豊岡さんは云う。私はハンドルを操りながら、

「鍵、ですか」

「そう、小屋の鍵だ。発見時、小屋の入り口は鍵がかかっていた。我らの第一発見者、H氏もそう証言している。その鍵は小屋の中にあったという話だったな」

「はい、B山氏のセカンドバッグの中に」

「おかしいじゃないか。殺人だったなら犯人はどうやって入り口の鍵を閉めた？　鍵は中のバッグに入っているのに」

「密室殺人、ということになりますね」

「密室か、推理小説の中でしかお目にかからない言葉だな。現実にそんなことがあるはずがない」

豊岡さんは、窓の外を睨みつけながら云う。

「ふん、面白くなってきたじゃないか。片瀬、今日の原稿、俺が書く。他に大きな事件がなけりゃ、デスクも扱いを大きくしてくれるだろう」

それを聞いて私も、気分が高揚するのを抑えられないでいた。

次の朝。

朝刊の社会面には、三段抜きで豊岡さんの書いた記事が載った。死亡推定時刻の矛盾点を突いた内容で、きっと読者の関心を引いたことだろう。さすがはベテランの筆捌《ふでさば》きで、私にはまだこ

うは書けない。

その日も、私は豊岡さんと二人で取材に出た。

やって来たのは現場。B山がアトリエとして使っていた例の小屋である。

「なるたけ早くしてくださいよ。見つかったら私が刑事さんに叱られる」

小屋の持ち主はしきりに気を揉んでいる。

「大丈夫、ちょっと見せてもらうだけだから。あと写真も」

と、豊岡さんが云い、私は写真部から借りてきた小型のカメラを掲げて見せた。

小屋の大家は近くに住む六十すぎの男である。この辺にいくつか地所を持っているという。

「勝手に記者さんを入れたりするのは、本当はマズいんだけどねえ」

小心そうに大家の親父はぐずぐず云っているけれど、鼻薬をたっぷり利かせてあるから、ぶつくさと一人言をつぶやくだけだった。

ここに来る前に聞いた話によると、この小屋は昔、周囲が全部畑だった頃、農作業の道具置き場兼休憩所として使っていたらしい。ここ数十年で宅地化が進む中、撤去するタイミングを失って小屋だけが残ったのだそうな。取り壊すにしても金がかかる。無用の長物だったが、銭湯で知り合った自称芸術家が作品を置ける作業場を欲しがっていたので、格安で貸すことにした。云うまでもなく、その芸術家がB山B男である。

小屋は中から見ても、外観同様に古びてくたびれていた。人が住めるとは到底思えないボロさ加減だが、貧乏オブジェ作家のアトリエとしては充分だろう。板の壁にトタンの屋根。雨風はかろうじて凌《しの》げる。

「もう何の使い道もない小屋だからタダ同然で貸していたんですけどねえ、まさかこんな事件を起こしてくれるなんて、まったく縁起でもない」

大家はまだ愚痴を云っている。そんな大家に聞いてみたところ、このアトリエに出入りする者は、まったくといっていいほどいなかったそうだ。

「いやあ、B山さん一人だけでしたよ。客が来ていたところなんか見たことがない」

「女性が出入りしているのは見なかったかい。小柄な女性なんだがね」

豊岡さんの質問にも、大家は首を横に振る。

「いいえ、まったく。見かけたことはありませんね」

そんなやり取りを背に、私はあちこちを観察して、メモを取り、カメラに収めた。

路地の突き当たりにこの小屋は建っている。発見時に破壊した戸板の代わりに嵌め込んである木の板をズラして中に入ると、左右に窓、正面は壁。全体の広さは八畳間くらいだろうか。右手に水場と、奥に便所。床はすべてコンクリートで、足元から深々と冷えてくる。

私は入り口をよく確かめてみた。

今は壊れているが元は引き戸だ。戸の枠はかろうじて残っている。木の扉が左右にスライドする簡単な入り口である。錠前は、いわゆる鎌錠と呼ばれるものだった。引き戸側の、壁と接する部分に鍵穴のついた金属のシリンダーが設置されている。長方形で縦長の金属部分が、戸の木材に埋め込まれている形だ。外から鍵を差し込んで回すと、内部のサムターンが回転し、鎌の形をしたデッドボルトと呼ばれる金属の鉤《かぎ》が、九十度回って飛び出してくる。それが壁側の受け金具に嵌《は》まり込み、ロックがかかる仕組みである。内側から開閉する時は、シリンダーについている金属のつまみを手で半回転させれば、鎌形のデッドボルトが出たり引っ込んだりするのだ。

私は内側からつまみを捻って、何度か鍵の開け閉めを試してみた。古いせいか軋《きし》んで、回転させるのにある程度の力が必要である。推理小説に出てくる仕掛けのように、テグス糸などを引っかけて動かすには、油でも差さないとうまくいかないだろう。

そんな私をちらりと見て豊岡さんは、

「入り口の鍵、スペアはありますか」

と、大家の親父さんに聞いている。大家はまた首を振って、

「ないですねえ、B山さんに貸した鍵、一つっきり。何しろこんなボロ屋でしょう。しばらく使っていなかったんで、スペアの鍵はいつの間にかなくしちまった」

「親父さんも持っていないんだね」

「ないね。B山さんが持っているのだけ」

「不便じゃないですか」

「なあに、別に困りゃしませんよ。私が入る用事もないし、B山さんが持ってるだけでこと足りたから」

と、親父さんは答えた。

私はその間も、窓を確かめていた。

引き違い窓で、木枠に磨りガラスが入っている。カーテンなどという高級な代物は取り付けられていない。磨りガラスだから、目隠しにはこれで充分なのだろう。鍵はネジ締まり錠という形式だ。木枠のまん中の重なった部分に穴が空いていて、そこに金属製の棒を差し入れて鍵をかけ

る。棒の先端はネジ式になっており、回転させることで窓枠同士を固定してしまう仕組みだ。金属棒のつまみを回そうと試みたが、ここも固い。どうやら中で錆《さ》びついているらしい。B山は窓を開ける習慣がなかったようで、ほとんど嵌《は》め殺しみたいに窓が開かなくなっている。これでは窓から人の出入りはできないだろう。

窓の下の流し台はタイル張りで、様々な塗料の汚れがこびりついている。芸術家の作業の痕跡だ。

便所には窓もなく、ここも出入りには使えない。

小屋の左隅には手作りらしい簡素な寝台。木製の台に煎餅布団が敷かれている。作業中の仮眠用なのだろう。

入り口から見て正面に当たる奥の壁に、発見者のH氏が云っていた節穴を見つけた。なるほど、覗き込むにはちょうどいい高さで、板壁に小さな穴が空いている。

そんなことより圧倒的に目を引くのが、不気味な像の数々だった。異様な形をした物体が多数、奥の左右壁際にぎっしりと立ち並んでいるのだ。

自称オブジェ作家の作品群である。いや、作品と呼ぶのが正確なのだろうか。芸術に疎い私には、ヘンテコなゴミの山にしか見えない。

例えば、マンホールの蓋ほどの黒い円盤状の物に、八本の昆虫のような脚が生えているもの。素材が何なのか判らないが、悪趣味なゴキブリのカリカチュアにしか見えない。他にも、トーテムポールの失敗作みたいな、醜い顔面がいくつも彫ってある木柱。ひと抱えくらい大きさのあるまっ赤な楕円形《だえんけい》の玉に、人間の足が一本だけついて突っ立っている物。流木に巨大な口が彫り込まれて、歯を剝き出しにして笑っている気色悪い置物。捻《ねじ》れた墓石のごときコンクリートの塊に、数十本の木の枝が突き立っている奇妙極まる物体。柱時計を無数に組み合わせて、それ自体が巨大な時計の形になっている意味不明の物。

そうした妙ちきりんな物が林立している様は、さながら薬物中毒者の悪夢の中を覗き込んだみたいで、悪酔いしそうになる。不気味で不快だ。なるほど、取材に答えてくれたあの金棒引《かなぼうひ》きのおかみさんの息子が、うっかり覗いてお化けの小屋だと評したのもうなずける。製作者が随分と奇抜な感性の持ち主であるのが判るというものだ。

そんな奇人の最新作は、円錐形《えんすいけい》の石膏《せっこう》の塊の全面に、無数の眼球が埋め込まれているオブジェだった。眼球の材料はソフトボールらしく、余ったボールが四、五個、小さな木箱の中に残っている。円錐形に埋め込まれたボールの目玉は、塗料でリアルな瞳が描かれており、それが三百六十度あちこちを見つめている。虚無を茫然《ぼうぜん》と眺める眼球の群れは、大層気色悪い。悪趣味を通り越して異様だ。こんな物を作っているようでは、芸術家として芽が出るとは到底思えない。

大量の、巻いた包帯が箱いっぱいにいくつも詰め込まれていて、これは次作の素材らしい。箱に〝ミイラの呪い〟とタイトルが走り書きしてある。B山が存命ならば、さぞかし気味の悪いミイラの像が出来上がっていたことだろう。

他にも、オブジェの材料らしき角材やベニヤ板、塩化ビニールパイプなどが山と積まれ、セメント袋や石膏の袋なども積み重なっている。道具箱の横にロープがひと束置いてあるが、もしかしたら絞殺の凶器はここから切り取ったのかもしれない。

私はそれらを写真に収めていたが、豊岡さんの興味はそんなガラクタにはないようで、

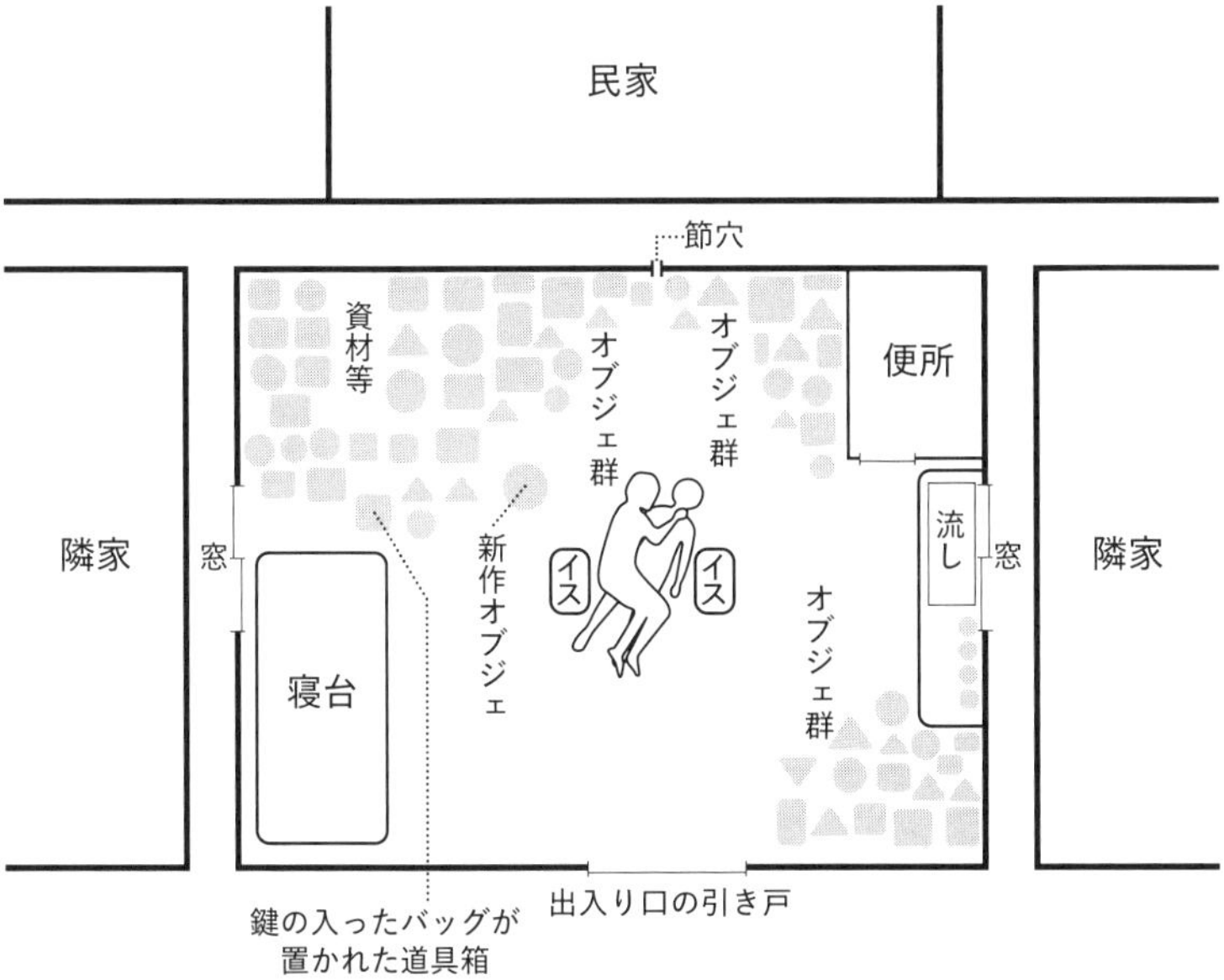

「二人が倒れていたのはこの辺りだったそうですね」

と、大家の親父さんに質問している。

「ええ、そう聞いていますね。私は直接見ちゃいませんけど、刑事さんはそんなふうに云っていましたよ」

親父さんが示しているのは、小屋の床の中央辺りだった。そこは作業するのに必要らしく、物が置かれていないスペースである。ただ、木製の椅子が二脚だけ置いてある。どちらも作業台と兼用していたらしく、あちこち塗料の汚れで色がついていて、釘を打ち込んだと覚《おぼ》しき穴も無数に空いている。その二脚の椅子の間に、B山とA子は倒れていたそうだ。

そう親父さんは説明する。

「刑事さんの云うには、このまん中に倒れていたみたいですよ。二人で折り重なるようにして」

二脚の椅子は向き合った位置関係で、四十センチほど離れている。二人の人間が倒れるには、いささか窮屈な空間だと私は思った。

「親父さん、この椅子、触っていないよね」

豊岡さんも同じように感じたらしく、そう尋ねている。

「滅相もない。何も触るなという刑事さんからのお達しで。私は何ひとつ動かしたりしていませんや。多分、見つかった時のままだと思いますよ、この像なんかも含めてね」

と、親父さんは云う。

私は何となく椅子の上方、天井を見上げてみた。トタン板が張ってあるだけの簡素な天井である。太い梁《はり》があるわけでもなく、貧弱な細い角材が等間隔に並んでいて、そこにトタンが打ちつけてある。特に目を引く点は見当たらない。

大家の親父さんは外をちらちらと気にしながら、

「さあ、もういいでしょう。こんなところを見つかったら警察の人に叱られる。記者さん達だって警察に睨まれるのは困るでしょう」

「ああ、そりゃ困るがね」

と、豊岡さんは名残惜しそうに周囲を見渡してから、

「最後にひとつだけ。B山さんの鍵の入っていたというバッグ。それがどこにあったか、親父さんは知ってるかい」

「ああ、それならそこだと聞いてますよ」

親父さんは、オブジェが立ち並ぶ中の、寝台に近いところに置かれた道具箱を指さす。

「あの上に置いてあったと刑事さんが云ってましたっけ」

道具箱は、オブジェに半ば隠されるようになっていて、ちょっと見つけにくい位置にあった。発見者のH氏が覗いても見えなかったことだろう。

「さあ、そろそろ退散しましょう。刑事さんに見つかったら大ごとだ」

大家の親父さんに急《せ》かされて、私と豊岡さんは小屋を出ることにした。私は最後に、二脚の椅子に向けてカメラのシャッターを切った。

現場を後にしての移動中、例によって車の中で豊岡さんと話し合った。

「入り口の鍵は随分錆びついていました。窓はもう何年も開けた様子がない。仕掛けで密室にするのはちょっと難しそうですね」

私が云うと、豊岡さんは助手席のシートに上体を預けて、

「うーん、錠前自体に細工をするのは無理かもしれんな。だが、片瀬、あのボロ小屋のことだ、板壁の隙間に何か仕掛けを施す余地は充分にありそうじゃないか」

「仕掛けって、推理小説みたいに糸を使ったりする手口ですか」

「それだけじゃない。細い物、平べったい物、そういう物なら外から中へ通すのは簡単そうだ」

「平べったい物を差し入れて何をどうするんですか」

「そいつは思案している最中だ。うまいアイディアがないか、片瀬も考えてみろ。第三者が外から鍵を閉める方法があるはずだ」

「第三者というと、犯人ですね」

「ああ、もしこれがコロシなら、そいつはどうにかしてあの小屋を密室にしたんだ。その方法を

暴けば一面トップも夢じゃないぞ」

「いいですね。了解です、考えてみます」

私は答えたが、正直いうと、そううまいアイディアを思いつく自信はなかった。

私達が次に会ったのは、Ａ子の婚約者だ。Ｋ銀行の御曹子なのでＫ氏としておく。

Ｋ氏は昼休みに入る時間に、Ｋ銀行丸《まる》の内《うち》支店の前で待ち伏せして捕まえた。ここに勤務していることはあらかじめリサーチ済みである。ついでに顔写真も入手しておいたので、すぐに見つけることができた。

「失礼、Ｋさんですね」

豊岡さんが声をかける。立ち止まったのは三十前くらいの年齢。すらっとしていかにも育ちのよさそうな、ハンサムな青年だった。

「私どもはこういう者です。ちょっとお話を伺えますか」

豊岡さんが記者証を見せると、相手は顔をしかめて歩きだした。

「あ、待ってください。少しで結構ですんでお話を」

追いすがって豊岡さんは、Ｋ氏と並んで歩く。私もついていく。

「話すことなんか何もありませんよ」

Ｋ氏はぶっきらぼうに云う。豊岡さんは粘って、

「先日亡くなったＡ川商事のＡ子さんとは婚約していらしたとか」

「それが何か」

不機嫌そうにＫ氏は、豊岡さんを突き放す。昼休みで丸の内のオフィス街は人通りが多い。Ｋ

氏は人波をすいすいと掻き分けて、私達を振り切ろうと急ぎ足だ。それにぴったりと貼り付いて豊岡さんは、

「何か一言、お言葉をいただけたらと」

「特に云うべきことはありません」

「婚約者が亡くなったのに、ですか」

「わざわざ新聞に話すことなどないという意味ですよ」

豊岡さんの作戦は、相手の感情を敢《あ》えて揺さぶることで口を滑らすのを待つものらしい。

「警察の事情聴取を受けましたね」

「ええ、一応」

「どんな内容でしたか」

「別に。通り一遍のものですよ」

「アリバイなども確認されたんでしょうね」

「だから何です」

「A子さんとは結婚されるおつもりだったのですよね」

「それがどうしたんですか」

「親同士が決めたことでも？」

「あなたには関係ない」

「あなたには他に恋人がいるのに？」

豊岡さんのその問いかけに、相手は足を止めた。人の流れの中、一人だけ立ち止まったK氏は

不審そうに豊岡さんを見て、

「何を摑んでいるのか知りませんけれど、脅迫まがいの真似はやめてもらえませんか。それがクオリティーペーパーのすることですか。勝手なことを書き立てたら、法的手段を取りますからね」

動揺させたところではったりの鎌をかける。百戦錬磨の豊岡さんのやり口に、お坊ちゃんはまんまと引っかかった。

「どっちにせよ、A川家との縁談を蔑《ないがし》ろにするはずがないでしょう。僕はK家の人間なんですから。家同士の繫がりは尊重しますよ。もういいでしょう。これ以上しつこくすると警察を呼びますよ」

K氏は随分気を悪くしたようで、憤然とした足取りで人混みの中に消えていった。豊岡さんはにやりと笑って、こちらを振り返った。

数日が経った。

事件について調べているが進展はない。

そもそも記者は多忙なのだ。私も豊岡さんも、この件ばかりにかまけているわけにもいかない。別の事件や事故は引っ切りなしに起きる。私はそれらの取材に忙殺される日々だった。

そんな中、時間を作って私と豊岡さんは練馬署に向かった。捜査本部を訪問して、捜査の進捗状況を探るためだ。

寒風に肩をすぼめながら署の建物に入ろうとすると、見知った顔に行き合った。鬼瓦みたいな強面《こわもて》の男。蟹川刑事である。自然と立ち話になった。

「どうですか、進展は」

豊岡さんの問いかけに、刑事は顔をしかめた。

「どうもこうもない。何も進んでいない。A子とB山の接点からして、まるで見つからんのだからな」

「そんなことを云って、また何か握っているんでしょう」

「バカを云うなよ、本当にドン詰まりだ。俺の機嫌の悪いのが判るだろう」

刑事はそう云うが、鬼瓦のごときご面相は表情が読み取りづらい。

「それじゃ、蟹川さんのご機嫌が直るお話を一つ。A川A子の婚約者、話を聞きましたね」

「ああ、K銀行のお坊ちゃんだろう。もちろん一通り事情聴取はしたさ」

「あのお坊ちゃんが犯人だったら驚きでしょう」

「そりゃ驚くが、何の話だ」

蟹川刑事が怪訝《けげん》そうに云うと、豊岡さんは声を潜めて、

「KはA子と結婚する気がなかった。それでA子が邪魔になって殺した。B山はただの巻き添えです。心中に見せかけるためにたまたま選ばれた、不運な犠牲者でしかない。だから二人の接点はいくら洗っても出てこないというわけです」

「根拠は？」

「Kにはコレがいます」

と、豊岡さんは小指を一本立てて見せる。

「本当か」

刑事の目が細くなった。

「確かな筋からの情報です」

ずっと近くにいた私でなかったら、豊岡さんがブラフをかましたのを見抜けなかっただろう。

「Kは愛人と一緒になりたかった。そこで邪魔なA子を亡き者にした」

「根拠が薄いぜ、ブン屋。それに普通は逆だろう。親同士の決めた金持ちの婚約者と結婚するために、市井の一般女性を薄情にも殺してしまう。それが映画なんかでもよくある筋書きだ。金持ちのご令嬢のほうを殺すなんて話、聞いたことがないぞ」

「その逆転が意外性の肝です」

「無理筋だな」

「この線はありませんか」

「ないだろう」

「Kは怪しいと思ったんですがね」

「そりゃあんたの印象だけだろう。怪しいといえばB山だって負けちゃいないぞ」

「ただの貧乏な自称芸術家でしょう。どこが怪しいんです」

「金の流れが怪しいんだ」

「金ですか。B山に金の匂いなんかしましたっけ」

「大金を預金していたんだよ、その貧乏芸術家が」

「どういうことです。詳しく聞かせていただけませんか」

豊岡さんの懇願に、刑事はまた顔をしかめて、

「詳しくも何も、それだけだ。先月二十日、本人の口座に入金があった。三百万円だ」

「三百万、そいつは大金だ。どこの何者がB山にそんな大金を？」

「本人さ。銀行の払い込み伝票を洗ったんだ。間違いなくB山自身の筆跡で入金していた」

蟹川刑事は面白くもなさそうな口調で云う。つまり、B山本人が自分の口座に大金を預け入れたという話だ。

「何の金ですか」

当然の疑問として豊岡さんが尋ねる。

「判らん。今のところ不明としか云いようがない」

と、刑事はまだ不機嫌な態度で、

「とにかく一番の問題は、B山とA子の接点が見つからないことだ。二人がどんな関係だったのか、どれだけ裏取りしても出てこないんだからお手上げさ」

「二人が恋仲だったという証拠がないんですね」

「まったく見つからん。実際あんたの云うように、片方は偽装心中に巻き込まれただけじゃないかと疑い始めている同僚もいる。ひょっとしたら、A子とB山は本当に見ず知らずの他人同士なのかもしれん」

蟹川刑事はため息混じりにそう云った。

A子とB男が赤の他人。となると、心中説は根底から崩れることになる。心中でないのなら、どちらも殺されたということか。二人を殺した第三者の存在が、にわかにクローズアップされる。今は影のような存在の何者かが、事件の裏側でほくそ笑んでいるのだ。そいつの正体は何者なのか。暗がりに潜む謎の人物はどんな顔をしているのか。

闇に身を隠すのっぺらぼうみたいに目鼻のない怪人物を想像してしまい、私は少し恐ろしくなった。

＊

「話はここまでになります。素人の語りでお聞き苦しかったでしょうが、ご容赦ください。内容は伝わりましたでしょうか」

片瀬は尋ねる。

スタジオ代わりの高級マンションの一室。

配信者の井出口、そしてゲストのタクトとあやぴょんの二人も、合いの手を入れるでもなく黙って最後まで聞いてくれていた。

井出口は片瀬の問いかけに答えて、明るく軽い口調で、

「いやいや、ついこの前まで現役の記者さんだけあって、理路整然としたお話しぶりでした。大変判りやすかったです。しかし、片瀬さん、ここで終わりなんですか」

「ええ、ここまでです」

「随分尻切れトンボといいますか、中途半端なんですね。その後の警察の捜査などはどう進展したんでしょう」

「それが、私は知らないのです。実はこの直後に社内で人事異動がありまして、私は部署の配置

換えになったのです」

片瀬はその経緯を説明する。

心中もどき事件の解決を見ることなく、社会部から政治部へと異動になった。元々、片瀬は入社当時から政治部志望だったのだ。誰も社外に公言することはないが、新聞社内にも歴然としたヒエラルキーがある。政治部、社会部、運動部、経済部、文化部、国際報道部。数ある部署の中で、やはり花形は政治部だった。何しろ国の政策を直接扱うのだ。国民生活にダイレクトに関係する事象を報じる。増税や社会保障などに無関心な国民はいないだろう。新聞の一面トップは、多くの場合政局である。法令の施行、首相の動向、国家予算案、税金、外交、選挙。これらのニュースを伝えるのが政治部の仕事だ。記者ならば誰でも憧れる。

片瀬も例外ではなかった。突然の異動に戸惑いはしたが、政治部での仕事のやり甲斐《がい》にたちまちのめり込んだ。政局を紙面で報じる興奮に酔いしれた。社会部よりさらに激務だったが、そんなことなど気にもならなかった。四十代の頃は首相官邸付き記者も務めた。仕事に熱中し、常に時代を追いかけ続けた。無我夢中だった。

そうして気がついたら定年の年齢になっていた。六十歳で第一線を退き、六十五まで内勤で政治部の後方支援に徹した。政治一筋の人生であった。

「そのせいで、社会部にいた頃のことを思い出す余裕がまったくなかったのです。問題の心中もどき事件のことも、すっかり記憶の奥にしまい込んだままになっていました」

片瀬が述懐すると、井出口はなるほどとうなずいて、

「そういう事情でしたか。それで四十年も忘れていたと。それほど政治部のお仕事は大変だった

んでしょうねえ」

「まあ、そういうことです」

「しかし、四十年も忘れていたにしては細部までよく再現できていましたよ、今のお話は」

「復習したのですよ。当時の取材ノートを引っぱり出してきて、個人的に記録していた備忘録と突き合わせて、少しずつ記憶を掘り返しました。ここ一ヶ月ばかり、ずっとその作業に没頭しておりましてね、何しろ印象的な事件だったものですから、どうにか思い返すこともできたわけです」

片瀬が説明すると、井出口は再度うなずいて、

「なるほどなるほど、そうなると事件の記憶が途中で止まってしまって落ち着かないでしょう」

「そう、気になって仕方がないのです、娘にも心配されるくらいに」

「実は、私も落ち着かない。まるで解決編が落丁したミステリ小説を読まされた気分だ。オチが判らないんですから」

と、井出口が笑うと、あやぴょんも唇を尖らせて、

「そうですよう、犯人が誰だか判らないんじゃ困っちゃうんですよ。困る困る」

井出口はそれに応じて、

「同感です。謎がまったく解けていない。えーと、確かA子さんが亡くなったのが二日で、B男さんが亡くなったのは一日でしたよね。この時間差は何なんでしょう。心中だとしたらこんな開きが出るはずないですからね。しかし解剖した先生は、お互いに首を絞めたと鑑定したんでしたよね」

「その通りです」

片瀬が答えると、井出口は大げさに首を傾げ、

「とても不可解ですね、これは。昔の片瀬さんも不思議に思っていたようですが、死亡推定時刻に九時間以上、場合によってはまる一日の開きがある。A子さんとB男さんが亡くなった時間にそれほど開きがあるのに、二人は心中したように見えるんでしょう。まるでオカルトですね。亡くなったB男さんがA子さんの首を絞めたんですから」

「えー、これ、幽霊が出てくる話なんですかー。私、そういうの苦手。怖あい」

と、あやぴょんは両手を握って口元に当てる。どんな場合もキャラ設定を忘れない。

「オカルトというより、鑑定の間違いなんじゃないでしょうか」

と、井出口は片瀬に向かって、

「何しろ四十年前のことですからね。解剖技術もまだ未発達で、それで鑑定ミスがあった。死亡推定時刻を間違えた、という単純な話と考えたらどうでしょうか」

「それはさすがにないと思います」

と、片瀬は首を振り、

「確かに医学などの研究分野は日進月歩、技術は日に日に更新されるものです。しかし四十年前とはいえ、そういうミスは起こり得ないと思います。当時の解剖で読み取れる結果も、充分に科学的知見に基づいたものです。あの頃の推理小説でも刑事ドラマでも、よく解剖による死亡推定時刻の話が出てきたのを覚えていますよ。そういう娯楽の題材に取り上げられるくらいですから、それほど一般にも知られる、確立した技術だったわけです。もちろん現代と較《くら》べたら精度は幾分

落ちるでしょうが、当時にしてみれば最先端です。充分に信頼できると考えて構わないと思います。お若い皆さんにとっては四十年といえば遥《はる》か昔のように感じることでしょうが、当時も新幹線は走っていたし電子レンジもありました。大規模な研究施設には大型コンピューターが導入されていましたし、人類は月面に降り立ったりもしたものです。結核や天然痘《てんねんとう》を克服し、核分裂の研究も進んでいた。科学がそれだけ力を得ていた時代ですよ。解剖技術がそれほど劣っていたはずがないのです」

つい長広舌《ちょうこうぜつ》を揮《ふる》ってしまい片瀬は少し恥ずかしくなったけれど、熱意は井出口に伝わったらしく、

「判りました、では解剖ミスなどなかったことになりますね。となると、やはり不可解です。死者が人を絞め殺したように見えてしまいます」

「やだあ、怖いー、ホラーみたい」

と、あやぴょんが甘えた口調で云う。横からタクトが冷静に、

「死亡推定時刻はB男さんが二月一日の午前十時から夕方十八時の間、A子さんが二月二日の深夜三時から朝七時、ということでしたね」

と、記憶力のいいところを見せて云う。井出口は何度もうなずきながら、

「やはり第三者の犯行を視野に入れて考慮する必要がありそうですね」

「えー、これって殺人事件なのー、それも怖いー、でもドラマみたいでちょっとわくわくかもー」

「犯人はこれまでの片瀬さんの話の中に出てきた人物でしょうか、それともまったく未知の人物

なのか」

煽《あお》るように云う井出口を押しとどめて、片瀬は、

「その前にもう少し私の話にお付き合いいただけますか。まだちょっとだけ続きがある」

「もちろん構いませんとも」

井出口に促され、片瀬は、

「これは、今年に入ってからのことです」

と、語り始める。

＊

定年退職して初めての正月。

のんべんだらりんとテレビの駅伝などを眺めたり、孫を目の中に入れているうちに、あっという間に松が取れた。こんなのどかな正月など学生の頃以来である。現役時代は盆も正月もあったものではなかった。

正月気分が抜けると暇になる。こんなに時間を持て余すのも何十年ぶりだ。することがなくなると、つい思い出すのは現役時代のこと。政治家の疑獄事件や政権与党の選挙大敗など、政治部での仕事を一通り思い返してから、ふと、若かった社会部の頃が意識の上に浮かんだ。そういえば、あの事件はどう決着したんだっけ。あの不可解な心中もどきである。結末を思い出せない。気になると、居ても立ってもいられなくなった。するべきことがまったくないので、何かが引

っかかるとそればかり考えるようになる。

私は過去を掘り返すことにした。当時の取材ノートと備忘録を引っぱり出してみる。短かった社会部時代。若い頃の懐かしい空気感が蘇《よみがえ》る。

そうやって記憶を辿るのと同時に、並行して調べ物も始めた。

まずはネットで検索。B山の名前、A子の名前、当時の事件の記録。調べてもなかなか出てこない。何しろ四十年という時間の壁がある。ネットの膨大な情報網でもそれだけ過去のこととなると、探し当てるのは至難の業だ。

電脳世界がダメならアナログだ。私は図書館に出かけた。デジタルで保存されているデータの中から、昔の記録を呼び起こす。新聞や週刊誌の記事がヒットした。

『心中か　男女の死体　練馬』

という第一報も発見した。紛れもなく、あの時私が書いた文章である。パソコンなどなかった時代だ。鉛筆でがりがりと専用原稿用紙に書いた感触まで、脳裏に蘇る。その瞬間、記憶が一気に拓《ひら》けた。遠い四十年前の取材活動。あの頃の情景を、まるで昨日のことのようにありありと思い出すことができた。ノートと備忘録を読み込んでいた助けもあって、年老いた脳がにわかに活性化した。事件の発見者、小屋の持ち主の親父さん、金棒引きのおばちゃん、彼らの話す口調すら脳裏に甦ってくる。

私もまだまだ衰えきってはいない。それは嬉しかったけれど、しかしデータの中から事件の顚《てん》末《まつ》を知ることはできなかった。第一報の翌日の、三段抜きの記事は見つかった。豊岡さんが書いたものだ。その後、事件の扱いは小さくなり、記事も短くなっていく。

『A川商事令嬢死亡事件　進展なく』

と、捜査が膠着《こうちゃく》状態になっているのを報《しら》せるのみである。

そして二月終わりの、

『心中死体　接点見つからず』

というベタ記事を見つけた。死亡した二人の接点が依然発見されていないという記事を最後に、ぷつりと記録がなくなっていた。

どれだけ調べてもそれ以降の記事がない。解決したのか迷宮入りしたのか、それすらも載ってはいない。事件がどんな決着を見たのか、どこにも書いていない。完全に途切れている。三月に入ってから、まるであの心中もどき事件などなかったみたいに、ぷっつりと情報が途絶えていた。

何だこれは、どうしてこんなに中途半端に途切れているのだ。私は訝しく思った。

国会図書館にも通った。当時の記録は新聞から三流週刊誌、テレビ欄のワイドショーの見出しまで、虱潰《しらみつぶ》しに調べた。

しかしやはり結末は見つからない。中途半端に途絶えている。亡くなったのがA川商事のご令嬢だと判明した時はあれほどエキサイトしていたマスコミが、ぴたりと鳴りを潜めてしまっていた。

ここまで調べるのに、私は一ヶ月を費やした。

記憶はより鮮明になったが、政治部に異動になってからのことは元より何も知らないのだ。私の頭の中には、結末の記憶はない。

行き詰まった。

関係者に話を聞きに行くことも考えた。例えばA川商事の遺族だ。しかし今の私は取材許可証を持たぬただの隠居である。門前払いを喰らわされるのがオチだろう。警察も同様、相手にしてもらえないに決まっている。

となると、伝手《つて》は一つしかない。

豊岡さんだ。

彼は結局、生涯社会部記者として働いたと社内の噂《うわさ》で聞いている。

存命ならばもう八十過ぎか。

会ってみようと思った。

会社のコネクションを辿って、現在の連絡先を突き止めた。家族に連絡をつけると、今は都下の病院に入院中だという。お見舞いに行こうと決めた。

病状が判らないので、無難な果物籠を持って病院に赴いた。

豊岡さんは六人部屋の真ん中のベッドに臥《ふ》せっていた。往時の精悍さがまったく抜けて、しなびた老人になっていた。ただ、面立ちは残っていると感じられた。

「お久しぶりです、片瀬です」

私が名乗ると、しばらく怪訝そうな表情だったが、やがて豊岡さんの目に輝きが戻ってきた。

「お前、あの片瀬か、政治部に異動になった」

「はい」

「いや、久しぶりだな、一体何年ぶりだ。ああ、懐かしいな」

と、豊岡さんは感慨深げに嘆息すると、

「よく来たな、まあ座れ」

私にスツールを勧める。頭ははっきりしている様子だ。私は腰かけ、果物籠を渡す。

「気持ちだけもらっておくよ、もう固形物は受け付けないんだ。何、女房が持って帰るさ」

そう云って豊岡さんは、鼻に刺さったビニールチューブを示した。

「しかし本当に懐かしい、片瀬は今何をしている」

「去年の暮れに定年になりました」

「そうか、もうそんな年か、あの若々しいルーキーがな。いや、これは俺も老いぼれるわけだ」

と、豊岡さんは自虐的に笑う。そうしてしばらく昔話に花を咲かせた。豊岡さんは変わっていなかった。豪胆だが鋭い観察眼を持っているのは、当時とまったく同じだ。外見はすっかり老けているけれど。私も懐かしさで胸が詰まった。

程よいタイミングで、私は切り出した。

「そういえば、豊岡さんは覚えていますか。あの心中事件」

「心中？　何だったかな」

「ほら、あのA川商事の」

他のベッドを気にして、私が声を落とすと、

「ああ、あったな、確か現場は練馬だったか。そうそう、貧乏芸術家のアトリエだ。気味の悪い像が並んでいたな」

「その一件です。結局あれはどう解決したんでしょう。私はそれを知らなくて」

「知らない？」

と、豊岡さんはぽかんとした顔つきになる。

「ええ、途中で異動になったものですから」

私が云うと、しばらくじっとこちらの顔を見つめていたが、やがて豊岡さんは、

「そうか、お前は知らないまま政治部に行ったのか。忘れていたよ。そうか、知らんのか」

と、茫然としたように云うと、いきなり顔をくしゃっとさせると吹き出して、

「ははははは、そうか、知らんのか、わははははは、こりゃいい、傑作だ、うはははははは」

大声で笑い出した。周囲をまったく憚《はばか》らない、いかにも楽しそうな笑い方だった。それはやがて哄笑《こうしょう》にまで高まっていく。

啞然《あぜん》とする私を放置して、豊岡さんは笑い続けた。腹を抱えて愉快そうに、同室のベッドの人達の迷惑などには一切配慮せず、高笑いが続く。

やはり頭にも老化が影響を及ぼしているのだろうかと、私が心配になり始めた頃、ようやく豊岡さんの大笑いは落ち着いてきた。それでも、さもおかしそうに肩を震わせながら、

「片瀬、お前あの一件が気になってここまで来たのか。俺ならあの事件の結末を知っていると思って」

「実を云うと、その通りです」

私は正直にうなずく。

「そうかそうか、あれを知りたいか」

と、まだくすくす笑いながら豊岡さんは、

「一つ教えてやる。あの事件は解決したよ」

「本当ですか」

私はつい、立ち上がりかけるところだった。

「ああ、きれいに解決した。しかしその記事は書かなかったな」

含み笑いの豊岡さんは、遠くを見る目で云う。当時のことを思い出しているのだろうか。

「教えてもらえませんか、どんな解決だったのか」

単刀直入に、私は頼んだ。ところが豊岡さんはきっぱりと、

「いや、教えてやらん」

にやにやしたまま拒絶した。

「俺が教えたんじゃ面白くも何ともない。片瀬、お前が自分で考えろ。定年後の趣味としちゃなかなか気が利いているだろう。ボケ防止に自分の頭を使え。記者は足で稼いで頭で書け、あの頃そう教えたのを覚えているだろう」

意地悪そうに、豊岡さんは口元を歪《ゆが》めて笑う。悪意が感じられた。若くして花形部署に異動になった私に、豊岡さんも何か思うところがあったのかもしれない。四十年経って、ようやく私はそれに気がついた。

結局、事件に関しては、豊岡さんは沈黙を貫き通した。

＊

「そうして真相に至る道は断たれてしまいました。それで私が頭を抱えていると、見かねた娘が

井出口さんを紹介してくれた、というわけです」

片瀬がそう締め括《くく》ると、

「えー、豊岡さん意地悪ー。教えてくれてもいいのにい、ぶうぶう」

あやぴょんが唇を尖らせて不満を表明した。

「仕方がありません、あの人は昔から天《あま》の邪鬼《じゃく》なところがあった」

片瀬が苦笑していると、隣の井出口が、

「しかし、続報がどのメディアにも載っていないというのは変ですね。解決したなんて嘘《うそ》なんじゃないでしょうか。報道が尻すぼみになったのは、ただ単に事件が未解決で有耶無耶《うやむや》になっただけでは？」

「いえ、豊岡さんはその手の嘘をつくタイプではありません。彼が解決したと明言したからには、間違いはないと思います」

「ますます意地悪ー、豊岡さんが話してくれたら全部判ったのにい、意地悪意地悪、ぶうすかぶう」

あやぴょんがまた不平を云うのを、井出口がなだめて、

「まあまあ、そのお陰でこうやって今日の配信ができる。殺人事件なんて〝井出口捜査チャンネル〟始まって以来の大事件ですからね。視聴者の皆さんも、謎を解いてやろうと手ぐすね引いているんじゃないでしょうか」

「でもさー、これ難しすぎない？　片瀬さんが四十年かかっても解決できてないんだよー。見てる人に判るかなあ」

あやぴょんが首を傾げるので、井出口もほんの少し不安げに、

「確かに難問だからね。何せ、死体が人を絞め殺したミステリーだ。一歩間違えばオカルトに足を踏み入れかねない不可解な状況です。いやあ、不思議極まりない。事件なのか本当に心中だったのか。殺人ならば犯人は何者なのか。謎が謎を呼ぶ今回の怪事件。視聴者の皆さんはどうお考えでしょうか。是非、この謎を推理してみてください。当てずっぽうでもアイディアの断片だけでも構いません。何か閃《ひらめ》いたかたはこちらのコメント欄に書き込んでください。そして〝いいね〟とチャンネル登録もお忘れなく。皆さんのご健闘を期待しております」

どうやら井出口は撮影を終わらせようとしているらしい。視聴者に投稿を呼びかけて、それで締めにするつもりなのだ。まあ、それもいいだろう。これで何か、うまいアイディアが寄せられれば儲《もう》けものである。そう考えて片瀬も、肩の力を抜きかけた。

その時、これまで黙っていたタクトが、ほんの少し片手を上げて、

「あの、ちょっといいですか」

「はいはい、何でしょうか」

井出口が咄嗟《とっさ》に対応する。

「このチャンネルがネットの集合知を頼りに事件の謎を解く、というコンセプトなのはよく判っているつもりです。ただ、その趣旨とちょっと外れたことをさせてもらえないかと思いまして」

「趣旨と外れたこと、というと？」

井出口が首を傾げると、タクトは物静かな口調のまま、

「この場で事件を解決するのは、やっぱりコンセプトからズレていますよね」

「解決って、えーと、ちょっと待ってね、タクトくんが事件を解決するの」

「はい、真相が見抜けたように思います」

あっさりと云うタクトに、井出口は目を丸くして、

「本当に？　片瀬さんが散々調べても解決しなかったのに」

「ええ、大丈夫かと」

「でも情報が足りないんじゃないの。我々がまったく知らない、片瀬さんの話に出てきていない人物が犯人だったとしたら、それを当てるのは不可能でしょう」

「いえ、そういうことはないと思います。豊岡氏は、自分の頭で考えろと片瀬さんにアドバイスしました。これはつまり、片瀬さんが現時点で持っている材料だけで、それを組み合わせれば真相に到達できると云っているのも同然です。片瀬さんの知らない情報は必要ないという道理になります」

「そりゃそうかもしれないけど。本当に解決できるの？」

冷静なタクトと較べて、井出口は半信半疑といった顔つきだった。

「できると思います。ただ、動画の趣旨とは違うなあと、そこが引っかかりまして」

「そこは引っかかるところじゃないでしょう、タクトくん変に律儀なんだから。いいのいいの、編集で何とでもなるし。いっそのこと前後編にして、解決編だけ一週間くらい間を開けてから配信するって手もある」

井出口の口調はあくまでも陽気で軽い。

「では、話してもいいんですね」

「どうぞどうぞ」

「わあい、聞かせて聞かせて、タクトくん何を思いついたんだろう、気になるー」

あやぴょんがはしゃいだ声を上げた。片瀬も大いに興味を持った。この青年が何を云い出すのか、身を乗り出したい気分である。井出口も、好奇心に目を輝かせている。

タクトは、そんなこちらの反応を気にもせずに、ゆったりとした話し方で、

「では、僕の考えをお話しします、ちょっと長くなりますが」

と、前置きしてから、

「事件の具体的な解決の前に、まずは少し抽象的な話をさせてください。心中についてです」

静かな口調でタクトは語り始める。

「普通、心中というのは男女が共に死ぬことを指しますね。切羽詰まってやむにやまれぬ事情から、もう一緒に死ぬしかないと追いつめられて、男と女が死への逃避行をするわけです。まあ、男女の組み合わせとは限らないでしょうけど。とにかく相手と二人で死ぬことに意味がある。一人で死んだらそれはただの自殺ですからね。ただ、もし例えば東京と大阪に離れていて、オンラインで通信しながら、せーので同時に毒を飲む。これも心中と云えるでしょうけど、当人達の心情としてはいささか味気ないでしょうね。心中にしては物足りない。趣きもない。できることなら二人同じ場所で死にたい。そう考えるのが普通の感覚なのではないでしょうか。死の直前まで互いに触れ合っていたい。一緒に死ぬとはそういうことだと思います。そして、片瀬さんの話に出てきましたね、蟹川氏という刑事さんの話です。以前、互いの頸動脈を切り合って心中した現場に立ち会ったことがあると。このケースだと、互いに相手の手にかかって命を落としたわけで

す。これも心中ならではの心理だと思います。同じ場所で死ぬにしても、それぞれ別個に首を括るより、恋しい相手の手にかかって死ぬ。このほうが心中として、より愛情が濃く感じるとは思いませんか。どうでしょう、井出口さん」

突然問いかけられた井出口は、戸惑いながらも、

「うーん、そうだなあ、自殺する人の気持ちはよく判らないけど、心中なら、まあそういう心理になるのかもしれないね。自分で死ぬより相手に殺してほしいっていうのは、理解できないでもないかな」

片瀬も少し考えてみる。そう、心中というのは互いに相手に殺してもらうのが究極の形、といえないでもない。どうせ死ぬのなら自決するより、愛する相手の手にかかって命を断ちたい。そう思うのは不自然ではないだろう。

「では、この心理に共感してもらえますね」

重ねてタクトに問われて、井出口は、

「まあ、共感というか、納得はできるね」

と、渋々といった感じでうなずく。片瀬も理解はできるが、タクトの話の意図が判らない。何なんだ、この前振りは。事件の話じゃなかったのか。

そんなこちらの気持ちを読み取ったみたいなタイミングで、タクトは、

「さて、本題は四十年前の事件でしたね。片瀬さんが取材に明け暮れたこの一件は、現場が密室になっていました。アトリエの作業小屋は、鍵がかかって誰も出入りできない状況だった。そうでしたね、片瀬さん」

「ああ、そうだった」

いきなり尋ねられ、面喰らいながらも片瀬はうなずく。

「同時に、死亡推定時刻のズレが問題になりました。さらに、亡くなったA子さんとB男さんに、生前の接点がないことなどから、第三者の存在が疑われました。第三者、すなわち犯人といっても構わないでしょう。片瀬さんに倣って、犯人Xとでもしておきますか。このXが殺人者だと仮定した場合、この人物はアトリエ小屋の中でA子さんとB男さんを殺害し、その後で鍵のかかった現場から姿を消しています。さあ、どうやってでしょうか。窓はネジ締まり錠でしたが、これは錆びついていて嵌め殺しも同然でした。これでは細工などは難しそうです。小屋の壁は板張りの簡素なものでしたけれど、さすがに人が一人通れるような穴が空いていたということもないでしょう。そんな穴が空くような機構があったら、警察が現場検証の際に見つけていたはずですから。トタン屋根をめくってそこから脱出し、外から釘を打ち直しておく、といった手段も考えられなくもありませんが、これも警察が調べれば一見して痕跡が丸判りでしょう。さすがに現実的ではありません。床もコンクリートですので通り抜けは不可能です。どうでしょう。窓、壁、天井、床、これらの場所からの脱出はできそうにありません。ではXはどこから小屋を出たのでしょうか」

タクトの言葉に、井出口が口を挟んで、

「単純に出入り口から出た、と考えればいいんじゃないの」

「そう、そう考えるしかないでしょうね。Xは出入り口から出た。それが唯一の解答です。ただし、その引き戸には鍵がかかっていました。警察も発見時、戸板を破壊して中に入ったそうですから、鍵は間違いなくかかっていたのでしょう」

　タクトが淡々と云うので、片瀬も、

「そうだね、施錠してあった」

「だとすると問題は、Xは入り口の鍵をどうやってかけたのか、という点に移行します。何か道具を使って、鎌錠のデッドボルトを九十度回転させたのでしょうか。しかし片瀬さんが確かめたところ、錠前が古いせいか軋んでいて、そこそこの力を加えないと動かないことが判っています。これでは外から細工をして鍵をかけるのには、ある程度時間が必要でしょうね。しかし小屋の立地を考慮してみてください。小屋は狭い路地の突き当たりに建っていたそうですね。路地にはみっしりと民家の玄関が並んでいた。Xが小屋の入り口に貼り付いて細工などしていたら、いつ路地の住人が顔を出して見咎《みとが》められないとも限らない。小屋の入り口にしゃがみ込んで細々といじっている姿は、どう見ても怪しい。不審者丸出しです。これはXにとって大変危険ですね。事件の後、目撃者に自分の特徴を証言されることは避けられない。Xがそんな危ない橋をわざわざ渡るとは思えません。だから鍵を細工したという考えは捨てざるを得ません。素直に考えれば、もっと楽な方法があるのですから」

「そうだよねー、鍵を使えばいいんだもん」

　あやぴょんがとても率直な意見を云い、タクトもそれにうなずき返し、

「その通り、キーを使って施錠するのが最も常識的な考え方です。Xは単純にキーを使えばよかった。ただ問題は、片瀬さんと豊岡さんの取材の結果、鍵にはスペアがないことが判っています。小屋の持ち主の親父さんがそう証言したのでしたよね。鍵はB男さんに渡した一本しかないと。

そうでしたよね」

「ああ、間違いないです。取材ノートにそう書いてあった」

片瀬が答えると、タクトは心得顔で、

「ではXは、その一本しかない鍵を使って入り口をロックしたのでしょうか。いいえ、そうではありません。B男さんの鍵は、彼のセカンドバッグの中から発見されています。小屋の内側に置いてあったバッグのです。しかもキーホルダーに収まって、バッグのジッパーも閉まった状態でした。Xは鍵で引き戸をロックしてから、その鍵を小屋の中のバッグに移したのでしょうか。いや、その手口はナンセンスだと、皆さんお判りですね。確かに板張りの壁は隙間も多かったことでしょう。発見者のH氏が覗いた節穴もある。小屋は密室と呼ぶには少し脆弱《ぜいじゃく》ではあります。完全に密閉されていたわけではないのですから。だからといって使った鍵を、どうやって小屋の中のバッグにしまうことができるでしょうか。それこそミステリー小説の真似をして、糸などを使って壁の隙間から鍵を内部に差し入れて、さらに糸を操ってバッグの中にしまい込んでジッパーまで閉じる。無理をすればそんなことも不可能ではないかもしれませんけれど、大変な手間と時間がかかるでしょうね。特に小屋の裏側は、発見者氏がもぐり込んだら、服のお腹の部分が壁に擦れて汚れたほどの狭さです。人がぎりぎり通れるほどのスペースしかありません。こんなに狭くては細工をしようにも、肘がつかえてしまうことでしょうね。狭すぎてまともに動けない。左右の両サイドも同じ事です。隣の民家の壁があって、とても狭い。もし糸など仕掛けを施そうとするのなら、入り口のある正面側を使うしかありません。しかし、壁に向かって糸を動かしている姿。これは道具を使って錠を閉じるのと同様、その時のXの様子も怪しさ満点です。この上なく不審に見えることでしょう。近隣住人に目撃されたらおしまいです。そんな姿を晒《さら》してまで鍵を閉める必要が、果たしてXにあったのでしょうか。そもそもの話、現場を密室にしてXにどんなメリットがあるというのか、という問題があります」

その疑問に、井出口が応じて、

「中の二人の死を、心中に見せかけることができるんじゃないの。鍵のかかった小屋に二人の死体が残っていれば、普通は心中に見えますね。現に片瀬さんのお話だと、警察も最初は心中だと考えていたフシがあるし」

「しかし解剖の結果、それは無理があるとの結論が出ていましたよ」

と、タクトは井出口の言葉を否定して、

「何せ、死亡推定時刻に不自然な開きがあるのですから。B男さんの死亡推定時刻は二月一日、午前十時から夕方の十八時までの間。A子さんが二月二日、夜中の三時から早朝七時。大きな隔たりがあります。これでは心中とは誰も思ってくれないでしょう。当然、Xにも事前にそれは予測できたはずです。死亡推定時刻という概念は、事件当時から推理小説や刑事ドラマなどでごく当たり前に取り上げられていた、と片瀬さんもおっしゃっていましたね。特別な知識でも何でもない。大概の人は知っていたわけです。殺人を犯そうというXが知らないはずがないですね。だから入り口に施錠しても心中に見せかけるのは無理がある。Xもそれは重々承知していたことでしょう。そんなXが苦心惨憺して、糸などの細工を施しB男さんの鍵を小屋の中に戻したとは、到底思えません。そんな苦労をしても何のメリットも得られないからです。従って、Xは鍵を小屋に入れたりはしていない。結論として、B男さんの鍵は使われていないことになります」

断言するタクトに、井出口が明るい口調で、

「だったらさ、スペアの鍵があったと考えたらどうだろう。B男氏はスペアの鍵を作っていて、事前にXに渡していた。Xはそれを使って、悠々と鍵をかけて逃走することができる」

「はい、当然スペアの存在は考慮に入れなくてはいけませんね。持ち主の親父さんがないと云っても、あることは否定できませんから。では、その場合、Xはなぜ鍵をかけたのでしょうか。心中に見せかけるのは無理があると、先ほど否定できました。だとすると、他に目的があって鍵をかけたはずなのです」

タクトが云うと、井出口は首を傾げながら、

「うーん、心中に見せかけるのが無理なら、事件性をなくすこともできなくなるね。他殺なのはバレバレだ。だとすると、他に考えられるのは発見を遅らせることとくらいかな。戸に鍵がかかっていれば、不用意に開ける人はいなくなる。中に二人の死体があるのを発見されるのが遅くなるね。それを狙って、Xは鍵をかけたんじゃないだろうか」

「なるほど、発見を遅らせる。いい着眼だと思います。ただ、それはXにとってどんなメリットがあるのでしょうか」

と、タクトは自問自答する口調で続けて、

「逃走時間を稼ぐ？　海外にでも高飛びする？　いえ、そんなことをしても無意味です。いくら発見が遅れても、二月の寒い季節とはいえ、死体は着実に腐敗します。そうなれば異臭がして、近所の人が気付くのは避けられないでしょう。何しろごちゃごちゃした住宅街のことです。野中の一軒家でもあるまいし、異臭がしたら絶対に誰かが気付くに決まっています。実際はたまたま

訪れたH氏が見つけましたが、いずれ遅かれ早かれ発見されるのは確実です。そうなると、B男さんの周辺から姿を消したXが犯人だと、すぐに見抜かれてしまいます。スペアの鍵を渡されるほどB男さんと親しくしていたのなら、Xは彼の身近な人物に決まっていますから。高飛びなどしても国際指名手配されたら、自由に動くこともできなくなってしまう。高飛びなどせずに、Xが今まで通りの普通の生活をしていくつもりなら、もっと別の危険性を考えなくてはいけません。もしかしたらB男さんが誰かに『アトリエの鍵のスペアを作ってX氏に渡したよ』と教えている可能性があるのです。それを聞いていた証人が事件後、聞き込みに来た刑事にその事実を告げたりしたら、一発で犯人がXであることが露見してしまう。現場に鍵がかかっていた、しかし鍵のスペアがあった、それを持っていたのはXだった——と、この三段論法ですらない単純な図式で、犯人の正体が割れてしまうのです。それを考慮すると、Xにとっては鍵などかけないほうが都合がいいことが判ります。B男さんが事件とは無関係な誰かに前もって『スペアを作ってXに渡したよ』と打ち明けたことを、Xは否定することなどできないのです。その可能性がわずかでもある限り、Xは鍵をかける行為が命取りになると判っているはずなのです。発見を遅らせても、Xには大したメリットはないでしょう。永久に発見されないのならともかく、発見が数日遅れたところで、Xにとって得るところは少ない。それより『スペアを作ってXに渡したよ』とB男さんが誰かに伝えているケースを考慮すれば、Xは絶対に鍵などかけてはいけない道理なのです」

「なるほど、確かにもっともだね」

と、片瀬はつい声に出して云ってしまった。納得した気持ちが思わず洩れてしまったのだ。みっともないと思ったが、井出口もあやぴょんも同じ考えだったようで、二人から奇異な目で見ら

れることとはなかった。そんなこととは無関係に、タクトは続けて、

「もしXが鍵をB男さんに渡されたのではなく、たまたま小屋の中にスペアがあったのを見つけた、という場合でも大した違いはありません。この場合でも、Xには鍵をかけるメリットがほとんどないのは一緒なのです。発見を遅らせたところで何がどう変わるわけでもなく、それより現場を逃走する際、戸を閉めてから鍵をかけるというワンアクションを入れることで、近隣の人に目撃される危険が数パーセント上がることを考えるべきなのです。Xは戸を閉めたら、すぐに現場から離れたほうがいいに決まっています。現場の外をうろつく時間は一秒でも短いほうがいい。人に見られる可能性があるのですから。鍵をかけるというワンアクションでさえ、Xにとっては無駄なのです。逃走するならばできうる限り迅速に。犯人ならばそう考えるのが自然でしょう」

と、タクトは一気呵成《いっきかせい》に喋ってから、ここで一つ息をつき、

「さて、これまでに述べてきたことを踏まえると、Xには鍵をかける理由がなくなってしまいます。スペアがあった場合でもなかった場合でも、同じ結論に達しましたね。むしろ鍵などかけずにさっさと逃げ出したほうが得策だと判りました。そして実際の現場には鍵がかかっていました。しかし鍵をかけたXなる人物が存在していると仮定すると、矛盾が生じてしまいます。鍵がかかっていた事実とXが暗躍していたという仮定に齟齬《そご》が出てしまう。この場合、矛盾は前提が間違っていたことから生じたと考える他はありません。すなわち、Xなる人物を想定したことがそもその間違いだったのです。そう考えるしかないわけですね。Xが二人を殺してから鍵をかけたことが否定されたのですから、犯人Xを想定する必要もなくなるのです。そんな人物は最初から存在しなかった。犯人Xなど元よりいなかった。そう結論付けるのが理に適《かな》っているでしょう。

さあ、どうですか。これでXの存在そのものが雲散霧消してしまいました。現場にはXなる第三者などいなかった。そこにいたのはA子さんとB男さんの二人だけ。となるともちろん、二人のどちらかが生きているうちに、つまみを内側から回して鍵をかけたと推定できますね」

何とまあ、犯人がいなくなってしまった。

片瀬はちょっと呆気《あっけ》に取られてしまう。

犯人が消失し、結局残ったのは死んだ二人だけである。これでは最初の段階に逆戻りだ。心中だと思われていた最初期の段階に。

わけが判らず茫然とする片瀬を取り残し、タクトは話を進めていく。

「さて、小屋の鍵をかけたのがA子さんかB男さんのどちらかということになりました。そこでちょっと別の問題を考えてみましょう。B男さんは自分のアトリエなのだからともかく、A子さんはどうやって小屋に入ったのか。これを考えてみたいと思います。A子さんは誘拐され、拉致されていたのではないか。記者会見の場でそう疑う記者がいましたが、まずはその可能性を検討してみましょう」

淡々と、タクトは言葉を積み重ねていく。

「まず、現場の立地に注目してみます。さっきも云いましたが、アトリエは狭い路地の突き当たりにあります。車の横付けが不可能なのは、片瀬さんのお話にもありましたね。片瀬さんと豊岡さんが最初に駆けつけた時も、路地の入り口に多くの車が集まっていて、片瀬さん自身もその近辺に路駐したのでした。路地が狭くて車が入れないからです。ということは、車にA子さんを乗せて小屋まで運んだということはないでしょう。車の横付けはできないのですから。また、意識を失ったA子さんを担いで小屋に連れ込んだ、というのも考えにくい。さっきも云ったように、路地の両側には民家がみっしりと建っています。誰かに見咎められる可能性が非常に高いのです。女性を担いで運んでいるのを見つかったら、どう云い繕ったところで警察沙汰になるのは必至。唯一ありそうなのが、A子さんを箱に詰めて運び、人目をやり過ごすという手口です。A子さんは百四十七センチと女性にしても小柄です。それほど大きな箱は必要ないでしょう。こうやって運び込んでどうするか。法医学医の話では、A子さんの身体には縛り付けられたような痕跡はなかったそうです。手足を拘束されてはいなかったようですね。それに、口をガムテープや猿轡《さるぐつわ》で塞いだのなら、解剖の時に法医学医が気付いたことでしょう。だから口を塞がれたのでもない。つまりA子さんは監禁されていた様子が見当たらないのです。現場は住宅密集地帯。作業場の壁も薄い。小屋の中にいれば、隣近所から洩れる声や物音が聞こえたことでしょう。もしA子さんが閉じ込められていたとしたら、それを聞いて小屋が山中や人気《ひとけ》のない場所に建っているのではないと気がつくはずです。閉じ込められているA子さんは、大声で助けを呼ぶことができる。見張りがいたとしても、犯人Xの存在は既に否定されているのですから、B男さん一人のみだと推定できます。そのB男さんは二月一日の日中に死んでしまっている。そしてA子さんが死んだのが翌二日の夜中です。つまりB男さんが死んでしまった後、A子さんは一人になる時間があったわけです。もしB男さんが監視役だったとしても、死んだ後にA子さんだけが残っている。これならばいくらでも助けを呼べるし、何なら自分の足で出て行くことすらできるのです。ですから結局、箱詰めにしてどうこうという仮定自体がなかったと考えるしかありません。ということで、車で連れ込まれたのでもない。担いで運び込まれたのでもない。箱に入れられて運ばれたわけでもない。これでは拉致や誘拐とは考えられませんね。そうすると解答は一つしかありません。A子さん自身の足で小屋に入って行った。これしかあり得ないのです。つまりA子さんは、自らの意志でアトリエに入って行った、そう考える他はないわけです」

タクトはそう云い切って、一度大きく息をついた。そして続けて、

「A子さんとB男さん、そもそも二人はどんな関係だったのでしょう。警察も片瀬さん達報道陣も、二人の接点が見つからずに苦心していましたね。では本当に二人の間には何もない、赤の他人だったのでしょうか。しかし今、A子さんが自分の足でアトリエに入ったとの推定がなされました。少なくとも見ず知らずの他人、ということはなさそうですね。まったく知らない人のアトリエを訪ねることはないでしょうから。だったら二人はどんな関係なのか。僕はやはり、二人は交際していたと考えたいと思います。二人は恋人同士だったのです」

井出口がタクトを押しとどめるように、

「いや、ちょい待ち。それは飛躍が過ぎるんじゃないかな。単なる憶測の域を出ないよ。何の根拠もないじゃないか」

「いえ、根拠ならありますよ。例の三百万円です」

と、タクトは、井出口の反論を遮って、

「蟹川刑事からの情報にありましたね。B男さんは三百万という大金を預金していたと。しかも入金したのはB男さん本人で、一月二十日という事件に割と近い日付で預け入れられていたということです。このお金は一体何なのでしょうか」

タクトはまた、自問自答するような口調で、

「もしこれが、犯罪などによって入手した金だとしたらどうでしょう。窃盗、空き巣、強盗、置き引き、恐喝、詐欺、掏摸《すり》、かっぱらい、美人局《つつもたせ》。そうした違法行為によって入手した金だったのなら、自分の口座に自分の手で入れるという間の抜けたことを、果たしてするでしょうか。万一警察に疑われた時、動かぬ証拠になってしまうのです。身辺を洗えば、口座に金が入っているのはすぐに判明します。『おい、この金は何だ、どこから手に入れた』と取調室で問い詰められたら、シラを切ることすらできません。思いっきり証拠として残っているのですから。こんな間抜けな犯罪者はいないでしょうね。見つかるわけにはいかない金ならば、例えばアトリエのオブジェの一つをくり抜いて秘密の空間を作って、そこに隠すくらいの工夫は誰でもするでしょう。しかしB男さんはそうしなかった。堂々と自分の口座に入金していたのです。だからこの金は、後ろ暗いものではないことが判ります。真っ当な手段で入手した金です。少なくとも手が後ろに回る類いの金ではないことは確かでしょうね」

と、タクトは断定する。そして、

「では労働の対価でしょうか。しかしB男さんは清貧なバイト暮らしの身です。急にこんな高給の仕事にありつけるとも思えません。考えられるのは自作のオブジェが売れたケースですが、しかしこの場合B男さんは周囲の人に黙っていられるものでしょうか。自分の作品が初めて芸術品と認められて、三百万円という高額がつけられたのです。いくら無口で陰気なB男さんでも、誰にも云わずに我慢するのは難しいでしょう。例えばアトリエの貸し主の親父さん、または知人のH氏、アパートの大家さん。金額が金額だから具体的な数字は伏せるとしても、作品が認められたことは吹聴《ふいちょう》せずにいられないはずです」

確かにそうだな、と片瀬は内心で同意する。前衛芸術家などと揶揄《やゆ》した同期の連中を見返してやりたいと思うのが自然だ。つい自慢してしまうに決まっている。

「ところが、そんな話は一つも出てきていません。B男さんの周辺を徹底的に洗ったはずの警察も、誰かがそういう自慢話を聞かされたという証言などまったく得ていないのです。ですから作品が売れたというわけでもなさそうなのです。競馬や宝くじなどの公営ギャンブルで、一発当てた場合も同様ですね。棚からぼた餅が嬉しくって、思わず誰かに喋りたくなるのが普通の心理でしょう。犯罪で得た金ではなく、かといって作品が売れたわけでもない。だったら三百万という大金はどこから湧いてきたのでしょうか。B男さんの周辺を見回してみると、そんな大金をぽんと出してくれそうな知り合いがいるかどうか。そう考えてみると、いるじゃないですか。格好の相手が。そう、A川家です。B男さんの周りに、大金の出どころとなりそうな伝手《つて》はそこしかないのです。A川家にとっては三百万程度は端金《はしたがね》でしょう。だったら何の理由があって、A川家からB男さんに金が渡されたのか。もちろん恐喝などの犯罪絡みではないことは、さっき云った通りです。ならば、何の金か。僕には一つの可能性しか思いつきません。そう、手切れ金です。大財閥のご令嬢であるA子さんと、まったく売れない自称オブジェ作家のB男さん。この二人の釣り合いが取れていないのは、誰の目から見ても明らかでしょう。片瀬さんの回想にも、U子さんの証言がありましたね。身も蓋もない云い方をしてしまえば、身分違いです。ましてA子さんは家の事情で、銀行一族のK家に嫁ぐことが義務づけられている。A川家お得意の政略結婚ですね。そんな身分違いの二人の交際など許されるはずもない。ところが、何かの弾みでA川家に二人の交際が露見してしまったのではないでしょうか。そこでA川家の人々はB男さんを呼び出して因果を含める。娘と別れなさい、と手切れ金を渡す。A川家の人々の剣幕に押されて、口下手で気の弱いB男さんはついその金を受け取ってしまった。けれど置き場所に困って、とりあえず自分の口座に入れた。どうでしょうか。この一連の金の流れには無理がないでしょう。B男さんの周囲に三百万という金をぽんと出しそうなのはA川家しかいないのです。これしか考えられないとは思いませんか」

タクトの主張に、井出口が戸惑い気味な口調で、

「しかし、二人には交際していたという接点が見つかっていないんだよ。警察の捜査でも交際の証拠が発見されないなんてことがあるものだろうか」

「四十年前だからそれもあり得たのでしょうね。現代だったら到底そうはいきません。まず携帯電話があります。二人の携帯の通話履歴を調べれば、お互いに連絡を取り合っていたのは一発で判明します。その他、メールやラインなど通信系のアプリにも履歴が残る。交際していた裏取りは簡単にできたことでしょう。それに今は交通系ICカードがあります。二人の移動した痕跡は、はっきりと残りますね。同じ日の同じ時間に、同じ場所に行っていれば、デートしていたことが読み取れます。頻繁に会っていたことも証明できるでしょう。それから監視カメラもあります。アトリエ最寄り駅や、駅周辺の商店街の監視カメラの画像を解析すれば、A子さんが足繁くアトリエに通っていた姿が映っていたかもしれません。そこから二人の関係が証明されることでしょう。ところが当時はそういったものはなかった。携帯電話も交通系ICカードも監視カメラも。それらがない時代だから、二人の交際の痕跡が発見できなかったのでしょう。彼らがどこでどんな形で出会って恋に落ちたのか、もちろん今となっては知る術などあるはずもありません。しか

し二人は恋人同士になっていた。連絡はもっぱら公衆電話を使っていたと思われます。これならば相手は特定できません」

タクトの言葉に、あやぴょんが首を傾げて、

「二人は付き合ってたこと、周りの人に云わなかったのかなあ」

「恐らく本人達も身分違いを自覚していたのでしょう。特にA川家にバレたりしたら、仲を引き裂かれるのは確実です。実際、露見してしまい、手切れ金を渡されたくらいですから。それに案外、交際期間は短かったのかもしれませんよ。有名な『ロミオとジュリエット』でも、あの主人公二人の交際期間はわずか五日間でした。二人が出会い、恋に落ち、悲劇的な最期を遂げるまで、たった五日の出来事だったのです。フィクションと現実を混同するなと云われそうですが、フィクションは現実を映す鏡です。プロットに不自然なところがあれば、観客はたちまち醒《さ》めてしまいます。しかしシェイクスピアの戯曲は現代でも上演されています。たった五日間の恋が不自然ではないと、皆が感じているからこそ、ずっと受け入れられ続けているわけですね。そこにリアリティがあるのですから。A子さんとB男さんの恋愛が非常に短期間だったとしても、まったくおかしくはない道理です。短い期間だったので、警察も二人の繋がりを発見できなかったのかもしれません」

と、タクトはそこで、一区切りつけるようにちょっと目を閉じる。そして改めて顔を上げると、

「さて、ここからいよいよ核心に迫ってみましょう。事件の日、二人に何があったのか。それを考えてみることにします。繰り返しになって恐縮ですが、B男さんの死亡推定時刻は二月一日の午前十時から夕方十八時までの間。A子さんが二月二日、夜中の三時から朝の七時の間です。そ

して先ほど云ったように、どうやら第三者は関与していなかったと推定できます。現場のアトリエにはA子さんとB男さんの二人しかいなかったわけです。そう考えれば、後は単純な話です。起こり得ることは一つしかない。A子さんがB男さんを殺害した。犯人はA子さんだったのです。これ以外の解釈の余地がありますか。死んだ順番からして、これ以外のケースはあり得ないのです、絶対に。事故や自殺ではないのは明白です。B男さんはロープで絞殺されていたのですから。A子さんがB男さんを絞殺した。死亡推定時刻から推し量って、こう考える他はありません」

云い切るタクトに、井出口はちょっと慌てた様子で、

「いやいや、そんな単純でいいの？　もっと複雑な構造じゃなくても」

「いいも何も、他には可能性はないのだから仕方がありません。根拠もありますよ」

「何？　根拠って」

「報道がストップしたことです。片瀬さんが社会部を離れて事件を追わなくなってから、すべての報道が止まってしまいました。四十年経過した今、片瀬さんがどれだけ綿密に過去を調べても、後追いの記事がまったく見つからなかったのです。まるで誰かが制限をかけたみたいに。いや、まるでではありませんね、実際に制限がかけられたに違いありません。そうでなくては、すべての報道が断ち切られていることに説明がつかないのです。そう、何者かが各報道機関に圧力をかけたのですよ。あらゆるメディアが沈黙した理由は、これしか考えられません。では、圧力をかけた何者かとは誰か。もちろん答えは一つしかないでしょう」

「A川家、ですね」

片瀬は思いつくままに云った。タクトは静かにうなずいて、

「事件に関わりがある者で、政界にまで食い込んで絶大な権力を持っているのはA川家しかありません。かといって、いかに有力財閥のA川家といえども、そうそう易々《やすやす》と報道機関を黙らせることは難しいでしょう。これは相当躍起になって、必死で奔走したに違いありません。一族のありとあらゆるコネと金を総動員して、死にもの狂いで揉み消し工作を図ったことでしょう。天下のA川財閥が恥も外聞も抛《なげう》って、そこまでムキになる理由。それも一つしかありませんね。A川家の名誉を守るためです。もしA子さんがただの気の毒な被害者でしかないのならば、そうまでして情報統制をする必要はないでしょう。A川一族が必死になって揉み消したかったのは、A子さんが殺人犯だったから。その理由しかあり得ない。A川家のこの対応が傍証になります。間違いなく犯人はA子さんですね」

ああ、病院のベッドで豊岡さんが笑っていたのはそのせいか、と片瀬はようやく思い至った。権力によって報道を潰され、記者の誇りを傷つけられた悔しさ。圧力に屈せざるを得なかった、一記者の弱い立場に対する自虐。そして、そんな葛藤があったことなど露とも知らずに、事件の真相を尋ねにのこのこ現れた片瀬の間抜けさ加減。単純な好奇心で訪ねて来た片瀬の呑気《のんき》さに、記者としてのプライドを持つバカバカしさも感じたのだろう。そんな感情がない交ぜになって、豊岡さんはおかしくて仕方がなかったに違いない。だからあれほど哄笑していたのだ。豊岡さんが笑っていた理由がやっと飲み込めた。そして、さすがに箝口令《かんこうれい》も時効だろうと判断し、事件を暴いてみろと片瀬をけしかけたのだ。お前ごときにできるものならやってみろ、という嘲りも込めて。

そんなことを片瀬が考えているうちに、タクトは続きを話し始めている。

「問題の日、二月一日にA子さんは午後一時過ぎに家を出ています。そして三日後に死体となって発見されるまで姿を見せていません。一日の夕方にはA川家から捜索願いが出ていますが、その時はもうアトリエにいたので誰にも見つからなかったのですね。午後一時に家を出てアトリエに向かい、そこでB男さんと合流した。時間的に考えて、犯行があったのは午後三時頃でしょうか。死亡推定時刻の範囲内ですね。B男さんの側頭部には殴打痕があったと、法医学医からの報告があったのをご記憶かと思います。恐らくA子さんがアトリエにある大工道具か何かで殴打して、B男さんが半ば意識を失ったところで首にロープを巻いたものと思われます。そうしなくては体格に劣るA子さんにB男さんを絞め殺すことはできませんから。B男さんの死因は正面からロープで絞められた絞殺です。A子さんが、気を失いかけた彼を正面から絞めたのでしょうね。動機に関してはもはや推測するしかありません。お二人とも四十年も前に亡くなってしまっていますので、我々が窺い知るのは難しいでしょう。ただ、推定だけはできます。B男さんは手切れ金を受け取っていた。別れを受け入れて素直に受け取ったのか、A川家の人達に強引に押しつけられて渋々持ち帰ったのか、そこは定かではありません。ひょっとしたらB男さんも身分違いを自覚して、身を引くつもりだった可能性もないわけではないでしょう。どちらにせよ、大金を受け取ってしまったB男さんはそれが負い目となって、二人の関係に及び腰になっていたことでしょうね。しかしA子さんは納得できない。箱入り娘のA子さんにとっては、恐らく初めての恋愛だったのかもしれない。恋の駆け引きなども知らず、加減も判らなかったことでしょう。恋愛にはゼロか百しかない。初心《うぶ》な恋はそんなふうに極端になりがちです。別れ話が拗《こじ》れて思わず殴打してしまった。そして、かわいさ余って憎さ百倍。冷静さを欠いて、つい絞め殺してしまった。

と、そういったところでしょうか。こうしてアトリエには、死んだB男さんと生き残ったA子さんがいるだけになったのです」

タクトが云うのに、井出口が質問を投げかけて、

「では、A子さんを殺したのは誰ですか。第三者の存在は否定されているよ。生き残ったA子さんが自殺を図ったということ？」

片瀬も同じように疑問に思う。タクトは平然と答えて、

「そこからA子さんの奮闘が始まります。これは何も僕の当てずっぽうじゃありませんよ。こう考えないと発見時の状況と辻褄《つじつま》が合わないからというだけではなく、すべてに整合性を取るためにはこう解釈するしかない、という次元の話です。恐らく間違ってはいないと思います」

と、タクトは断っておいてから、

「まず、アトリエにはソフトボールがありましたね。目玉がいくつもある奇怪なオブジェが立っていて、その眼球の材料にはソフトボールを使っていた。そして、余りがいくつか箱に残っていたと、片瀬さんの報告にありました。これが多分、ちょうどいいのではないかと僕は思います」

タクトは両手を前に出した。そして右手の親指と残りの四本の指で半円を作り、また左手のほうでも半円を形作る。両手の指先を合わせると、円の形を作って見せる。

「ソフトボールの大きさはこのくらいでしょうか。こうすれば両手で、ボールを包み込むみたいに持てますね」

タクトが云うので、井出口は素早くスマートフォンを取り出してタップしてから、

「えーと、ソフトボールの正規品は、３号球というらしいんだけど、これの直径が約９・７セン

チ。円周がほぼ30・5センチだそうだね」

手早く検索したらしい。

「30センチちょっとですか。だったらこのくらいかな」

と、タクトは、親指を少しだけ内側にずらし、輪をほんのちょっと小さくした。親指同士の先端が離れ、内側にズレ込む形になる。

「A子さんはB男さんの死体の両掌に、こうやってソフトボールを握らせます。そして掴んだ状態で固定する。材料はありますね。B男さんは『ミイラの呪い』という作品を作る予定だったらしく、包帯がたっぷり箱に詰めてあったそうです。その包帯をふんだんに使って、B男さんの両手をソフトボールごと、ぐるぐる巻きにします。何重にも巻いて、それこそミイラみたいにして両手をガチガチに固めるのです」

「あのー、それって、何のおまじないなのかな？」

あやぴょんが不思議そうに尋ねるが、タクトは至って真剣に、

「おまじないではなく、極めて実利的なものですよ。さて、両手を固めたら次にB男さんの死体を椅子に座らせます。椅子がありましたよね。二人の死体は二つの椅子の隙間で発見されています。小柄なA子さんが身長の高いB男さんの死体を動かすのですから、ここが一番の重労働だったことでしょう。椅子に座らせてから、ああ、バランスを考慮すると、浅く座らせたほうがいいでしょうね。そして上体は椅子の背もたれに重量をかけ、できるだけ後ろに重心を持ってくるようにする。そのほうが後々、都合がいいですから」

云いながらタクトは、自分もその姿勢を実演して見せる。椅子からずり落ちそうに浅く座り、

上半身の体重を後ろの背もたれに預け、のけぞるような格好になった。大層だらしない姿ではあるが、当人は大真面目な顔つきをしている。

「こうして、身体も固定します。ずり落ちないように足も包帯で巻いたのでしょう。椅子の脚にぐるぐる巻きにして、動かないようにする。体も椅子の背もたれに、これも包帯を使ってぐるぐるに固定します。こうして体は完成しました。次は肝心の腕に取りかかりましょうか」

井出口が恐る恐るといった様子で、

「あの、タクトくん、A子さんはそれ、何やってるの。ソフトボールを握らせたり、椅子に座らせたり、B男さんの体をどうしようとするつもり？」

「すぐに判ります、もうすぐ完成しますから」

と、タクトは、井出口の問いかけには応えずに、

「さあ、腕は上に伸ばします。できる限り高く、天井に向けて。もちろん死体には力が入らないので補強が必要です。幸いそのための材料には事欠きません。アトリエにはオブジェ作りのための資材がたくさんあったと、片瀬さんのお話にもありました。角材に塩化ビニールのパイプ。これらを使ったのでしょう。角材を木の椅子に打ちつけます。釘を打つ音が響きますが、まっ昼間の午後三時か四時のことです。アトリエから作業音がするのは少しも不自然ではありません。近隣の住人も『ああ、またあのお化けの小屋の変人芸術家が、不気味なお化けの像を造っているな』と思って、不審に感じることはないでしょう。そうして木の椅子に木材を立てて打ちつける。塩ビパイプも動員して組み合わせることで高くして、上に伸ばす補助棒を立てます。そうして今度は、その補助棒にB男さんの腕を添え、これも包帯でぐるぐる巻きに縛っていく。腕を天井に

向け、この状態で固定してしまいます」

片瀬もついに辛抱しきれずに、

「あの、それは何をやっているのですか。何の工作なんだね」

尋ねてみたが、タクトは軽くいなすみたいに、

「もう完成です。腕を上に伸ばして固定しますが、この時注意するのが手首の角度です。九十度曲げて、手の輪が床と並行になるようにしなくてはなりません」

と、実演を続ける。ずり落ちそうな体勢で椅子に座り、腕を上にあげている。そして、ソフトボールを摑んだと想定した両掌は、地面と並行に。喩《たと》えるなら〝天使の輪を外側から摑んで天に捧《ささ》げるポーズ〟といった感じか。珍妙極まりない格好である。

タクトは、奇妙な姿勢を取っていても真顔のままで、

「こうして完成します。B男さんの死体は包帯でぐるぐる巻きで、さながらミイラ男のように見えたことでしょう。図らずもB男さんが作る予定だった次回作が出来上がったみたいですね」

井出口がすかさず、

「いや、ミイラ男なんか作っている場合じゃないでしょう。A子さんは何をしてるの」

「待つんですよ、このまましばらく」

タクトの答えに、井出口は不思議そうに、

「待つって、何を？」

「決まっているじゃありませんか。死後硬直をです」

さも当たり前のように、タクトは云った。そして、奇妙なポーズを解いて座り直すと、

「死後硬直というのは死後二、三時間で始まります。まず顎や首から始まり、徐々に全身に及んで約十二時間でピークに達するそうです。十時間から十二時間かけて全身がカチコチに硬直する。A子さんは高校生の頃、看護師になりたがっていたそうですね。そのための勉強もしていた。それで死後硬直の知識もあったのでしょう」

「死後硬直?」

あまりに予想外な言葉に、片瀬はついつぶやいてしまう。タクトはうなずいて、

「そうです、ピークまでに十二時間ほど。A子さんにはこの時間が必要だったのです。その時間こそがA子さんとB男さんの死亡推定時刻に隔たりがあった理由です。A子さんはじっと、B男さんの死体が硬直するのを待っていたのです。B男さんの殺害が二月一日の午後三時頃とすると、死後硬直のピークは日付が変わって二日の午前三時といったところです。まんじりともせず待機していたA子さんは、ここで行動を再開します。B男さんをぐるぐる巻きにしていた包帯をすべて外します。そして補強のための角材や塩ビパイプなどもバラして撤去する。そんな夾雑物《きょうざつぶつ》が残っていたら興醒《きょうざ》めですから。椅子は作業台も兼用していたらしいので、塗料の汚れや釘を打った跡などがあったそうですね。A子さんの打ちつけた釘の痕跡も、それらの跡に紛れて判らなくなってしまったのでしょう。そして、包帯も巻き直して元の場所に戻す。最後にB男さんの両手の中のソフトボールを外せば準備は完了です。残ったのはこうした姿勢で硬直して、カチコチになったB男さんの死体です」

と、タクトは、再び先ほどと同じポーズを取った。椅子にずり落ちそうに座って、上体を背もたれに預ける。両腕を上に伸ばして手は〝天使の輪を外側から摑んで天に捧げる〟形である。

「何の準備が完了したんだい？」

井出口が恐る恐るといった口調で聞くと、タクトは答えて、

「もちろん心中のためのお膳立てです。A子さんはB男さんの体を使って作ったのですよ。死後硬直を利用した人体製固定式扼殺装置を」

えっ——？　息を呑《の》み、片瀬は愕然《がくぜん》として声も出なかった。井出口も目を丸くし、あやぴょんは口をあんぐりと開けている。

「最初に云いましたよね、心中するのなら恋しい相手の手にかかって死にたい。そういうのが心中ならではの心理だと。A子さんはこれを実践したのですよ。自分にとって最高の死に方を選んだ。刑事さんも云っていたそうですね。好いた相手の手にかかって、文字通り直接手を下される。これは至高の死に方だと」

タクトは話の内容の割には、淡々とした口調で云う。

「A子さんは椅子を持ってきて、硬直して座っているB男さんの椅子の正面に置きます。B男さんは身長が百八十二センチ。座っていても腕を上に伸ばしていれば、掌の輪はそこそこ高い位置にあります。百四十七センチのA子さんの首には少し高い。そこでA子さんは椅子の上に立ち、高さを調節します。そしてまず、B男さんの首を絞めているロープの両端を、改めて両手で持つ。心中ですから、自分も相手を殺したとはっきりさせなくては納まりがよくありませんから。そうしておいて、カチカチに固まっているB男さんの両手を無理にこじ開けて、自分の首をそこにねじ込んで入れる。もちろんこれは正面から、お互い向き合う形でです。硬直したB男さんの両掌は、A子さんの首を正面から絞めることでしょう。ソフトボールの円周で作った掌の輪は、女性

の首周りより少し小さい。死後硬直で固まりきったB男さんの両掌はA子さんの首に食い込み、ぎりぎりと絞めつけます。それと同時にA子さんは椅子から飛び降り、体重を固定式扼殺装置に委ねる。両掌で絞める力だけでは不足かもしれないので、A子さんは扼殺されるのと同時に縊死《いし》する形にしたわけです。解剖医は、A子さんは半ば吊り上げられるように扼殺されたと、解剖の結果を報告していましたね。それはA子さんがそうやって、自ら吊られる形にしたからなのです。固定式扼殺装置は首括り台も兼ねていたわけですね。このB男さんの固定式扼殺装置は、小柄で体重の軽いA子さんの身体がぶら下がったところで前のめりに倒れたりはしなかった。そのために、B男さんの上体を後方に反らせ椅子の背もたれに寄りかかる形にして、重心が取れるようにあらかじめ設定しておいたわけです。こうしてA子さんは愛するB男さんの手にかかって半ば扼殺半ば縊死という形で死亡したのです。A子さんの情死はこうして完成しました」

　タクトは穏やかな口調でそう云った。片瀬は啞然として言葉もない。オブジェ作家の体を使ってオブジェを作ったという、バカげたアイロニーに言葉を失っていた。しかも芸術作品ではなく、実用本位の死のオブジェを。

「死後硬直が十二時間でピークに達するのは、さっきも云った通りです。ここでA子さんはそれを利用し、自ら命を断った。そこからは硬直がほどけ始めます。確か、三十時間から四十時間で解け始め、九十時間ほどで元の完全に脱力した死体に戻るものと記憶しています。二月一日に亡くなって硬直を始め、固定式扼殺装置になったB男さんの死体も、二月二日、二月三日、二月四日と時間をかけて解硬していきます。上がっていた腕が落ち、腰や背中も段々柔らかくなる。二月四日の朝頃には椅子からずり落ちたことでしょう。同時に、締め上げていたA子さんの死体も下にずり下がっていく。恐らくこの時、A子さんの側頭部が椅子の角にぶつかったのでしょうね。これがA子さんの頭部にあった殴打痕の正体です。そして二人の死体はずるずると絡み合うように床に倒れ、A子さんの死体にB男さんが折り重なるという、H氏が発見した時の状況になったわけです。二つの死体は二つの椅子の隙間に倒れて、B男さんの片手はまだA子さんの喉に引っかかったままでした」

タクトの云うように、確かに発見時と同じ姿勢になった。これしかないとタクトは云っていたが、本当にこう考える他にそんな状況になるケースはなさそうだ。片瀬は得心するしかなかった。

「警察も捜査を続けるうちに、この仕掛けに気づいたことでしょうね。多分刑事さんか誰かが、固定式扼殺装置を思いついたのです。これ以外には真相は考えられないのですから。しかしそれを発表することはできませんでした。A川財閥から圧力がかかり、事件を有耶無耶に終わらせるしかなかった。政界からのプレッシャーで警察官僚が現場を黙らせたのでしょう。A子さんを被疑者死亡のまま書類送検することもありませんでした」

多分、豊岡さんは蟹川刑事辺りから聞いて、真相を知ったのだろう。二人ともそれぞれの上層部からストップがかかって、悔しい思いを共有したに違いない。

「A子さんの心情を確実に読み取るのは、今となっては不可能です。死を選んだのは、ついかっとなってB男さんを絞め殺してしまった自責の念に堪えきれなかったからなのか。もしかすると、殺してしまった後で警察から逃げ切れないと観念して、自死を選んだのかもしれません。さっきは別れ話が拗《こじ》れて殺害に至ったと云いましたが本当はそうではなくて、最初から心中するつもりだった可能性も捨てきれません。手切れ金のことを親御さんから知らされて、あんなどこの馬の骨とも知れぬ男とはすっぱり縁を切れと叱責されたのが原因かもしれない。残されたのは意に沿わない縁談の道しかない。そのことに絶望し、恋しい人といっそ来世で結ばれると夢見て、心中を図ったとも考えられますね」

「きっと最後のだよ。家の都合なんかで好きでもない人と結婚するくらいなら、好きな人と死んだほうがずっといいもん」

と、あやぴょんはうっとりと云う。キャラをちょっと忘れかけている。アイドルが軽々しく死を口にしていいとは思えない。タクトの話の内容に、すっかり呑まれているようだった。

そのタクトは、少し陰鬱な表情になって、

「ただ、これを心中と云っていいのかどうか、実は測りかねているのです。この一件は単に、A子さんがB男さんを殺してから後追い自殺をしたとも受け取れます。それだとただの殺人と自殺ですからね」

「心中でいいじゃん。そのほうがロマンチックだよお」

あやぴょんはそう云う。片瀬としては、どちらでもいい、というのが正直なところだ。だから率直にそれを言葉にして、

「私は亡くなったかたの気持ちを推し量るような立場にはありません。だからどちらなのかは判らない。しかし真相が判ってほっとしたのは間違いありません。肩の荷が下りたような気分です」

実際、心が軽くなっていた。あれほど頭を悩ませていたのが嘘のようだ。霧が晴れたみたいに、頭がすっきりしていた。

井出口は大いに嬉しそうに、陽気な口調で、

「いやあ〝井出口捜査チャンネル〟始まって以来の快挙ですよ、これは。不可解な謎があって、それをゲストが解決してしまった。丸ちゃん、いけるよね、この展開。これは再生数、稼げますよ。問題編と解決編に分けて、視聴者への挑戦状も入れて。うはあ、こりゃ盛り上がるぞ」

と、ほくほく顔で喜んでいる。

タクト一人が感慨深そうに、

「僕が最も気にかかるのは、死後硬直を待っている時のA子さんの心境です。十二時間の間、恋人の死体が固まるのを、凍えそうな寒さの中でじっと待っていたのです。その間、一体何を考えていたのか。夕刻になり、夜が更け、深夜になるまで、どういう心持ちで待っていたのでしょう。煎餅布団の簡素な寝台に座り込んで、膝を抱えて何を考えていたのか。愛《いと》しい人の手にかかって死ぬことができる。恋しい相手と共に死ねる。その一念で幸福感に浸っていたのでしょうか。愛する人と心中して、来世とやらで一緒になる夢を抱き、多幸感に酔っていたのでしょうか。その一夜が彼女にとって至福の時だったのかどうか。僕はそれだけが気がかりでならないのです」

一人言のように云うと、タクトはそれきり口を噤《つぐ》んだ。名調子で怪事件の真相を暴いてみせた若い歌手は、南方ふうの彫りの深い顔立ちに憂いの表情を浮かべ、いつまでもじっと考えに耽《ふけ》っていた。

死体で遊ぶな大人たち

死体は仰向けに倒れていた。

男の死体だ。

年齢はまだ若く、三十代くらいだろうか。

河原のごろごろした石の上。生きていたら背中が痛くてたまらないだろうが、当人がその痛みを感じることももうないだろう。

男の顔は青白い。傷ひとつないきれいな死に顔である。ただ、髪も肌もぐっしょりと濡れている。雨のせいだ。夏の朝日を浴びて、髪に溜まった水滴がきらめいていた。

死体の表情はごく穏やかでも、その腕がとんでもないことになっていた。

第一発見者は見逃したようだが、捜査員達はすぐにその異常性に気がついた。なかなかに猟奇的な有り様で、恐らく派手に報道されることとなるだろう。捜査員達はうんざりした。マスコミがあまり騒ぐと仕事がやりにくい。しかし、これだけ大きな事件ならば解決は案外早いかもしれない。何しろ二人も殺されているのだ。

だがその予想は裏切られ、三ヶ月近く経っても捜査は空転し続けた。事件は解決の糸口すら摑ませてくれないでいる。

棺である。

＊

変わったトレードマークだな、と北見和輝《きたみかずてる》は思った。店の名前は〈ドラキュラ〉。なるほど、映画などに出てくる吸血鬼が寝台に使うような、西洋ふうの棺桶の形だ。ただしデフォルメされているから丸っこくてかわいらしい。悪趣味な感じはしない。

ハロウィンの時期なのでそれにちなんだのかとも思ったけれど、ガラス製のドアに金箔で印刷された棺のロゴと店名は年季が感じられる。古くからこのマークで営業しているらしい。ひょっとしたら知る人ぞ知る老舗《しにせ》のバーなのかもしれない。まだぎりぎり二十代の北見には、そんな昔のことなど知る由もなかったが。

この有楽町《ゆうらくちょう》も再開発で街並みが一新されている。しかしちょっと裏路地に入ると、こういう渋いバーが残されていたりして面白い。

北見はガラスドアを開いて店内に入った。

まだ午後六時前のせいか、客入りは三割といったところだった。内装は燻《いぶ》したような木造りである。板張りの床に、時代を感じさせる木の板の壁。古びてはいても掃除が行き届いていて清潔感がある。古風なイギリスのパブの写真が、額装されて飾られていたりする。居心地のよさそうな雰囲気である。やはり通好みの名店なのかもしれない。

白髪で長身のバーテンダーに促され、北見はカウンター席に座る。他に誰もいないからカウンターを独り占めだ。ちょっと気持ちがいい。

ネクタイの結び目を不作法にならない程度に緩めると、北見はビールを注文した。白髪のバーテンが注いでくれたビールのグラスにも、棺のロゴマークが入っている。念の入ったことだ。こちらは黒で印刷されている。

よく冷えたビールを一口呑むと、北見は大きく息をついた。心身がほどよくリラックスするのを感じる。こんな時間からバーのカウンターでのんびりできる日が来ようとは。とても久しぶりだ。

「みんな疲れているだろう。今日はもういい。全員定時で上がれ」

主任の口からそんな言葉が飛び出した時、北見は我が耳を疑った。

十月の最終週。今月もよく働いた。ほとんど休日返上で仕事に追い立てられた。誰もが疲労のピークに達していた。目の下に隈《くま》を作った部下達を、鬼の主任もさすがに不憫に思ったのだろう。

「今日は切り上げろ。さあ、とっとと帰った帰った」

主任はやけくそみたいに云う。全員が一瞬呆気に取られたが、すぐにいそいそと帰り支度を始める。主任の気が変わらないうちに逃げてしまおうという腹なのだろう。スーツの上着を引っ摑んで、ドアから飛び出す者もいる。家庭のある先輩達は、誰もが自宅が恋しいに違いない。

ただ、課内で一番の若手の北見は独り暮らしである。ワンルームのマンションに帰っても誰も待ってはいない。帰宅したところでベッドに身を投げ出して眠ってしまうだけだ。

そこで、恋人に連絡を入れた。ここしばらく仕事仕事でまともに会えていない。ゆっくり食事でも、と思ったのだ。会えなかった埋め合わせにちょっと奮発して、おいしいものでも奢《おご》ろう。

ところが間の悪いことに、彼女が残業だった。三つ年下で二十六歳の彼女は、外資系の建設資材貿易関係の会社に勤めている。為替レートの変動で突発的に忙しくなるのだという。たまたま今日がその日だった。早くても九時にならないと会社を出られない、というメールの返信があった。

仕方なく北見は、時間を潰すことにした。彼女の会社があるこの有楽町にやって来て、馴染みのないバーに初見で飛び込んだのはそのためだった。彼女の残業が終わり次第合流する。それまで粘ってやろう。

幸い、適当に選んだバーは落ち着ける店だった。BGMはクラシックのバイオリン。音量もかすかだ。客達もまだ酔っぱらっていない時間帯。というより客層がいいのか、それぞれ物静かにグラスを傾けている。

北見もビールのグラスを手に、くつろいだ気分になっていた。やれやれ、本当にこういうのは久しぶりだ。あまり酔わないように、ビールのピッチは抑えめにする。

ふと、背後の客の会話が耳に入ってきた。カウンターに一番近いテーブル席に二人の若い男が座っている。大きな声を出しているわけではないが、店内が静かなので自然と話が聞こえてくる。

北見は足を組む動作の流れでさりげなく姿勢を変え、後ろのテーブルの二人連れが視界に入るようにした。

四人用のテーブルを二人で占めているのは、どちらも二十代半ばくらいだろうか。一人はスーツ姿で会社帰りらしく、髪もこざっぱりとして平凡な顔立ちをしていた。この街にはいくらでも歩いていそうな若い男だ。

ただし、もう一人がなかなか目立つ容姿をしていた。北見がわざわざ姿勢を斜めにしたのも、この男がちょっと興味深かったせいである。服装はざっくばらんなパーカーで、顔じゅう髭《ひげ》に覆われている。もう残暑も落ち着いてきているのに、まっ黒に日焼けしていた。流浪の旅人か、それとも山賊かという風貌である。北見が気になったのは、その顔が落ち着いた店にそぐわないからだった。髭もじゃなのに頭髪だけは短い。それも長さがまちまちのざん切り頭だ。どこの下手くそな理容室に騙されたのかというほど、ざんばらで整っていない。

最初は東南アジア辺りの人かと思った。まっ黒な顔の彫りが深かったからだ。しかし言葉遣いを聞いているうちに、異邦人ではないと判ってきた。ただ顔の濃い男というだけだ。それにしても不自然な頭髪と髭の長さである。気になって、つい観察してしまった。

ビールのグラスを片手に、彼らの会話が耳に入ってくるのにまかせる。聞き耳を立てなくても、席が近いので自然と聞こえてしまう。それでだいたいの話の流れは判った。

どうやら髭もじゃの日焼け男はバックパッカーで、最近帰国したばかりらしい。東アジアからインドを経て西アジアまで、半年ばかりふらふらしていたのだという。本当に放浪の旅人だったのだ。当人は「貧乏旅行」と表現している。スーツの男とは友人らしく、半年ぶりに会ったようだった。旅の土産話に花を咲かせているらしい。

風貌もさることながら、北見がちょっと面白いと感じたのは、バックパッカーの男の口調がやけに穏やかなことだった。普通、半年ぶりに帰国して長旅の話をするのなら、もっと興奮した喋《しゃべ》り方になるのではないか。あんなことがあったこんなものを見た、と前のめりになって、表情豊かに喋るものだと思う。しかしこの髭面男は淡々と、まるで他人の経験談を又聞きしたみたいな平静な口調で語る。物静かでゆったりした喋り方を崩さない。悠揚として迫らぬ態度で、のんびり話している。帰国したばかりという髭もじゃの顔とその落ち着いた物腰のギャップが、なかなか面白いと思う。

二人のやり取りから彼らの名前も判明した。

会社帰りらしきスーツの青年が小木《おぎ》。

バックパッカーの髭男が久我山《くがやま》。

ちなみに久我山の頭髪がざんばらなのは、イスタンブールで露店の散髪屋に刈ってもらったせいらしい。帰国前に長くなった髪をさっぱりさせようと思ったら、そんな目に遭ったのだという。言葉がまったく通じないので、されるがままになるしかなかった。久我山はそんなエピソードも、淡々とした口調で語っていた。スーツ姿の小木は、

「だったら帰ってからこっちの床屋さんに行けばよかったんだ。ついでに髭も剃ってもらってさ」

と、笑っている。

そんな呑気な旅ができる久我山を、北見は少し羨ましくも思う。仕事に追われる毎日を送る身としては、気楽な貧乏旅行に半年も出られる身分が眩《まぶ》しく見える。

そんなことより、と北見は思いついて、姿勢を元に戻した。カウンターに向かい、腕時計を外す。それをカウンターの板の上に置くと、スーツの内ポケットから畳んだハンカチを取り出した。ハンカチを時計の隣に置き、丁寧に開く。包まれていた物は、これも腕時計である。

ただし、形状がちょっと普通ではない。

文字盤の丸い板にコミカルな猫の顔が描かれている。そして両耳が外側に飛び出しているのだ。つまり二つの突起物が、猫耳の形にくっついているわけである。

この猫耳時計は彼女からのプレゼントだ。

「いつもつけていてね、私の代わりに」

と、贈られた。少々お茶目なところがある彼女なのである。

北見も、もちろんずっとつけているよ、と請け合ったが、後になって物凄く後悔した。どう考えても三十近い社会人が仕事中につけていて許されるデザインではない。人に見られたら社会人としての人生が終わる。そこで彼女には申し訳ないけれど、折衷案を採ることにした。

ハンカチにきちんと包んで、スーツの内ポケットにしまっておくのだ。

これならば肌身離さず持っていることになり、約束も半分くらいは守っているといえるだろう。

普段は自分の時計を嵌めていて、彼女に会う時だけは猫耳時計に付け替える。そういうことにした。

だから今、北見は猫耳の腕時計を手首に巻いている。彼女と合流するのに、これをつけていないわけにはいかない。ただ、やはりいささか気恥ずかしい。あまりにもファンシーである。誰も見てはいないのに、北見はスーツの袖口を引っぱって時計を隠した。そして自分の時計をハンカチに包み、ポケットにしまう。北見の自前の時計は、ごくありきたりな国産の地味なものである。

ビールのグラスが空になったので、北見はジントニックを注文した。白髪で無口なバーテンダーが手早く作ってくれる。カウンターに置かれたグラスはビールグラスより小ぶりだが、やはり黒で棺のマークが印刷されていた。徹底している。

涼やかで透明なジントニックの最初の一口を味わっていると、気になる言葉が耳に飛び込んできた。

後ろのあの二人連れの席からだった。

今、確か〝すげ替え殺人〟と聞こえたと思ったが、気のせいだったか。

北見は意識的に耳をそばだて、同時に足を組み替える動作でまた先ほどと同様に体を半身にして、後ろの席が視界の隅に入る姿勢を取る。間違いない。〝すげ替え殺人〟の話をしている。

スーツのほう、小木といったか、彼が喋っている。

「お前が海外にいる間に起きたんだ、もう三ヶ月くらい前になるかな。被害者は二人。死体は異様な状態で発見されている。猟奇殺人だ。しかもまだ解決していないし、もちろん犯人も捕まってはいない」

話を聞いているバックパッカーの久我山は、ナッツなどつまみながら呑気な顔つきで、

「全然知らないなあ。向こうにいる時はこっちのニュースなんかまったく見なかったから」

「こっちは大騒ぎだったぞ。〝すげ替え殺人〟と呼ばれていて」

「どうでもいいけど、語呂が悪いな、それ。センスもどうかと思う」

「知らないよ、俺が名付けたわけじゃないし。ごく初期の頃に、テレビのコメンテーターか誰かがそう云って、いつの間にか定着したんだ」

「ふうん、で、何がすげ替えてあったんだ？」

髭もじゃの顔で尋ねる久我山に、小木はにやりとして、

「お、興味を持ったな。そう来ると思ったんだ。お前、好きだもんな、猟奇殺人とか変態死人と

か、その手の話」

「別に好きってわけじゃないよ、人を変質者みたいに云わんでくれ」

「まあまあ、文句を云うなよ。それで、聞きたいか〝すげ替え殺人〟の話」

「そこまで煽《あお》られたら気になってきた」

「よし、聞かせてやろう。土産話のお返しに」

と、小木はグラスをテーブルに置いて、話す体勢に入った。髭面でまっ黒に焼けた久我山はあくまでもお気楽そうに、椅子の背もたれにのんびりと体重を預けている。

北見は聞き耳を立て、話がよく聞こえるようにする。カウンターに片肘をついた姿勢で、くつろいでいるふうを装うのは忘れない。

「事件発見の段から詳しく話してやる」

と、小木は身を乗り出して、

「死体が見つかったのは八月五日の早朝。場所は奥多摩。水瀬川《みなせがわ》という川の河原だ」

説明しながらスーツのポケットからスマホを取り出し、少し操作してから画面を久我山のほうに向ける。

「ほら、こんな感じの場所だ」

現場写真を見せているらしい。事件が社会的な関心事になってからというもの、多くの野次馬や配信者やらが訪れて、写真や動画をネットにアップしている。小木が久我山に見せているのも、そうした写真の中の一枚なのだろう。一時はテレビでも毎日映していた。名所のごとく、すっかり有名な場所になった。

もちろん北見もよく知っている。

奥多摩の山の中。小さな集落しかない森の奥地が現場である。

多摩川の源流の一つ、それが水瀬川だ。

川幅は十メートルほど。北から南に流れ、西岸は切り立った岩壁がそそり立ち、その上は手つかずの原生林である。東岸が石のごろごろしている河原だ。川沿いに河原が続き、土手を上がった外側に林道が通っている。集落があるのもこちら側だ。

石ころと川と森しかない、風景だけは美しいが何もないところである。たまに集落の人が釣りに来るくらいの、静かな場所だ。

スーツの小木は、そんな写真を久我山に見せながら説明を続けている。

「発見者は近くの集落に住む八十すぎのご老人。夜が明ける直前、この近辺をゲリラ豪雨が通った。夏場はよくあるだろう、急な雨。お前がシンガポールで降られたって云ってたスコールほどじゃないかもしれないけど、バケツをひっくり返したみたいな土砂降りだった。と、集落の人の証言がある。発見者のご老体は朝起きると一番に、大雨が降った後の川の増水が気になって、水瀬川の様子を見に行った」

それを受けて、久我山はざん切りの頭を少し傾げると、

「どうしてお年寄りはそうやって豪雨の後の水辺を見に行くんだ。台風の後で田んぼの用水路を見に行く、嵐の時に港の船の様子を見に行く、大雨の中を川の水かさを見に行く。それでしょっちゅう事故に巻き込まれている。何だってわざわざ見に行くんだろう。そういう本能が人類のDNAに組み込まれていて、年を取るとそれが発現するのか」

「確かにそういうニュースは多いな。もしかしたら本当に本能なのかも、いや、知らんけど」

「何のためにそんな本能があるんだ。生存本能より上位なのか、その増水確認本能は」

「俺に聞くなよ、そんなことを」

と、脱線しそうになる話を戻して小木は、

「とにかく、ご老人は水瀬川を見に行った。そして東側の石が多い河原で死体を発見したというわけだ。石がごろごろしている上に、仰向けで倒れていたという」

その言葉を遮って、髭面の久我山が、

「被害者は二人と云ってたな。二人並んで倒れていたのか」

「いや、ご老体は一人の死体と思ったそうだ。正確には二人の死体なんだが、それはまあ一旦置いておこう」

と、小木は含みのある口調で、

「死体を見つけたご老人はびっくり仰天。石がごつごつしている上で眠っているはずもない。おまけに顔色が青いのを通り越して白く見える。一目で死んでいると判ったそうだ。慌てて自宅に戻って通報した。携帯電話は持ってなかったらしい」

まるで見てきたように、小木は説明する。

「通報を受けて警察が次々と現場に到着した。所轄署はもちろん、明らかに変死体だから警視庁も出動だ。山の中のそのまた奥でも、一応は東京都だからな。警視庁の管轄内だ。警察はすぐに一帯を封鎖。といっても森と川しかない山中だ。その時はまだ野次馬が集まってくるわけでもなかった」

そう云ってから小木は、スマホを伏せてテーブルに置き、

「まずは死体について説明しようか。若い男性で二十代から三十代くらい。白いTシャツに、夏だから短パンに裸足。天を仰いだ仰向けの姿勢で、ゲリラ豪雨のために全身ずぶ濡れだ。髪もシャツも水を含んでじっとりと湿っていたという。死因は撲殺《ぼくさつ》と推定された。後頭部に打撃痕が見つかったからだ。大きな損傷が三ヶ所。鈍器で殴打されたと思われる傷跡だな。結論から云ってしまうと、解剖結果も現場での所見通りだった。後頭部が陥没して脳挫傷を起こしていたそうだ。撲殺で間違いない。傷の形状から推定するに、凶器は鉄パイプか金属バットみたいな物らしいが、現場からは見つかっていない。しかしそんなことは些細な問題でね。肝心なのは〝すげ替え〟だ」

と、もったいぶった口調で説明する。

「発見者のご老体は気がつかなかったようだけど、最初に現場入りした所轄の制服警官はすぐに気がついたらしい。被害者の腕が変に細いことに。それが〝すげ替え〟の結果だったわけだ」

小木はまた、持って回った言い回しで、

「検視の際、腕を摑むとそれはTシャツの袖からすっぽり抜けて出てきた。男の腕は切断されていたんだ、肩の下辺りで。それも片腕だけじゃない。両腕ともだ。ノコギリか何かで強引に切ったようで、切断面はあまりきれいじゃなかったらしい。日本刀で一刀の下にすっぱりと斬り落とした、といった感じではなかった。そして、ただ切断されていただけじゃない。検視官が摑んですっぽ抜けてきたのは、男性の腕ではなかったんだ。死体の肩の切断面にくっつけられていたのは、別人の腕だったわけだ。細さからして若い女性の腕だと思われる。それが男性の腕とすげ替

えられていたんだな。男のほうも特にがっしりした体格ではないけれど、華奢でほっそりした指などから女性の腕なのは明らかだ。それが男のごつい腕があるべき場所から生えている様子は、異様でグロテスクに見えたという。つまり被害者は一人かと思ったら、実は二人いたわけだ。腕を切断された男性と、切断された腕だけの女性。二人が死んでいる。捜査陣は色めき立った」

「なるほど、二人も被害者がいるとなると重大事件だ。警察も目の色を変えるのも納得だな」

髭もじゃの久我山がざん切り頭をうなずかせると、小木も、

「そうだろう、しかも腕がすげ替えられているという奇妙な姿だ」

「それで〝すげ替え殺人〟か」

「そうそう。ちょっと想像してみてくれ。不気味だろう。仰向けに倒れている男性の死体。そのTシャツの袖から出ている腕だけが不自然に細い。それもそのはず、よく見れば腕は若い女性のものとすげ替えられているんだ。二人分の死体で一人の死体を構成している。これは気味が悪いだろう」

眉をひそめる小木に、久我山は髭に覆われた顔をしかめて、

「気味が悪いというより趣味が悪い。胸が悪くなる」

「そうだろう。あまりの猟奇性にマスコミも飛びついた。それで連日大騒ぎになったんだ。新聞、雑誌、テレビのワイドショー、それからネットでも、この話題で持ちきりだ。お前がデリーだかムンバイだかでふらふらしていた頃、こっちではその話で大盛り上がりだったんだ。過剰な報道が一ヶ月ほど続いて、毎日毎日〝すげ替え殺人〟の報道だ。それで俺もこんなに詳しくなった」

と、小木がうんざりしたように云った。

北見も、あの過熱した報道合戦をよく覚えている。やりすぎなまでに連日連夜、この話ばかりしていた。正直、辟易《へきえき》したものだ。

それを思い出して北見が内心でため息をついていると、小木の話は事件発見時のものに戻っていた。

「警察は周辺の捜索を開始した。大人数を投入して、地元の消防団の協力も仰ぎ、総動員で取りかかった。まず見つけたいのは欠損している男性の腕、それから腕しか発見されていない女性の本体だ。死体発見現場を中心にして、徹底的に探した。森を掻き分け川を浚《さら》い、藪《やぶ》を払って真夏の必死の捜索だ」

「暑かっただろうな」

髭面の久我山は他人事そのものの口調で、感想を述べる。

「しかし徹底した捜索にもかかわらず、死体の残りの部分は見つからなかった。腕の一本も」

「話の腰を折って悪いが、小木、殺害現場はどこだ？　その河原が現場だったのか」

「いや、警察の発表ではどうやら違うらしい。死体発見場所は石がごろごろした河原で足場が悪すぎる。切断作業には向かないようだ。それに森の中だから街灯なんか一つもない。夜はまっ暗だ。視界ゼロの中で切断もできないだろう」

「そのためにわざわざライトと発電機を持ち込むのも無駄手間だしな」

久我山がそう云い、小木もうなずいて、

「それから撲殺するにしても、そんな何もない森の中の河原に、被害者を誘い出すのも無理があるだろう。どんな口実でそこまで辺鄙《へんぴ》な場所に連れて行くのか、そこがおかしい。だから犯人は死体を車で運んできた、というのが警察の見解だ。河原の横には林道がある。そこまで車で来て、ヘッドライトで照らしながら河原に死体を置いたと見られている。そうやって男の体と女の腕を、繫《つな》げて並べた」

「もちろん夜明け前だろうな。ゲリラ豪雨の前だ」

「そう、死体は雨に打たれてびしょ濡れだったからな。警察は死体の捜索と同時に、証拠の採取も試みた。けれど結局、めぼしい物は見つからなかった。ゲリラ豪雨のせいだな。すべて洗い流されていたんだ。犯人が死体を運んだ車のタイヤ痕も、犯人の足跡も、死体を移動した時にしたたり落ちたかもしれない血痕も、犯人の頭から抜け落ちたかもしれない髪の毛も、きれいさっぱり流された。もちろん死体の体表に残っていたかもしれない犯人の痕跡も、全部雨で台無しになってしまったんだ」

「捜査陣にしてみれば痛恨だな」

と、久我山は、また他人事そのものの口調で云った。

「結局、残っていたのは男の腕無し死体と女性の両腕だけってわけだ。警察に与えられた手掛かりはそれしかなかった」

そう云って小木は、グラスに口をつけた。久我山もナッツを口に放り込んでから、酒を一口呑む。北見も釣《つ》られて、ジントニックのグラスを空けた。白髪のバーテンダーにもう一杯、お代わりを頼む。

そうするうちにも、小木の話は続いている。

「警察の仕事は死体を詳細に調べることから始まった。まず男性だ。短パンのポケットには何も入っていない。所持品はゼロ。恐らく犯人が持ち去ったんだろうな。とにかく身元を明らかにしないことには話にならない。ただ、腕が丸ごとないから指紋は採れない。顔に頼るしかない。死体の顔から生前の似顔絵を想像して描いた。これを広くニュースで公開したんだ。もう猟奇殺人だと騒ぎが起こり始めていたから、世間の関心も高い。あちこちから情報が寄せられた。あの人に似ているこの人に違いないと、全国から数多く報告が上がってきて、捜査陣は東奔西走する羽目になる。何やかんやと手間がかかったみたいだけれど、余計な部分は端折ろう。結論から云うと、似顔絵の情報からＤＮＡ鑑定を経て、一人の人物に確定した。谷田貝丈二《やたがいじょうじ》。渋谷区初台《しぶやくはつだい》在住の三十三歳、独身。定職には就《つ》いていない。この男だ」

小木は再びスマホを取り上げて、画面を久我山に向けている。写真を見せているのだろう。写りがいいせいか、どのメディアも同じ写真を使って報道していた。毎日繰り返しテレビにも映っていた。

北見も見飽きるほど見た。

白のタンクトップのシャツを着て、上半身が写った谷田貝丈二の姿である。よく日に焼けた健康的な笑顔で白い歯が印象的な、タレントの宣材写真みたいな一枚だった。

「ふうん、なかなかいい男っぷりじゃないか」

と、久我山が感想を述べる。小木が我が意を得たりとばかりに、

「そうだろう。ところがこのイケメンが食わせ者だ。とんでもない男だったんだ」

「どんなふうに？」

「定職に就いていないと云っただろう。基本的に渋谷辺りでちゃらちゃらと呑み歩く遊び人だっ

たらしい。〝渋谷のジョージ〟といえばちょっとした顔だったそうだよ。しかしただ遊んでいただけじゃない。それじゃ喰《く》っていけないからな。その収入を得る方法が、実にタチが悪かった。警察の捜査とマスコミの独自調査で谷田貝丈二の人物像が徐々に明らかにされていったんだが、それがもう唾棄《だき》すべき姿だった。一言で云えば、プロの女ったらしだ」

「何だそれは、そんなプロがあるのか」

と、久我山が苦笑する。小木はにこりともせずに、

「それがあるんだよ。女性を喰い物にする。それがプロの女ったらしだ。例えばこんな手口で」

と、小木は少し顔をしかめながら、

「まず渋谷辺りで女性を引っかける。若い女性だ。そしてイケメンの谷田貝には取り巻きみたいな女達がいる。そのグループに入れて楽しく遊ぶ。そのうちホストクラブにも出入りさせる。もちろん谷田貝のお友達が経営する店だ。カモの女性をそこにハメる。取り巻きの女達を操って、カモの女性を煽ってガンガン金を使わせる。派手な遊び方を覚えさせて金銭感覚を狂わせるのも谷田貝の仕業だ。当然金に困るが、谷田貝は闇金を紹介する。当然これもお友達のやっている会社だ。そこで借金漬けにして首が回らなくなったところで、いかがわしい店に売り飛ばす。借金の負い目と谷田貝に脅されて、カモの女性はそこで客を取るしかなくなる。もちろんこのいかがわしい店も谷田貝のお友達の経営だ。谷田貝はホストクラブ、闇金、風俗店から、それぞれ紹介料としてマージンを取る、という仕組みだ。渋谷で遊び歩きながら、何人ものカモを同時進行でこの借金ループに堕《お》とすのが谷田貝の生業というわけだ」

「何だそれは、悪い男だなあ」

さすがの久我山も呆れ返ったように云う。

「それだけじゃない。谷田貝自身もホスト顔負けのスマートな優男だ。それで結婚詐欺紛《まが》いのこともやっていた。渋谷で引っかけたカモが自分になびきそうだと見ると、ホストクラブ漬けにはせずに恋人気取りと洒落《しゃれ》込む。散々貢がせて金に困らせてからはお定まりの闇金コースだ。借金で二進《にっち》も三進《さっち》もいかなくなったところで、例のいかがわしい店に売り飛ばすという段取りだな」

「おいおい、そこまでするのか」

「まだあるんだ。谷田貝は売り飛ばした女性の実家に接触する。谷田貝に引っかかるのは大抵、地方から出てきて東京で独り暮らしをしている女性だ。その実家に手紙を送りつける。写真も沿えて。お宅の娘さんは東京でこんなけしからん店に出て客を取っていますよ、親類縁者やご近所に知られたくなければちょっとばかり寄付をお願いできますか。とそういう内容だ。カモの女性の親を脅して金をせびり取るわけだな」

「思いっきり犯罪じゃないか。そんなことをしてて捕まらなかったのか」

「そこはうまいことやっている。せびる金は大金じゃない。せいぜい軽自動車が買える程度の額だ。田舎の人は体面と世間体を気にするからな、そこをうまく突く。一度金を受け取ったら二度と接触しない。そこが悪知恵の働くところだ。外聞が悪いから被害者は渋々金を渡して、一度くらいならと口を噤《つぐ》む。泣き寝入りだ。ついでに云えば、取り巻きの女達を使って美人局《つつもたせ》みたいなマネも、当然のごとくやっていた」

「不愉快極まりない男だな」

「世間の反応もその通りだった。〝すげ替え殺人〟の異常性と同時に、谷田貝丈二の生前の行状も盛んに報道された。女性を喰い物にするあくどいイケメン。いかにもワイドショーが好みそうな話題だろう。これで大バッシングが湧き起こった」

小木はそう云う。

北見もよく覚えている。テレビでは谷田貝の糾弾大会が始まり、ネット上でも総叩きになり、あらゆる罵詈《ばり》雑言《ぞうごん》が飛び交った。

『女の敵』『ろくでなし』『死んで当然』『色欲悪魔』『殺されたのは自業自得』『犯人GJ』『ざまあwww』『天網恢々《てんもうかいかい》ですな』『地獄に落ちろ』『死んでしまえ、あ、もう死んでるかw』『悪は栄えぬ』『もう一回殺せ殺せ殺せ殺せ殺せ』

殺人事件の被害者であることを、誰もが忘れているようだった。叩けるものは全身全霊で叩く。いつものネットの光景である。谷田貝の仕事を手伝っていた取り巻きの女達も〝谷田貝ガールズ〟と称されて、ネットに顔や本名も晒《さら》されて袋叩きに遭っていた。もちろん谷田貝当人に向けられる罵声が一番多く、強烈な悪意に満ちていた。

谷田貝丈二は二度殺された。

北見はそう感じたものだ。

一度目は物理的に殺害されて、そしてネット上で死後の名誉が殺されたのだ。本人は釈明も弁解もできぬまま、その名は地に堕とされて泥まみれにされた。

嫌な気分だった。

北見の不快感とは関係なく、小木が話を続けている。

「そんな生前だったから、谷田貝を恨む者は多かった。カモにされた女性本人、その家族、友人知人、元カレや彼女に想いを寄せる男性。殺人の容疑者になりそうな人材には事欠かない。警察はここでもてんてこ舞いすることになる。被害者の周辺を探れば探るほど、動機を持った人物が登場してくる。その人達を一人一人事情聴取するだけで、膨大な手間と時間を食う。アリバイが立証された者を除外しても、動機がありそうな者が後から後から湧いてくる。物的証拠はゼロ。容疑者を少数に絞っての徹底追及など到底できない。カモにされた女性も客を取っていた負い目があるから、全員が自ら名乗り出るとは限らない。動機を持つ者は多いが決め手が一切ない。こうして捜査本部はいたずらに時間と人員をロスするばかりになった」

「気が遠くなるほどの苦労だね。なるほど未解決なのも納得できる。犯人を特定するのは大変そうだ」

久我山が、長く伸びた顎の髭をさすりながら云うと、小木はうなずいて、

「そうだろう、警察も大変だ。ちなみに、初台にある谷田貝の独り暮らしのマンションからは殺人の痕跡は見つかっていない。殺害現場はそこではなかったようだ。犯人に繋がりそうな手がかりも、何も発見されていないみたいだな。ただ、警察は谷田貝の線だけを追ったわけじゃない。辿るべき道はもう一本ある」

「もう一人の被害者。腕だけ見つかった女性だな」

久我山がカンのいいところを見せると、小木は再度うなずき、

「そう、腕のない女性の死体が発見されました、なんていう都合のいい報告は、当然飛び込んではこなかった。犯人は女性の本体を隠したんだな。だから谷田貝関係の捜査と並行して、この女性の身元探しも行われた。といっても、こっちも茨の道だ。まず谷田貝丈二の周辺だけでも女性

が多い。何しろプロの女ったらしだから。深い仲のお相手から単なる顔見知りまで、関わりのある女性の数も膨大だ。警察はその中から行方が判らなくなっている女性がいないか調べた。ただ、これは空振り。谷田貝の周囲から姿を消した女性は発見できなかった。といってもそれは警察が把握できている範囲内の話で、谷田貝との繋がりがまだ判明していない人物がいるのかもしれない。売り飛ばす予定の女性を、谷田貝がそれと判る形でスマホなどに登録しているとは限らないしな。だからこの線は今も捜査を継続中なんだろう」

と、小木は、グラスに口に運んで喉を潤してから、

「もちろん谷田貝の周辺だけではなく、他にも探した。両腕の指紋はきれいに残っていたから、警察の前歴者の指紋データベースにはまっ先に当たった。しかし該当者はなし。腕の持ち主に逮捕歴はなかったようだ。監察医の鑑定結果では、腕は成人女性、しかも年は若いと出た。ただし目立った傷跡、アザ、手術痕などはないから、ここから個人特定は不可能だ。そこで警察は、十代後半から三十代までの行方不明女性を洗い出しにかかった。家出人、失踪者、突然引っ越した者、引きこもって姿を見せない者、事件直前に急にいなくなった女性。該当する女性はいないか都内を調べ尽くしたそうだ。しかしなかなか見つからない。失踪した女性は何人もいるんだが、指紋が合致しないから別人と判断するしかない。失踪者は何か事件とは無関係の事情があって、自ら姿を消したんだろうな。ひょっとしたら別の犯罪に巻き込まれたのかもしれないけれど、少なくとも〝すげ替え殺人〟の被害者ではない」

そう云って小木は、黙って悠然と話を聞いている久我山相手に、さらに続けて、

「警察は捜索範囲を広げてもみた。都内だけではなく、関東六県や山梨の県警にも協力を要請し

て、徹底的に探した。行方不明の女性で指紋が合致する者はいないか、草の根を分けて探し回った。ただ、やはり該当する女性はなかなか見つからない。〝すげ替え殺人〟の話題性と谷田貝丈二へのバッシングで世間の注目度も高い。多くの情報が一般市民からも寄せられた。捜査本部はそうした可能性を虱潰《しらみつぶ》しに確認して回った。京阪神、名古屋、福岡、仙台、札幌などの大都市圏にも捜査範囲を広げた。やがて全国の県警に、行方不明の女性を探せとの通達が行き渡った。それでも被害者女性の身元は判らない。腕だけ残した女性の死体は、だから今も身元が不明のままだ。警察は必死の捜索を続けている」

「なるほど、ミズ・ジェーン・ドゥのままってわけか」

と、久我山がぽつりと云う。小木は怪訝な顔になり、

「何だそれは」

「アメリカの警察で使われるジャーゴンだよ。身元不明の死体の仮称だ。女性の死体はジェーン・ドゥ、男性ならジョン・ドゥ」

久我山の涼しい顔の解説に、小木は感心したように、

「へえ、そんな呼び方があるのか。だったら今回の腕だけ死体も確かにミズ・ジェーン・ドゥだな。それで警察も頭を抱えているってわけだ。身元が判らないから、被害者の周辺を洗い出すというのいつもの捜査手法が使えない。だから犯人に辿り着くこともできないでいるんだ。もう三ヶ月近く探し続けているのに、ミズ・ジェーン・ドゥの身元はまだ判っていない。これも大きな謎だろう。警察がいくら血眼で探しても、どこの誰だか判らないんだから」

「案外、生きてたりしてな」

と、久我山が云い、小木はまた不審そうな表情になった。

「何だって？」

「いや、その女性、本当に死んでいるのかなと思って」

久我山の突然の疑義に、小木はきょとんとした顔で、

「何を云い出すんだ、お前は」

「だって発見されたのは腕だけなんだろう。腕を切断されたからといって人間は死ぬとは限らない。案外生きているのかもしれない。両腕を失った状態で」

久我山の言葉に、小木は虚を突かれた様子で、

「まさか、そんなバカな」

「意外とそうかもしれないぞ。ちょっとした盲点だろう。警察は行方不明の女性を探している。しかし女性は両腕がないものの、ちゃんと自宅か病院にいる。だから警察の捜査の網から洩《も》れて、未だに発見されていないんだ」

「両腕がないままで、その女性は生きているっていうのか」

「そうだよ」

「いや、いくら何でもそんな」

と云ったきり、小木は絶句してしまった。そんな小木を見て、久我山は、髭に埋もれた唇を少し歪めてかすかに笑うと、

「冗談だよ、本気にしないでくれ。両腕を切断されたら大ケガだ。必ず病院に担ぎ込まれる。その医師や看護師だってニュースは見るだろう。世間で騒ぎになっているすげ替え事件の被害者

が、担ぎ込まれた患者だとすぐに気がつくはずだ。そもそもそんな大ケガならば警察だって最初から介入する。報告が上がらないはずがない。腕を失った本人だって意識を取り戻したら、ニュースで云っているのが自分のことだと判るだろう。そうすれば絶対、警察に申し出るに決まっている。こんな冗談を真に受けられたら、俺がかえってびっくりするぞ」

「何だ、脅かすなよ」

と、小木は苦笑して、

「お前は昔から突飛なことを考えつくからな、てっきり本気かと思った。そもそもお前の冗談はいつも判りにくいんだ」

「すまんすまん。つまらん茶々を入れて悪かった。話を続けてくれ」

そう云って久我山は、酒のグラスに手を伸ばす。そしてグラスのフチを髭の中に埋もれさせる。

小木もそれに倣って、グラスの酒を一口呑んでから、

「とにかく、そんなわけで事件は未解決なんだ。腕をすげ替えた理由が判らないのも、世間の関心を大きく引いた。何しろ目立つ要素だし、猟奇的だからな。谷田貝へのバッシングと同時にこのすげ替えの理由についても、ワイドショーやネット上で色々な意見が飛び交った。喧喧囂々《けんけんごうごう》と、具体的なアイディアから抽象的な思いつきまで、諸説紛々として混乱を極める毎日だったものだ」

「どんな説が上がったんだ？　テレビやネットでは」

ナッツを髭もじゃの口に放り込んで、久我山が尋ねる。

「色々な仮説があるぞ。例えば、犯人がいかれた芸術家気取りで、異様な芸術性の発露として死

体を装飾した、という仮説。グロテスクな美を追究した結果、奇妙な像を造って目立つように放置した。そんな歪んだ承認欲求のために二人殺した、という説だな。また、呪術的な意味合いがあるという者もいた。陰陽混合のために男女の死体を一つに組み合わせ、何かのまじないにしたという仮説だ。そして、すげ替えはまだ途中だという考え方もあった。腕を別の死体に次々とすげ替えて、すげ替えのバトンリレーを完成させようという仮説だ。犯人の予定では、次は女性の胴体に別人の腕をすげ替えて、さらに次には他の死体とすげ替えてと順繰りにやっていこうという算段だったというものだ。ただ、騒ぎが大きくなりすぎたのに犯人が尻込みして、最初の一件でやめてしまったそうだ。何のためにそんなリレーをするのかまでは説明されていなかったけどな。または、谷田貝丈二の腕がなくなって指紋がないことから、実は死体は谷田貝ではなかったんじゃないかという仮説もあった。顔がそっくりな別人と入れ替わって、谷田貝当人はまだ生きているという話だな。この場合は当然、犯人は谷田貝だということになる。この仮説は谷田貝バッシング勢に支持されていた。それから、殺される動機が多い谷田貝殺害はカムフラージュだという仮説。犯人の本当の狙いは女性のほうで、谷田貝は警察の目を眩《くら》ますのに巻き込まれただけ。まあ、この仮説だとどうして腕がすげ替えられたのか説明になっていないけど。後は、死体を猟奇的に装飾することで世間の耳目を集める、という仮説もあったな。騒ぎが大きくなれば谷田貝の悪行もより大々的に喧伝《けんでん》されることになる。それを狙って死体をグロテスクな形に整えたというわけだ」

小木が長々と喋るのを聞いていた久我山は、長い顎髭を引っぱりながら、

「うーん、どれも一長一短だなあ。今一つ説得力に欠ける仮説ばかりだ。欠点が大きすぎるのも

ある」

「まあ、ネット上の無責任な放言だからな。受け狙いで根拠の薄い世迷《よま》い言《ごと》を書き散らしたものも多い。テレビのコメンテーターがいい加減なことを喋り散らすのも毎度のことだし」

と、小木はちょっと苦笑しながら解説して、

「ああ、それから、一部のミステリマニアの中からは、これは見立てじゃないかという意見も出ていたな」

「見立て？」

「そう」

「見立て殺人というと、童謡や俳句や手毬唄《てまりうた》なんかの内容に沿って死体を演出するのが有名だな」

久我山の言葉に、小木はうなずき、

「ああ、ミステリファンによると、今回も腕をすげ替えて何かの見立てにしたんじゃないかという意見だ」

「何かそういう元ネタがあるのか」

「いや、具体的にどれとは指摘しきれていなかったと思う。腕のすげ替えを示唆《しさ》した童謡や童話、俳句なんかは見つかっていないはずだ。二人の死体の首をすげ替えるんなら、ミステリ小説にいくつも先例があるらしい。でも両腕だけをすげ替えるという作品は、過去のものをいくら漁《あさ》っても出てこなかったみたいだな」

「それじゃ説得力がまるでないぞ。ついでに云わせてもらえば、大いに悪趣味だ」

久我山が眉をひそめて云う。

北見も同じように感じた。

実に悪趣味だと思う。ネットやワイドショーなどでそうした意見を見るたびに、死体を弄んでいるみたいで不快感があった。死体を玩具にするのは冒瀆的《ぼうとくてき》だ。礼を失している。いい大人なのに、見立てだの首のすげ替えだのと、嬉々としてネットに書き込んでいるミステリマニアの気が知れない。

そんなことを北見が考えていると、小木の話はまとめに入っていた。

「そんな具合に八月は、猛暑の話題と〝すげ替え殺人〟の話で持ちきりだったわけだ。しかし皆、飽きっぽい。一ヶ月もすると騒ぎも下火になっていった。警察が女性の捜索範囲を関東以外の大都市圏に広げたとか、全国の県警に協力を要請した、なんていうニュースが散発的に出るくらいで、ワイドショーもネット上の噂も他の話に取って代わられた」

そう、徐々に騒動が鎮火していったのは北見も覚えている。巷《ちまた》の話題は移り変わっていった。テレビ女優の不倫や、野球選手の違法賭場出入り問題や、お笑いタレントの女性蔑視発言などが取り沙汰されるようになった。

「もちろん警察の捜査は今も続いているはずだ。しかし未だに未解決。何か進展があったという話も聞かないな」

小木が締めくくりのように云うと、久我山は、長く垂れた顎の髭をゆっくりとひっぱりながら少しの間、何事か考えた後に、

「ちょっと整理させてくれ。この事件で判らないのは、ミズ・ジェーン・ドゥの正体、腕のすげ

替えの理由、犯人は何者か、この三つだな。小木、そうまとめてしまって構わないか」

「ああ、いいだろう。大まかに括って、問題なのはその三点だ」

「だったら俺は判ったかもしれない」

と、久我山はしれっとした顔つきで云う。小木は不思議そうに、

「何が判った？」

「だからその問題点だ」

「どの点が？」

「三つとも」

「三つ全部か」

「ああ」

「おいおい、だったら事件を解決したも同然じゃないか」

と、小木は呆れたように云ったが、久我山は涼しい顔で、

「まあ、そういっていいかな」

「また何かの冗談か。やめてくれよ、お前の冗談は判りにくいんだから」

小木は半笑いだったが、久我山は髭面の表情を崩しもせずに、

「いや、冗談なんか云ってないぞ。俺は本気だ」

「本当かよ、おい」

小木が目を丸くする。

北見も、本当かと問いたくなった。

半年も海外を放浪していて、今日まで事件のことなど何ひとつ知らなかったバックパッカーが、概要を聞いただけで真相を看破するなんて、にわかには信じられない。

小木も北見と同じように思ったらしく、

「本当とは到底思えないな。だったら云ってみろよ、犯人はどこの誰なんだ」

「いや、なにも俺は犯人は北区《きたく》に住む赤羽太郎《あかばねたろう》という男だ、と当てるとまでは云っていない。八卦見《はっけみ》でもあるまいし」

と、久我山は、ざん切りの頭を掌で撫でながら、

「俺が読めたのは筋道だ。これから警察がどのルートを通って捜査を進めればいいのか、その進行方向が判った。その道を進めば、ミズ・ジェーン・ドゥの正体はすぐに判明する。警察の人海戦術を使えば、多分一日で判るだろう。そして犯人に辿《たど》り着く道筋も見えている。これも警察が総動員でかかれば、一日か二日で辿り着けるはずだ」

「そんな便利な筋道があるのか」

小木の戸惑ったような問いかけに、久我山は即答して、

「ある。それから犯人の狙いが判ったから、すげ替えの目的も自然に読めた。これで問題の三点は、全部解消できただろう」

自信たっぷりな口調だった。

その余裕綽々《しゃくしゃく》の態度を見ていて、北見はとうとう辛抱しきれなくなった。

カウンターの席を立つと、後ろを振り向く。

小木と久我山が二人揃って、こちらに視線を上げる。

北見は一歩踏み出し、二人のテーブルに近づくと声をかけた。

「失礼。盗み聞きをするつもりはなかったんだが、きみ達の会話が耳に入ってしまいました。私は北見といいます。大変興味深いお話をされていたようですが、私の聞き間違いでなければ、そちらのあなたは例の〝すげ替え殺人〟の真相が判ったと云っていたね。それは本当だろうか」

いきなり話しかけても困惑したふうでもなく、久我山はうなずき、

「ええ、判りました」

自慢そうでもなく、ごく自然に答える。

それを見て、北見はさらに、

「不躾《ぶしつけ》で申し訳ないのですが、同席させてもらって構わないだろうか。あなたのお話を是非、聞いてみたいのだが」

小木と久我山は一瞬こちらを値踏みするような目で見てから、二人で顔を見合わせる。北見がちゃんとしたスーツ姿なのと、年齢もそれほど離れていないので警戒心を解いたらしい。小木がうなずき、

「構いませんよ、よかったらどうぞ」

「ありがとう。では、失礼して」

と、北見は、カウンターから自分のグラスを取り、小木の隣の席に座った。元々四人掛けのテーブルなので、並んで座る余裕がある。厚かましい振る舞いなのは重々承知しつつ、北見はグラスをテーブルに置き、話しかける。

「警察が捜査するべき道筋が判ったと云っていましたね。その点について詳しく聞かせてもらえ

ないだろうか」

小木も同調して、

「そうだ、俺も聞きたい。すげ替えの理由が判ったんなら知りたい。話してくれ」

二人に迫られても、久我山は淡々とした態度を崩さず、

「いいですよ、話しましょう」

と、考えをまとめるためか、ちょっとの間黙考してから、おもむろに口を開く。

「どこから話すのが判りやすいかな。うん、それじゃあまず、ミズ・ジェーン・ドゥの腕の一件だ」

と、久我山は落ち着き払った口調で、髭もじゃの顔を上げ、

「まずミズ・ジェーン・ドゥの両腕、これについては一旦考えないことにしてみる。〝すげ替え〟がこの事件をひどくややこしいものにしているんだ。だから、こんがらがらないように一度問題をバラしてみよう。ミズ・ジェーン・ドゥの身元はまだ判っていないわけだろう」

小木に向かって問いかけたのを、横から北見が答え、

「ああ、まったく判っていないようだな」

「判っていないんなら、一旦棚上げしてしまいましょう。えーと、北見さん、でしたよね。ここで一つ質問です。もしミズ・ジェーン・ドゥの両腕が元々発見現場になかったとしたら、どうなっていたと思いますか。腕のすげ替えは一度完全に忘れて考えてみてください」

「それはもちろん、谷田貝丈二の腕無し死体だけが発見されることになるな。水瀬川の河原で、谷田貝一人だけの死体が見つかる」

考えるまでもなく、北見はそう答えた。久我山は髭面をうなずかせて、

「そうです、腕を切断された男性の死体があるわけです。さて、では犯人は何のために谷田貝の腕を切断したのか、これを考えてみましょう」

と、こちら側に座る北見と小木を交互に見て、

「腕を持って行って何かに利用するためと仮定してみましょうか。例えば、指紋です。犯人が何か犯罪に手を染めてその現場に谷田貝の両腕を持ち込み、あちこちに指紋をべたべたとスタンプみたいにして残しておく。現場は谷田貝の指紋だらけになります。そうすれば警察は、その事件の犯人を谷田貝だと勘違いしてくれるでしょうか」

「まさか、警察もそこまでバカじゃない」

と、北見はすぐに否定して、

「谷田貝の腕無し死体が発見されているのなら、そんな目眩ましに引っかかるはずがない。腕を持って行って指紋を付着させたことくらいは、すぐに見抜くに決まっているだろう」

「でしょうね。ですから犯人は、谷田貝の指紋を利用するために腕を切断して持って行ったわけではないと判ります。指紋認証か何かに谷田貝の腕を使ったりしても、後でバレるのは確実でしょうからね。腕なんぞ持って行っても、他に利用する用途もないでしょうから、恐らく何かに使用する目的で切断したのではないと思われます」

と、久我山は云う。そして、

「では、腕を持って行ったのは他にどんな理由が考えられるでしょうか。例えば、谷田貝の腕にタトゥーが入っていて、それが宝のありかを示す地図の暗号になっていたとか。そういうファン

タジーな展開だったらなかなか夢がありますね。しかしそんな面白い話ではないことはすぐに判ります。さっき小木が見せてくれた写真から、そんな可能性は否定できます」

北見は思い出していた。世間に出回っている谷田貝の写真を。あれはタンクトップを着た谷田貝の姿だった。つまり彼は、平気で腕を剝《む》き出しにしていたのだ。人目に晒している場所に、秘密のタトゥーなど入っているはずもない。

そのことを北見が指摘すると、久我山も同意して、

「そう、普段から丸出しの腕に暗号も何もあったものじゃありません。そこに秘密など何もないんです。では、ホクロの位置などはどうでしょうか。谷田貝のホクロの位置には意味があって、犯人はそれを手に入れるために切断して持ち去った」

その案を小木が一蹴して、

「ナンセンスだ。そんなの写真を撮ればいいだけのことじゃないか。今は誰でもスマホくらい持ち歩いている。殺人現場にだって持ち込んでいるだろう。写真くらいすぐに撮れる。わざわざ切断して持って行く必要なんてないよ」

「そう、小木の云う通り。だったら傷跡なんかはどうだろうか。その傷の長さを何かと較べるために、腕ごと持って行ったというのは」

久我山の案を、またしても小木は却下して、

「それもないな。傷の長さなんか計ればいいだけだ。腕ごと切断して持って行く必要なんかない」

「そう、必要がない。犯人はわざわざ被害者の腕を切断して持って行った。しかし今考えたよう

に、必要がないんだ。何か特徴的なものがあったとしても、写真を撮ったり計ったりすることで充分にこと足りる。だから、どうやら必要があって持ち去ったのではなさそうだと考えてもいいだろう。つまり腕や手に用事があったわけではないといえる。メリットがあるから持って行ったのではないことが、これで判るな。だったら逆に考える他はないだろう。メリットがあるから持ち去ったのではない。ということは、デメリットがあるせいで持ち去るしかなかった。そう考えるしかないんだ。被害者の体に腕がついたままでは、犯人にとって不都合だった。腕を切断した理由としては、これが最も自然だ。では、殺人犯にとってのデメリットとは何か。もちろん犯人が自分だと特定される以上のデメリットはないな。だからこう考えるしかない。被害者の腕に何か犯人特定に繋がる証拠が残ってしまった。そこで犯人はその腕を切断して隠匿するしかなくなったわけだ」

久我山はそう断言した。

何とシンプルな、と北見は呆れる思いだった。

しかし説得力は充分にある。

目から鱗が落ちる、とはこのことか。

腕のすげ替えに気を取られて、単純に解釈することを忘れていたのだ。北見は己の不明を恥じた。

「隠匿するにはどんなケースが考えられるか。例えば、爪だな」

と、久我山は続ける。

「犯人はネイリストで、犯行の直前に被害者の爪に珍しいネイルアートを施した。谷田貝は男だから凝ったデコなどではなく、自然な艶が出るような、健康的な色合いに見えるようにするネイルだな。ただ市販されていないプロユースの原料の特殊な液を使った。そして殺害後、このまま爪を残しておいたら特徴的なネイルから自分が犯人だとすぐにバレてしまう。そこで犯人は爪を隠すことにした」

「だったら指だけ切断すればいいいんじゃないか。指だけ切って持ち去れば、ネイルの跡も隠せる。何も腕ごと切断しなくても」

小木の指摘に、久我山はざん切り頭を振り、

「それじゃダメなんだ。いいか、小木、この犯人は相当慎重な性格だ。事件発覚から三ヶ月近く経つのに、未だに警察に尻《し》っ尾《ぽ》すら掴ませていない。証拠を一切残していないからだ。かなり慎重に行動したことが窺える。死体を奥多摩の山中の河原に遺棄したのだって、ゲリラ豪雨が明け方に降るという予報を見たからに違いない。最近はネットでピンポイントの雨予報が随時更新されているからな。犯人は奥多摩の奥地、水瀬川の周辺に早朝、豪雨があるとの予報を見て、死体をそこに放置することに決めたんだろう。そうすればあらゆる痕跡を雨が洗い流してくれると期待して。そして実際にそうなった」

久我山は、犯人の行動に感心したみたいな口調で云うと、

「そこまでするほど犯人は慎重だ。だから爪に手がかりがあるのなら、爪先だけを切断してもまくないと判断した。指だけを切断したら、カンのいい捜査員に爪先に何か意味があると読まれてしまう危険性がある。爪先から、ネイリストという職業を連想されかねない。手首から切断してもまだ不安は残る。いっそのこと腕ごと切ってしまえば、爪に証拠があったことを完全に隠匿

できるんじゃないか。犯人はそう踏んで、腕ごと持ち去ることにしたんだろうな」

「それじゃ、犯人はネイリストなのか」

逸《はや》る小木を、片手で制して久我山は、

「いや、落ち着け、これはあくまでも一例だよ。他のケースも考えられる」

と、顎の長い髭を撫でながら、

「例えば、指輪だ。犯人の物を被害者がふざけて取り上げて嵌めたら、抜けなくなってしまった。殺害後、指輪を残しておけないから、切断して持ち去ることにした。その際も犯人は慎重さを発揮して、腕ごと切断したわけだ。他にも、ミサンガなんかはどうだろう。手首に巻き付いて、食い込んで跡が残ってしまったケース。犯人が犯行の前に被害者の腕に嚙みついて、歯形が残ったというケースもありそうだな。歯形は指紋と同じで個々の違いがある。これを残しておいては犯人特定の証拠になるから、腕ごと持ち去ったわけだ。またはネックレス。犯人がつけていたネックレスが犯行時のどさくさで鎖がちぎれて、ペンダントトップを被害者が腕の下に敷いてしまった。しばらく死体を放置しているうちに、特徴的なペンダントトップの形の跡がくっきりと、被害者の腕に刻印されてしまった。死体は新陳代謝しないから皮膚に刻印された痕跡はもう元に戻らない。この場合でもこれまでと同様に、腕の証拠を隠すため腕を丸ごと切断する必要がある。片腕だけ切断したのでは、腕に証拠が残ったというヒントになるかもしれない。そこで慎重な犯人は念を入れて、両腕を切断することにしたんだ。そうすれば片手に証拠が残ってしまったという事実を、さらに誤魔化すことができるというわけだ。ところで、北見さん、あなたは随分ユニークな腕時計をしてらっしゃいますね」

突然、久我山はこちらの手首に目を向けてきた。

しまった、油断していた。と北見は、咄嗟《とっさ》にスーツの袖を引っぱって猫耳時計を隠す。見られてしまった。社会人としてあるまじき、恥ずかしくもファンシーな時計を。

思わず赤面する北見に構わず、久我山はこっちの手首をじっと見たまま、

「その時計も今までのケースと並べることができそうですね。被害者に強引に奪われ、面白半分に彼が手首に巻く。犯行のあった八月頭頃は、さぞかし日差しも強かったことでしょう。半日も外にいれば日焼けしそうです。それで被害者の手首にくっきりと、猫の耳の形がついた時計の跡が残ってしまったのではありませんか。特徴的な日焼けの跡は、はっきりと犯人を指し示していますす。犯人はそれを隠すために、被害者の腕を切断せざるを得なくなった。ということで北見さん、犯人はあなたですね」

北見は絶句してしまう。

隣の席の小木が、驚いた顔でこちらを見てきた。

とんでもないことになってしまった。よもや犯人だと指摘されるとは思いもよらなかった。

愕然としている北見に、久我山は表情を変えもせずに、

「というのはまあ、冗談なんですけどね」

隣の小木がずっこけそうになりながら、

「おい、待て、冗談なのか」

「もちろんだよ。ドラマや小説なんかではこうしてバーでばったり犯人と出くわすような場面があるけれど、しかし現実はそんなにドラマチックじゃない。そんな面白い展開になるはずもない

だろう。単なる洒落だ」

と、久我山は、しれっとした顔で面白くもなさそうに云う。小木が不満そうに、

「勘弁してくれよ、ちっとも洒落になってないぞ。ただでさえお前の冗談は判りにくいんだから」

「すまんすまん、つまらなかったな。北見さんも失礼しました。急に犯人扱いしてしまって。けれど犯人ではないにしても、その逆でしょう、北見さん。あなたは犯人を追うほうの人だ。北見さんは刑事さんですね」

今度こそ本気で返す言葉を失ってしまう。北見は何も答えられなかった。心底びっくりした。

「どうして北見さんが刑事さんだと思うんだ？」

怪訝そうな顔で問いかける小木に、久我山は髭もじゃの顔を向けて、

「大した根拠があるわけじゃない。見当をつけただけだよ。まず、北見さんが話しかけてきた時のことだ。飲み屋で誰彼構わず声をかける面倒くさいおじさんにしては北見さんは若すぎる。酔っているようでもなかったしね。だのに強引に割り込んできたのは、俺達の話によほど興味を惹《ひ》かれたんだろう。職業的な関心といっていいほど強く。でもマスコミ関係者ではなさそうだ。そういう人ならこちらの警戒を解くために身分を名乗ってくるはず。マスコミ関係者ならば俺や小木も面白がるだろうから、きっと隠すことなく職業を明かすだろう。逆に北見さんが名前以外を名乗らなかったのは多分、あまり大っぴらに吹聴するわけにはいかない立場なんだろうなと俺は思った。警察官や自衛官など、公的な職業の人は普段あまり名乗ったりしない。変に反感を持つ人もいるだろうし、威圧感を与えかねないからね。それから、三ヶ月も前の事件で世間の関心が

もう薄れているのに、北見さんは並々ならぬ興味で話しかけてきた。まるで事件が今現在の最大の関心事といわんばかりの様子で。その態度が事件の当事者みたいに俺には感じられた。当事者といえば被害者の親族などの関係者か、または捜査している側の人だ。そして北見さんは遺族のような悲愴《ひそうかん》感を漂わせてはいなかった。興味の持ち方が、やはり職業上の使命感からくるもののように感じられた。それで捜査側の立場なのかなという印象を持ったわけだ。あと、北見さんは俺達に声をかけてまっ先に、警察が捜査すべき筋道について質問してきた。普通ならば腕のすげ替えの理由に関する謎に一番の興味を持ちそうなのに。何といっても〝すげ替え殺人〟として有名になった事件だ。声をかける時には誰だって、すげ替えの答えを教えてくれと尋ねるのが一般的なはずだろう。しかし北見さんは、捜査陣が辿るべき道筋について最初に聞いてきた。これは捜査側の人が、藁《わら》にも縋《すが》る思いで民間人の意見を聞くために声をかけた姿に見えたんだ。そして最初に俺がミズ・ジェーン・ドゥの身元について聞いた時、北見さんはきっぱりと『まったく判っていないらしい』と云い切った。もしかしたら今この時、何人かの候補が挙がっていてDNAの鑑定結果待ちの段階かもしれないのに。まだ確定情報ではないから警察発表がないだけで、捜査本部は有力な候補者を摑《つか》んでいる可能性だってあるんだ。にもかかわらず、北見さんは『まったく判っていない』と完全否定した。警察の最新の捜査進捗状況を把握しているみたいな口振りだった。それを知っているのはやっぱり捜査側の人間だけだろう。あと、さっき俺が、切断した被害者の手で何かの犯行現場に指紋を残す手口について話した時のことだ。谷田貝丈二の指紋をスタンプにして彼を犯人だと偽装するアイディアを出した時だね。北見さんはすぐにそれを否定して『警察もそこまでバカじゃない』と云った。そのニュアンスがまるで『我々もそこまでバカじゃない』と云っているように聞こえた。これは警察側の人の言葉だ。という具合に、それやこれやを総合して、北見さんは刑事さんなのだろうと俺は考えたわけだ。犯人に遭遇する確率は著しく低いだろうけど、捜査員ならば何十人か何百人かいるだろうから、出くわすのも不自然な確率じゃないと判断した。あ、北見さん、答えなくってもいいですよ。肯定しにくいでしょうから」

北見はさらに、何も云えなくなる。

これでは肯定したのも同然だ。

いかにも久我山が云うように、北見は警視庁捜査一課の捜査官であり、まさに俗に云う〝すげ替え殺人事件〟を担当している。

捜査員が捜査中の案件の話を、無闇に民間人と交わすのは許されることではない。服務規程違反だ。ヘタをしたら懲戒を喰らう。だから北見は身分を明かさなかった。

刑事くささも消したつもりだ。それをこうも易々と見抜かれるとは。この久我山という若者、とんでもない慧眼《けいがん》の持ち主なのかもしれない。

彼の云う通り、北見は藁にも縋る気持ちで声をかけた。捜査が行き詰まっているのだ。三ヶ月に亘《わた》り、ろくに休暇も取れない長期の捜査で、本部の者は全員疲弊している。それで捜査主任から、今日は帰れとお達しが出たのだ。

慧眼の民間人の藁に縋れば、何か打開の道が拓けるかもしれない。

本質を貫くような意見を期待して北見は、今までよりさらに久我山の話に身を入れて聞く気になっていた。

北見の身分を有耶無耶《うやむや》にしたまま、久我山は話の続きに入っている。

「さて、犯人が被害者の腕を切断した理由について色々考察しましたが、実はこれ、どんな可能性でも考えられるのですね。爪、指輪、ミサンガ、腕時計、日焼け、腕に嚙みついた歯形、ペンダントトップ、とまあ、いくつか例を挙げましたが、この他にも無数のバリエーションが考えられるのです。どんな痕跡が死体の腕に残ったのを犯人が危惧したのか、こればっかりは推量するだけで真実は確定できません。肝心の腕が発見されていないのだから、どんな痕跡の可能性だってあるわけです。ぶっちゃけた話、何でもいいのです。犯人に直接聞くしか、知る方法はないんですね。ただ断言できるのは、この行動が犯人にとって予定外なものだったということです。殺害自体が計画的な犯行なのか、それとも突発的なものだったのか、それは判りません。これも犯人に尋問しない限り判断ができないことです。ただし、腕の切断が予定外だったことは確実でしょう」

「どうして確実だと云えるんだ？」

小木が尋ねると、久我山は、

「だってそうだろう。被害者の腕に犯人を特定するような痕跡が残るのが嫌だったら、前もってそれを阻止すればいい。さっきのネイルの例を考えてみてくれ。もし犯人が計画的に被害者を殺害するつもりだったのなら、自分がやったとすぐにバレるようなネイルを施すか？　被害者の爪に証拠を残すのは絶対に避けるはずだろう。被害者にネイルをしてくれと頼まれても、何やかや言い訳をして断固として拒否するに決まっている。万一言い訳が利かないほど強く命じられても、素人が施術したみたいに下手くそに塗るとかして、犯人が特定できなくなる工夫をするはずだ。

そうすれば爪を隠す必要もなくなり、腕をわざわざ切断せずにそのまま死体を遺棄できる。殺害自体に計画性がなくて突発的な犯行だった場合、ネイルをした後で何か諍《いさか》いがあって弾みで撲殺してしまったのなら、当然爪を隠すのも予定外だったはずだ。殺害が予定外ならば、腕の切断も想定外だったに決まっている」

と、ざん切りの頭を掌で撫でて、久我山は、

「他のケースも同様だ。もし計画的に殺害しようとしていたのなら、被害者の腕に犯人特定のヒントになる痕跡を残すのは絶対に避けることだろう。指輪は絶対に渡さない。ミサンガや腕時計も渡すのを阻止する。特徴的な日焼け跡が残ったりしないよう、極力注意する。被害者の腕には嚙みついて歯形を残したりはしない。殺害の時には特徴のあるペンダントなどの装飾類は前もって外しておく。計画殺人ならば犯人特定の痕跡が残るのは絶対に避けるはずなんだ。しかし実際は、腕を切断するハメに陥ってしまっている。これは犯人にとって予想外のアクシデントが起きて、腕を隠さなくてはならなくなった証左だ。うっかり何かの痕跡を残してしまったからこそ、腕を切断して持ち去らねばならなくなってしまったんだ。つまり犯人にとって、腕の切断は予定外だったわけだな。計画外の殺人だった場合はなおさらだ。このケースだと犯行直前まで、犯人もまさか自分が人を殺してしまうとは考えてもいなかった。従って、腕に特徴的な痕跡が残ってしまい、それを隠さなくてはならないハメになることも、前もって予測できるはずがない。だから腕の切断は予想外だったと云えるわけだ。計画殺人でも突発的な犯行でも、どっちの場合も犯人にとって腕の切断は予定になかった行動だったわけだ。腕に特徴的な痕跡が残ってしまったのは、まず間違いなくアクシデントだったんだろうな」

そう云って久我山は、小木の顔を見たまま続けて、

「犯行現場がどこなのかは判らない。少なくとも犯人のテリトリー内だろう。腕の切断ができるくらいには秘匿性のある場所だ。そして死体は雨雲レーダーを見て、夜明け前にゲリラ豪雨の降るパーセンテージが極めて高い奥多摩の山中に捨てることにした。しかし腕はそこに捨てるわけにはいかない。犯人特定に繋がる特徴が残っているからだ。それを警察に見られるのは避ける必要がある。そこで腕の処分はどうするか。犯人はその方法に窮したことだろう。腕を切断したのは計画外だ。それをどう隠すか、前もって考えていたはずもない。俺が旅して来た治安の悪い地域なら、腕の一本や二本、その辺に転がしておいても大して騒動にはならないかもしれない。しかし清潔で安全なこの国ではそうはいかないな。人間の腕を隠すのは難事業だ。うまく隠さなくては警察に通報され、特徴的な痕跡もバレてしまう。さあ、小木ならどうする」

突然問われて、小木は面喰らいながらも、

「埋める、ってのはどうだ。山の中に持っていって人の来なさそうなところで土に埋めてしまう」

その答えに、久我山は首を横に振って、

「タヌキやイタチなんかの野生動物が掘り返すかもしれないぞ。云っただろう、犯人は慎重な性格だって。そんな杜撰《ずさん》な隠し方はしないだろうな」

簡潔な否定に、少し鼻白みながらも小木は、

「犯人は河原に死体を放置したんだ。その時に川に流してしまう」

「途中で橋桁に引っかかって見つかるかもしれんな」

「じゃあ、海に捨てる」

「波止場にでも持って行って放り投げるのか。岸に流れ着いてくるぜ」

「もっと沖にだ。鎖でぐるぐる巻きにして、それを重りにして深い海に沈める」

「腕の切断は予想外だと云ったはずだぞ。沖に出る船はどう手配する。急に船なんか用意できないだろう」

「だったらシンプルにいこう。燃やす」

「それだと骨だけ残って、腕の表面に何か隠したかったことがあるのがバレるぞ。犯人は特徴的な痕跡を隠したいんだ。それを少しでも悟られるようなことをするとは思えんな」

「切断した腕をもっと細切れに、細かく切り刻む。小さく切って少しずつ、あちこちのゴミ捨て場に捨てて回るんだ」

「時間がかかりすぎやしないか。骨を砕く機材も必要になるぞ。どこから調達する？　手間をかけすぎじゃないのか」

久我山が云う。小木はもうネタ切れのようで、

「うーん、他にはないかな」

と、額を押さえて考え込む。久我山がヒントを与えるような口調で、

「実は、絶対に見つからない場所があるんだ」

「絶対に見つからない？　あっ、そうか、硫酸のプールだ。工場なんかにある強酸を満たした水槽。そこへ放り込めば腕くらい簡単に溶かせるぞ。これで絶対に見つからない」

目を輝かせる小木に、しかし久我山は醒めた表情で、

「腕の切断は計画外だと云ったのを忘れたのか。そんな都合のいい工場をどうやったらすぐに見つけられるんだ。急遽探《きゅうきょ》すにしても、深夜に忍び込める工場なんて、易々と見つかるはずがないだろう。しかも好都合に、硫酸の水槽に鍵のある蓋もついていない杜撰な管理態勢の工場を。そもそも犯人がそんな水槽を自由に使える立場なら、死体を丸ごと全部溶かしてしまえばいいだけの話だ。そうすれば殺人事件そのものを隠匿できる。しかし犯人はそうしてはいない」

「ということは硫酸プールはないってことか。うーん、これじゃお手上げだ。もう何も考えつかない」

小木がそう云って、救いを求めるような目でこちらを見てきた。そんなことをされても北見だって特に思いつくことはない。苦し紛れにつぶやいて、

「木の葉を隠すには森の中、というね」

我ながらありきたりな台詞だと北見は思ったけれど、意外にも久我山が薄く笑って、

「ああ、ちょっといい線いっていますね。いや、隠すという俺の云い方も悪かったかな。処分と云ったほうがいいかもしれない。完全に処分してしまえる場所が、この世に一つだけあるんですよ」

処分？

北見は我知らず、首を傾げる。

そんな都合のいい場所などあるのか。

仮にも成人の腕二本だ。それなりに質量もあるし、何より目立つ。人間の腕など、どう隠しても人目を引くだろう。

いや、隠すのではなく処分と云ったか。
処分。
つまり完全にこの世から消し去ってしまうという意味だ。
人体を消し去る。
どうやって？
奇術師は人間を消失させるが、あれは舞台から床下などに移動させているだけだ。
根本的に違う。
だったらどうする？
消し去る。無くす。処分する。
消してしまうにはどんなマジックが必要だ？
北見は気分を変えるため、ジントニックのグラスを手に取った。
親指の爪先にある黒いものが、目に飛び込んでくる。
この店のロゴマークだ。
その瞬間、頭に閃くものがあった。
「棺、だ」
北見は思わずつぶやいていた。
デフォルメして描かれた西洋ふうの棺桶。吸血鬼の寝台。
「棺の中、か」
自分の思いつきに愕然としながらも、北見は再度つぶやく。

その声に、久我山は大きくうなずいて、

「その通りです。さすがに職業柄、カンが鋭い。そう、北見さんの云う通り、火葬直前の棺です。そこに入れてしまえば二本の腕は、合法的に燃やされて処分されます」

小木が隣であんぐりと口を開けている。言葉も出ないようだ。

北見もまだ、唖然としていた。思いがけず正解を射抜いてしまったみたいだが、実は何が何だか自分でも判っていない。

そんなこちらの困惑に関係なく、久我山は相変わらず淡々とした口調で、

「昔は通夜というと夜を徹して、遺体を寝かせた布団のそばに遺族が揃って付き添っていたようですね。一晩中ずっと遺体を見守って、朝になったら本葬が始まるという段取りです。しかし近頃のセレモニーホールで行う葬儀は色々と簡略化したり、遺族に負担がかからない工夫もされているそうです。恐らく遺族の高齢化なども理由なんでしょうけど、完徹で付きっきりということもなくなっているみたいですね。通夜の後、弔問客が一段落したら、遺族は葬儀会館の仮眠室で少し休み、遺体は冷蔵室に保管するというケースも多いようです。特に八月ともなれば遺体が傷みやすい。棺にドライアイスを敷き詰めるより、冷蔵室にしまったほうが安心でしょう。そして夜が明けたら、本葬儀に備えて棺桶を冷蔵室から出してくるという段取りです」

至って事務的な調子で久我山は続けて、

「犯人は夜中に忍び込み、そんな冷蔵室に保管してある棺に、二本の腕を入れたのではないでしょうか。その時にはもう棺の蓋は釘で打ちつけられていて、翌日の葬儀で故人との最後のお別れをする際は、蓋の顔の部分に開いた小窓から覗くだけです。棺に余計な腕が紛れ込んでいても、

蓋が釘で封印してあるのですから、誰も気がつかないことでしょう」

と、さらに久我山は静かな口調で、

「遺体は朝一の葬儀の後、すぐに火葬場に運ばれて焼かれることになります。紛れ込ませた二本の腕も、ここで焼却されるわけです。焼却されてしまえば処分完了ですね。ただ、ここで一つ問題があります。腕の遺骨が四本になってしまうのです。骨揚げの時、慣れない遺族や参列者には見抜かれないかもしれませんが、火葬した遺骨を見慣れている火葬場の従業員には一目で気付かれてしまう。遺骨の腕が四本あったら、係の人はさぞ仰天するでしょうね。いや、それどころか警察に通報されてしまいます。それを防ぐ方法は一つしかありません。棺桶の中の遺体の腕を切断して持ち去り、腕の本数の帳尻を合わせるしかない。ここで初めて女性の腕が事件の表舞台に登場します。というか、警察が三ヶ月も捜索してまるで見つけることのできない女性の腕の出どころなんて、棺桶の中くらいしか考えられないとは思いませんか」

　久我山の言葉に、北見は何も答えられずにいた。

「恐らく、葬儀の順番とスケジュールの都合で、朝一に火葬される棺が女性のものしかなかったんでしょうね。犯人は、谷田貝丈二の両腕を火葬した遺骨の中に紛れ込ませて処分したかった。だからもちろん、切断した腕は成人男性の遺体の腕とすり替えるのが理想的です。しかし冷蔵室にスタンバイしている棺桶が若い女性のもの一つきりだったので、仕方なく妥協することにした。もちろんこの時、棺に横たわっていた女性こそが我らのミズ・ジェーン・ドゥです。火葬された遺体はミズ・ジェーン・ドゥのものだったけれど、腕だけは谷田貝丈二のものだったわけです。腕の骨だけが男性のものなので多少太く見えるかもしれませんが、谷田貝丈二はホストみたいな優男です。それほど骨太でもなかったから、あまり不自然ではなかったんでしょうね。火葬場の係員も、まさか腕だけが他人のものと入れ替わっているなんて夢にも思わないでしょうから、少しくらい骨が太くても大して気にもしないはずです。だから女性の棺で妥協してもまったく構わなかった。両腕ともに切断したのはこの時、不自然に見えないためでもあったわけです。遺骨の片腕だけ太さが違っていたら、さすがにおかしく思われる恐れがある。だから犯人は谷田貝の腕を両方とも切断して、棺の腕と入れ替える必要があったのです。こうして犯人は谷田貝の腕の処分に成功したのでした」

と、久我山は、顎の長い髭をさすりながら云い切る。そして話を続けて、

「ただし今度は、女性の腕の処分をどうするのか、という問題に犯人は直面します。腕の本数の辻褄《つじつま》を合わせるため、冷蔵室に保管されていたミズ・ジェーン・ドゥの両腕を切断して持ってきた。さて、これをどう処分するか。ただしこちらは谷田貝の腕ほど難しくはありません。警察に見られては困る犯人特定に繋がる情報が残されているのは谷田貝の腕のほうで、ミズ・ジェーン・ドゥの腕には何の痕跡も残されていないからです。警察に見られても問題はない。その辺に放置しておいてもいいのでしょうが、犯人は谷田貝の本体にくっつけておくという手段を選びました。そうすると、とても意味ありげに見えるからでしょう。実際に〝すげ替え殺人〟とマスコミやネットで大騒ぎになったということでしたね。そこに形を成している物を見ると、人は意味を見いだそうとしてしまうものです。男性の体に女性の腕がすげ替えられている。一見して奇妙奇天烈です。だから人々はその意味を読み解こうとします。それで見立てだの呪術的な陰陽混合だのバトンリレーだのと、様々な憶測が飛び交ったのです。あたかも腕をすげ替えることに大き

な目的があって、谷田貝の腕を切断したかのように見える。しかし本当は、意味などまったくなかった。犯人は苦肉の策として二つの死体をくっつけただけで、そこには意味も何もないのです。他に捨てるよりマシだろう程度の理由くらいしかなかったわけです。ただし、この行為には大きな効果がありました。腕を切断した本当の理由を悟られずにすんだのです。犯人としては谷田貝の腕を見られたくないという一念しかなかったのに、余り物のミズ・ジェーン・ドゥの腕をすげ替えることで、すげ替えそのものが目的だったようにカムフラージュできた。その上もう一つ、大きな追加効果が生じました。警察の捜査力を大きく削ることができたのです。谷田貝丈二の死体が見つかっただけでは、警察は捜査リソースのすべてを谷田貝殺しに投入することができます。しかしここに身元不明の女性の腕を加えることで、警察はそちらの捜査もしなくてはならなくなった。ミズ・ジェーン・ドゥの身元探しに捜査力を削がれてしまうのです」

と、久我山は云う。

これには北見も同意するしかない。

実際、捜査陣の約半数がこの身元不明女性の探索に当たっている。北見の属する班も、この任に就いているのだ。八月初めからずっと、酷暑の中を大汗をかき、女性の正体を追い続けた。

だが、久我山の話が本当ならば、見つかるはずがないのだ。

ミズ・ジェーン・ドゥは役所の正式な火葬許可を得て、合法的に荼毘《だび》に付されてしまっている。これは完全に、北見達捜査陣の盲点に入っていた。北見達は、腕のない変死体になりそうな女性ばかりを探していたのだ。

年齢の合いそうな失踪者、家出人、行方不明者と、生きた人間だけを対象としていた。まさか正式に死亡届が出された死者が尋ね人だったなんて、想像すらしていなかった。公的に戸籍まで抹消された者が、身元不明者捜索の網に引っかかるはずがないではないか。

今までの苦労がすべて骨折り損だったかと思うと、どっと疲労感がのしかかってきた。

そうこうするうちにも、久我山の解説は続く。

「被害者は二人ではなく、元々一人だけだったのです。腕だけの女性は殺されたわけではなかった。ミズ・ジェーン・ドゥの正確な死因は判りません。腕に点滴注射の跡がなかったことから、長期入院患者だったのではなさそうですね。恐らく交通事故か、突然の脳内出血か心臓発作か。どちらにせよ不審な点がまったくない死因だった可能性が高そうです。これでは警察が見つけられるはずもありませんね。病死では失踪者《しっそうしゃ》のリストに入っているわけがないでしょうから。何ともお疲れさまとしか云いようがありません」

と、北見の徒労感にさらに塩を塗り込むようなことを云いつつ、久我山の話は佳境に入っていく。

「では、俺が提案する警察が追うべき道筋の話をしましょうか。どんな段階を踏めば犯人の正体に行き当たるか、です」

久我山はやはり、物静かな口調で続ける。

「まず都内の葬儀社各社に聞き込みに回ります。事件発見の当日、若い女性の葬儀のあったセレモニーホールと火葬場を探すのです。犯人は一晩で奥多摩まで死体を遺棄しに行った。ミズ・ジェーン・ドゥの腕を入手した葬儀場はそう遠くにはないでしょう。都内と、広くても関東一円で充分です。警察の人海戦術ならば、一日で回りきれると思います。朝一で火葬が行われた女性の葬儀があったら、それをピックアップします。すべての条件に合致する葬式はそれほど多くはないはずです。ほんの数件、あるかないかといったところでしょうね。ひょっとしたらこの時点で一件に絞り込めるかもしれない。次に女性のご遺族に協力をいただいて、彼女が生前使っていた部屋の捜索です。家具などに指紋が残っていることでしょう。若い女性ですから、髪の一本くらいカーペットの隅に落ちているのも期待できます。髪からはＤＮＡのサンプルが抽出できる。切断された腕の指紋とＤＮＡ、これが一致すればミズ・ジェーン・ドゥの正体が晴れて判明するわけです」

まさかそんな簡単なこととは。

北見は唖然とするしかない。

「ミズ・ジェーン・ドゥの葬儀がどこで行われたのか判明したら、その式を取り仕切った葬儀社を洗います。そこの従業員に、恐らくここ数年のうちに辞めた元社員がいることでしょう。その人物こそが今回の事件の犯人です」

と、久我山は穏やかな口調で、それでもきっぱりと云い切った。

「殺害の動機までは今は判りません。ただ被害者の谷田貝丈二という男は動機のデパートみたいな人物のようですからね、きっと女性絡みの怨恨《えんこん》といったところでしょうか。まあそれは、犯人に直接聞けばいいことです。もしかするともう動機リストに載っていて、一度は事情聴取を受けたことのある者かもしれません」

久我山は、至ってのんびりした調子で云う。

「葬儀社の元社員。恐らく犯人はこの前職の経験があったから、今回のこの処分方法を思いついたに違いありません。腕のすり替えが可能であると知っていたからこそ、思い切って谷田貝の腕を切断して消してしまうことを決めたのだろうと思います。腕を切断してからこの処分方法を思いついたわけでは、決してないはずです。なぜなら、どこのセレモニーホールに深夜に忍び込めるか、冷蔵室の構造がどうなっているか、棺の中の腕を切断することができるか、そういったことを急場凌《しの》ぎで調べることなど、誰にもできるはずがないからです。腕の切断が突発的な事態だったことはさっきも云いました。当然、下調べなどする時間があるはずもありません。犯人は前もって知っていたのですよ。セレモニーホールの内部構造も、侵入可能な経路も、朝一に火葬に出す遺体を保管している冷蔵室の位置も。事前に熟知していなければこんな手口は考えつかないはずです。そして、まさか現職で勤めている自分の職場でこんな大胆不敵なマネもできないでしょう。だからもう辞めていて、すぐに疑われる危険のない者である可能性が高い。ただ、あまり年月が経ちすぎているとセレモニーホールが改装などされて、内部構造が変わってしまっている恐れがあります。冷蔵室の位置などが変化していないと確信できるのは、辞めてまだ間もない人物、ここ数年のうちに退職した者に限定できるはずです。従って警察は、近年辞めた従業員に狙いを定めて追いつめればいいだけなのです」

ここまで聞いて、北見は立ち上がった。久我山の話がまだ途中なのかもしれないけれど、知りたいことはすべて聞いた。一刻も早く、捜査本部へこの話を持ち帰りたい。捜査員は帰宅していても、幹部クラスは居残っているはずだ。彼らに進言して、早急に検討してもらいたい。

いや、その前に、と北見は、

「久我山くん、きみの連絡先を聞いておきたいんだが、いいかな」

と、尋ねる。相手は少し困ったように、

「構いませんが、帰国したばかりで携帯電話は持っていないんです」

小木が助け船を出して、

「だったら俺の名刺、渡しておきましょうか。俺経由でいつでも彼と連絡がつきますから」

「助かります。久我山くんに今の話を、私の職場でもう一度してもらう必要があるかもしれない。構わないだろうか」

北見が聞くと、久我山はさらに困惑した表情になって、

「別にそれはいいですけど、あの、俺の名前、久我山じゃないんで」

えっ？ 今までそう呼んでいたではないか。小木がそう呼ぶから北見は名前だと判断したのだが、違うのか。

疑問の目を向けると、小木は申し訳なさそうに、

「通称なんです。よく地名で人物を示すことがあるじゃないですか。根岸《ねぎし》の師匠とか、水戸《みと》の御老公とか、黒門町《くろもんちょう》の親分とか。こいつは放浪に出る前、久我山に住んでいたから〝久我山の無愛想〟と呼ばれていて。それが縮まっていつの間にか久我山とだけ呼ばれるようになったんです」

「誰が無愛想だ」

と、久我山が無愛想に文句を云う。

北見は納得した。北区の赤羽太郎と同じ要領か。

小木は続けて、

「そもそもこいつは呼び名がいくつもあるんですよ。学生の頃は数少ない友人から出身地で呼ば

れていたらしい。久我山、お前の出身地は？」

「種子島《たねがしま》」

久我山はぶっきらぼうに答える。

「大学が哲学科で東洋哲学にかぶれた挙げ句、仏教に傾倒して、いきなり大学を休学したんです。それで本当に寺に入門して見習いになった。その時、和尚さんに法名をつけてもらったんだったよな。その法名が」

「万念《まんねん》」

「半年ばかり寺で見習い僧をやっていたんですが、そのうち木魚《もくぎょ》と読経のリズムで音楽性に目覚めたとかで、ストリートミュージシャンに転向したんです。その時の芸名は？」

「タクト」

「で、今は音楽活動から足を洗って〝久我山の無愛想〟と呼ばれつつ、海外へ放浪の旅に出たりしている。変なやつでしょう」

「誰が無愛想だ」

小木と久我山のやり取りは興味深いが、今の北見にはそれどころではない。とにかく本部に戻りたい。

北見はテーブルの上の小木達の伝票を摑み、身を翻してカウンターに戻ると、自分の分の伝票も手に取る。そして、テーブル席の二人に告げる。

「ありがとう。いい話を聞けた。いずれまた会うかもしれない」

北見の挨拶に小木はぺこりと頭を下げ、久我山は片手をあげて応えた。

レジで二枚の伝票を精算し、北見はバー〈ドラキュラ〉を飛び出した。

外堀通《そとぼりどお》りでタクシーをつかまえ、

「桜田門《さくらだもん》の警視庁までお願いします」

そう伝えてから、スマホを取り出し彼女にメールを送る。今日は合流できなくなった旨と謝罪の言葉を送信し、この埋め合わせは必ずしようと心に誓う。

ああ、そういえば、猫耳時計をつけたままだった。

北見はファンシーな時計を腕から外して、自前のものに付け替える。猫耳時計はいつものようにハンカチで丁寧に包み、スーツの内ポケットへそっとしまう。

その時、ようやく気がついた。

あの複数の呼び名を持つ髭面男の本名を聞きそびれたことに。

本作品はフィクションであり、実在の個人・団体とは一切関係ありません。（編集部）

初出　ｗｅｂジェイ・ノベル
本格・オブ・ザ・リビングデッド　２０２３年12月12日・24年１月９日配信
三人の戸惑う犯人候補者たち　２０２４年２月６日・３月12日配信
それを情死と呼ぶべきか　２０２４年４月９日・23日配信
死体で遊ぶな大人たち　書き下ろし

倉知淳（くらち・じゅん）
１９６２年静岡県生まれ。日本大学芸術学部演劇学科卒業。94年『日曜の夜は出たくない』でデビュー。97年『星降り山荘の殺人』で第50回日本推理作家協会賞（長編部門）候補。２００１年『壺中の天国』で第１回本格ミステリ大賞を受賞。主な作品に「猫丸先輩」シリーズ、『豆腐の角に頭ぶつけて死んでしまえ事件』『世界の望む静謐』『大雑把かつあやふやな怪盗の予告状 ‐ 警察庁特殊例外事案専従捜査課事件ファイル』『恋する殺人者』など多数。

死《し》体《たい》で遊《あそ》ぶな大人《おとな》たち

２０２４年９月１５日 初版第１刷発行

著者 倉知 淳

発行者 岩野裕一
発行所 株式会社実業之日本社
〒107-0062
東京都港区南青山6-6-22
emergence 2
電話（編集）03-6809-0473
（販売）03-6809-0495
https://www.j-n.co.jp/
小社のプライバシー・ポリシー
（個人情報の取扱い）は
上記ホームページをご覧ください。

DTP ラッシュ
印刷所 大日本印刷株式会社
製本所 大日本印刷株式会社

ISBN978-4-408-53865-5（第二文芸）